KB269109

잠룡전설

황규영 新무협 판타지 소설

잠룡전설 3

황규영 新무협 판타지 소설

초판 1쇄 찍은 날 § 2006년 6월 12일
초판 2쇄 펴낸 날 § 2007년 7월 31일

지은이 § 황규영
펴낸이 § 서경석

편집장 § 문혜영
편집책임 § 유경화
편집 § 심재영

펴낸곳 § 도서출판 청어람
등록번호 § 제1081-1-89호
등록일자 § 1999. 5. 31
어람번호 § 제2-0934호

주소 § 경기도 부천시 원미구 심곡1동 350-1 남성B/D 3F (우) 420-011
전화 § 032-656-4452 팩스 § 032-656-4453
http://www.chungeoram.com
E-mail § eoram99@chollian.net

ⓒ 황규영, 2006

ISBN 89-251-0128-9 04810
ISBN 89-251-0125-4 (세트)

잠룡전설

3

Fantastic Oriental Heroes

황규영 新무협 판타지 소설

도서출판 청어람

목차

第一章

무당의 청허자가 자리에서 벌떡 일어섰다.

"위험하오! 말려야 해!"

그는 주변의 무림 고위 인사들을 둘러보며 재빨리 말했다.

"저자의 살기가 심상치 않소. 더구나 이번에는 검까지 빼들었소. 분명히 죽이려는 거요. 이건 비무가 아니오."

사람들이 수긍했다. 고수인 그들이 보기에도 분위기가 정상은 아니다.

하지만 정작 중요한 힘을 가진 몇 명은 반응이 달랐다.

청성의 적명자가 먼저 코웃음 치며 말했다.

"흥! 금검의 아들놈이 어느 정도 실력인지 직접 눈으로 볼 기회잖습니까? 그 잘난 놈이 아들을 어떻게 키웠는지 두고 봐야지. 지금 말린다면 금검을 모욕하는 행위이니까 그냥 둡시다.”

'게으름뱅이가 저자에게 뭐라 했는지 모르지만 아마 죽거나 크게 다치겠지. 저 살기는 진짜니까. 그러면 금검에 대한 복수도 되고 또 저 추하전이란 놈을 잡아 족칠 명분이 되기도 하니까.'

적명자는 추하전을 붙잡고 싶다. 잡아서 청성에 모욕을 준 대가를 받고 싶다. 금검의 아들이 죽어주기만 하면 그 핑계로 청성의 고수들을 보내 추하전을 잡을 생각이다. 주유성이 죽어 금검이 슬퍼하게 되는 건 덤이다. 이건 그에게는 일석이조의 이익이 되는 일이다.

청허자는 그 말에 크게 놀랐다.

“어허! 주유성이라는 아이는 무공이 아니라 그 지략으로 무림에 큰일을 할 사람이라오. 진법가인 저 아이가 싸워봐야 얼마나 싸우겠소? 무공은 마땅히 익히지 못했으니 말려야 하오. 저건 세상 경험이 부족해서 비무에서는 안 죽는 줄만 알고 호기로 그러는 것이오.”

다른 귀빈석의 사람들이 머뭇거렸다. 청허자의 말도 옳지만 적명자의 말도 액면 그대로 들으면 틀린 것은 아니다. 더 중요한 문제는 그들이 주유성을 모른다는 것이다. 알지도 못하는 사람을 도와주다가 잘못하면 적명자와 척을 진다. 각자 지켜야 하는 세력이 있는 그들 입장에서는 함부로 나서기 어렵다.

답답해진 청허자가 취걸개에게 돌아섰다.

"이보시오, 늙은 거지. 저 아이는 그대와도 관계가 있지 않소? 그대는 분명히 당가의 당소소 여협과 잘 아니 그 인연을 생각해서라도 두고 볼 수 없지 않소?"

취걸개가 비무장에서 고개도 돌리지 않고 대답했다.

"살 놈이면 살겠지."

'설마 죽겠냐. 내 눈이 틀리지 않았으면 제 한 목숨 지키는 것 정도는 일도 아닐걸? 그것만 해도 제법 도움이 되지. 혹시 잘해서 이기기라도 하면 대박이다, 대박.'

취걸개는 주유성을 믿었다. 그가 본 주유성의 움직임은 가짜 추하전에게 몇 수에 당할 수준이 아니다. 싸우다가 정 위험해지면 그때 나설 생각이다.

취걸개의 꿍꿍이를 모르는 청허자는 답답해졌다.

"허, 이것 참. 당화건 장로는 어디 가고 없는 것이오? 이럴 때 그라도 있었으면 말을 해줬을 것을."

적명자가 삐죽거렸다.

"무림맹의 행사에 별 무관심한 당문은 찾아 뭐 하시려고? 언제 당문이 제자리를 지킨 적이 있소? 무림맹에서 얼굴 보기도 힘든 사람들인데."

청허자가 마음을 안정하지 못하고 제자리를 맴돌더니 결

심한 듯 말했다.

"안 되겠소. 내가 가서 말려야지. 저대로 두면 사단이 날 거야, 사단이."

그가 비무를 막는 것은 무림맹의 행사를 망치는 일이다. 주유성이 정말 무인이라면 비무를 시작하기도 전에 말리는 것은 모욕이 될 수 있다. 청허자는 거기에 더해서 적명자와의 사이가 지금보다 더 나빠지는 것까지 감수하고 나서기로 했다. 비무에서 죽는 것은 흔한 일이라지만 그는 주유성에게 꽤 호감을 가지고 있다.

청허자가 결심을 하고 귀빈석에서 성큼성큼 걸어나갔다. 그런 그를 무림맹주 독고진천이 불렀다.

"청허자 장로, 잠시만."

청허자가 혹시나 하는 마음에 독고진천을 돌아보며 반가운 얼굴을 했다. 맹주가 한마디 해준다면 이 비무는 여기서 끝난다.

독고진천이 청허자에게 웃으며 말했다.

"그냥 둡시다. 알아서 잘 싸우겠지요."

청허자가 발끈했다.

"어허. 맹주. 저대로 두면 저 아이가 죽는다니까요. 저 아이의 지략은 남달라요. 게으름만 고치면 큰일을 할 아이예요. 죽도록 놔둘 수 없어요."

독고진천이 청허자를 물끄러미 보면서 질문했다.

"도장은 저 아이를 살리고 싶은 건지? 아니면 저 아이의 재능을 원하는 건지? 어느 쪽이오?"

청허자가 멈칫하며 대답하지 못했다. 자신의 무의식에서 나온 안타까움이 말실수를 만들었다.

"내가 잠시 실수했습니다. 분명히 저 아이의 재능을 아까워한 것이 시작이지요. 하지만 지금 살리고자 하는 것은 저 아이의 목숨이외다. 죽을 것이 뻔해 보이는데 그냥 놔둘 수는 없소이다."

독고진천이 기분 좋게 웃었다.

"하하하, 역시 청허자 도장이시오. 그래도 그냥 놔둡시다. 저 아이의 목숨은 내가 보장하지요. 죽지 않을 겁니다."

'저놈이 자살하려고 하지 않는 한 겨우 저 정도 상대에게 죽을 리가 없잖아. 흐흐흐.'

독고진천의 말에 사람들의 관심이 모두 비무대의 주유성에게 집중됐다. 청허자가 믿어지지 않는다는 듯이 말했다.

"맹주께서 이런 사태를 대비해 무슨 안배를 해두셨다는 뜻인지요?"

그런 것을 해뒀을 리는 없지만 독고진천은 한껏 분위기를 잡으며 빙그레 웃었다.

"지금은 그저 저 아이가 죽지 않는다는 것만 알아두시지요."

'아이고, 재밌어라.'

무림맹주 독고진천이 한 일은 전혀 없다. 그래도 공연히 신비한 냄새를 풀풀 풍겼다.

'뭔가 있어 보이지 않으면 이놈의 맹주일 해먹기가 힘드니까.'

가짜 추하전이 뾰족한 검끝을 빙글빙글 돌리며 말했다.

"너는 이제 죽는다. 쓸데없는 호기심이 너를 죽였다."

주유성은 여전히 차갑다. 그는 가볍게 끝낼 생각이 없다.

"네 소중한 것은 자존심인가? 아니면 남들 앞에서 실력을 자랑하고 싶은 마음? 뭐라도 마찬가진가? 너는 뽐내는 것을 원하지?"

추하전이 비웃었다.

"나는 강하다. 모두 그걸 알아야 하지. 그걸 네가 방해했으니 넌 죽는다."

주유성의 웃음이 더 차가워졌다.

"네가 실력을 뽐내기를 원한다면 내가 바로 그걸 부숴주마. 바닥에 뒹굴며 추 형에게 사죄해라."

추하전도 비웃음을 지우고 검에 내공을 불어넣었다. 주유성이 여전히 팔을 늘어뜨린 채 질문했다

"넌 누구냐?"

"지옥에 가면 염라대왕이 가르쳐 줄 거다!"

가짜 추하전의 발이 움직였다. 바닥에서 먼지가 터져 나가며 그의 몸은 주유성에게 쾌속으로 접근했다. 두어 걸음 움직

인 듯한데 어느새 주유성의 바로 앞까지 도달했다. 사람들 사이에서 탄성이 터져 나왔다.

가짜 추하전이 검을 쭉 뻗어 주유성의 가슴을 찔렀다. 푸른 칼날이 작은 원을 그리며 날아들었다.

주유성의 몸이 옆으로 스르륵 움직였다. 가짜 추하전의 눈이 반짝였다.

'이놈. 걸렸다.'

회전하던 가짜 추하전의 검이 궤적을 바꿨다. 주유성의 몸통을 쫓아 큰 원을 그렸다. 주유성의 몸이 원의 궤적에 들어갔다. 가짜 추하전이 확신에 찬 얼굴로 생각했다.

'넌 절대로 이 공격을 피할 수 없다! 별것 아닌 놈이었군.'

주유성의 몸은 계속 옆으로 움직였다. 검을 회전시켜 원을 그리며 쫓던 가짜 추하전의 얼굴에 일순 당혹감이 일어났다.

독고진천이 무릎을 탁 쳤다.

'그렇지. 내 칠성의 삼음용조수가 저 도망가는 수법 때문에 실패했지.'

가짜 추하전의 검은 끝내 주유성을 쫓지 못하고 허공을 크게 베었다. 주유성은 이미 그 검의 거리 바로 바깥까지 몸을 움직인 후였다.

바로 다음 순간, 거리를 벌렸던 주유성의 몸이 바짝 다가왔다. 부드러운 움직임이라 비무대를 통한 진동이 전해지지 않았다.

'절묘한 순간에 다가온다!'

가짜 추하전은 바짝 긴장했다. 주유성의 움직임에 말려들어 크게 휘두른 검을 회수할 시간이 모자라다. 하지만 가짜 추하전은 죽음을 곁에 두고 이십 년 이상 살기 위해 수련한 고수다. 즉시 왼손으로 다가오는 주유성을 향해 일장을 날렸다.

'네가 죽는다는 것은 변하지 않아!'

그의 손바닥이 주유성의 가슴을 노렸다. 손바닥에 담긴 힘은 바위를 박살 내고도 남았다. 사람 몸뚱이로 버틸 수준이 아니다.

한 손을 상대로 주유성이 두 팔을 마주 내밀었다.

가짜 추하전이 쾌재를 불렀다. 장력을 더 힘차게 뻗었다.

'힘으로 하자고? 두 팔부터 박살 내주마!'

주유성의 두 손이 마주 부딪치려는 순간 슬쩍 비틀어졌다. 장법을 펼치는 가짜 추하전의 손바닥을 부드럽게 타 넘더니 그 뒤 손목을 가볍게 만졌다. 그리고 옆으로 툭 밀어버렸다.

가짜 추하전이 놀란 소리를 질렀다.

"흐엇!"

단순히 밀어낸 것이다. 하지만 팔이 밀리는 반동이 상당했다. 가짜 추하전의 몸은 중심을 살짝 잃고 옆으로 비틀거렸다. 이미 검은 한쪽으로 밀려나 있었다. 손 역시 그 방향으로 밀려났다. 몸의 힘이 모조리 한쪽으로 밀려나자 균형을 잃었다. 잃어버린 균형을 잡기 위해서 한 걸음 옆으로 움직였다.

주유성이 추하전의 텅 빈 옆쪽으로 움직이며 그 뒤통수를 손바닥으로 후려쳤다.

"컥!"

눈앞에 불똥이 튄 가짜 추하전이 두어 걸음 더 비틀거렸다.

'방금 공격에 내력이 들어 있는 공격이었다면 꼼짝없이 머리가 터져서 죽었다.'

그저 맞기만 했는데도 얼얼하다. 목숨이 위험해졌다는 생각이 들자 가짜 추하전의 눈에서 독기가 흘러나왔다. 주유성을 향해 이를 갈며 말했다.

"으드득! 역시 속이 약해 빠진 놈이구나. 네 나약한 마음이 너를 죽였다."

가짜 추하전이 다시 검을 들고 주유성을 향해 달려들었다. 검은 요란한 잔상을 남기며 십여 개의 그림자를 주유성에게 날렸다. 주유성의 몸이 빠르게 후퇴했다. 검 그림자가 비무대를 쳤다. 짙은 먼지가 와락 피어올랐다.

그 먼지구름을 향해 가짜 추하전이 돌진했다. 그대로 뚫고 지나갈 생각이다.

'처음부터 이 먼지가 목적이었다. 쥐새끼같이 재빠른 놈아. 나의 움직임을 미리 보지 못한 너는 피하지 못한다. 두 조각으로 잘라 죽여주겠다!'

가짜 추하전이 주유성의 몸을 확실히 잘라 버리기 위해서
검을 높이 들었다.

그런 가짜 추하전의 앞에 오히려 주유성이 불쑥 나타났다.
추하전은 예상 못한 상황에 기겁을 했다.

"흐엇!"

그는 흙먼지로 주유성에게 자신이 보이지 않는 것만 생각
했지 자신의 눈에 주유성이 안 보이는 것까지는 미처 생각 못
했다.

주유성의 주먹이 가짜 추하전의 턱을 향해 날아갔다. 큰 공
격을 준비하던 가짜 추하전은 다른 방어 수단이 없었다. 그래
도 그의 판단은 빨랐다.

'턱이 당하면 반격이 불가능하다. 살을 주고 뼈를 깎자. 피
할 수 없다면 다른 부위를 맞아주고 반격의 기회를 잡는다.'

그는 급히 머리를 틀어 턱의 위치를 바꿨다.

주유성의 주먹이 확 펴지며 손바닥으로 변했다. 그것으로
가짜 추하전이 들이대는 뺨을 후려쳤다.

가짜 추하전의 고개가 획 돌아갔다. 뺨을 치는 손바닥에 담
긴 내력은 가짜 추하전이 버틸 만큼 만만하지 않다.

"크윽!"

따귀를 맞은 추하전이 비틀거리며 물러섰다.

구경하던 사람들이 웃음을 터뜨렸다.

“와하하! 추하전이 뺨을 때려달라고 얼굴을 내밀었다.”
“자기가 만든 흙먼지에 자기가 당했어.”
“이거 너무한걸? 허풍대협은 도망만 다니다가 뒤통수를 치지 않나, 추하전은 뺨을 내밀어서 일부러 맞아주지를 않나. 혹시 짜고 치는 거 아냐?”
“하여튼 재미있어. 재미있는 비무야.”
대부분의 사람들은 추하전의 검과 장법에 들어 있는 변화를 알아보지 못했다.

귀빈석은 분위기가 조금 변했다.
청허자가 머뭇거리다가 말했다.
“주, 주 공자의 실력이 제법이오이다.”
적명자가 짜증 가득한 얼굴로 말했다.
“하지만 정신이 썩었군. 비무를 하면서 상대를 놀리고 있다니. 무인이 어찌 저리 경망스러운지.”
취걸개가 히죽댔다.
“나는 유성이 저 녀석이 실력이 좀 된다는 것을 이미 눈치채고 있었지. 난 개방이니까.”
독고진천은 만족한 얼굴로 비무대를 보고 있었다.
‘으흐흐. 재미있구나. 재미있어. 이거 진짜 재미있다.’
청허자가 그런 독고진천을 보고 대단하다는 듯이 말했다.
“역시 맹주이십니다. 어찌 저 아이의 실력을 그렇게 즉시

알아볼 수 있었는지. 역시 고수는 안목도 높다 하더니 오늘
또다시 감탄했습니다."

포권까지 하는 그 모습에 독고진천은 내심 날아갈 것 같다.
하지만 표정은 근엄하기 그지없다.

"하하, 별것 아니지요. 눈빛을 보면 그 사람을 알 수 있는
법. 청허자 장로도 머지않아 그런 경지를 이룰 겁니다."

'세상에 그런 경지가 정말로 있다면 말이지요. 으흐흐흐.'

추월의 얼굴은 이제 환해졌다. 열여섯 살 추월이 앳된 목소
리로 소리를 질렀다.

"역시 우리 주 공자님! 호호호! 그런 약한 놈은 단숨에 무
찌르고 본선에 진출하는 거예요!"

그 옆에서 검옥월은 멍하니 주유성의 모습을 보고 있었다.

'보법 자체도 괜찮지만 움직일 때를 판단하는 능력이 엄청
나다. 정확한 순간에 필요한 만큼 움직였다. 주 공자, 당신에
게 숨겨진 진실은 무엇인지요?'

차라리 모르는 게 낫다. 게으름뱅이가 용돈 벌다 보니 저
실력을 가졌다는 진실은 알아봐야 좌절밖에 주지 않는다.

남궁서천을 잡고 있는 남궁서린의 얼굴도 환해졌다.

"오, 오라버니."

남궁서천이 크게 웃었다.

"으하하하! 주 소협은 정말 볼 때마다 사람을 놀라게 하는군. 저 게으름뱅이가 어떻게 저런 실력을 쌓았지? 나만큼은 아니지만 그래도 보통이 아닌데?"

남궁서천의 실력으로 주유성을 정확히 판단하기는 어렵다. 그래도 주유성의 실력이 보통은 아니라는 정도는 눈치 챘다. 하지만 자신의 위에 두지는 않았다.

남궁서린이 곱게 눈을 흘겼다.

"오라버니, 게으르다고 하지 말아요. 아마 힘든 수련에 대한 반발로 평소에는 게으름을 조금 피우는 걸 거예요."

남궁서천이 씽긋 웃으며 말했다.

"서린아, 네가 보기에는 그의 게으름이 조금이니?"

남궁서린은 대답하지 못했다.

가짜 추하전이 자신의 뺨을 스윽 만졌다. 그의 눈이 조금 붉어졌다. 분노한 목소리로 말했다.

"잔머리나 굴리는 새끼였군."

주유성은 가짜 추하전을 무인으로 대우해 주고 싶은 마음이 조금도 없다. 그는 여전히 차가운 표정으로 말했다.

"넌 누구냐?"

가짜 추하전이 다시 검을 들고 달려들었다. 그의 보법은 좀더 정밀해졌고 검법은 더 날카로워졌다.

주유성의 눈이 가늘어졌다.

'조금만 더 자극하면 되겠군.'

가짜 추하전이 주유성에게 검을 휘둘렀다. 오른쪽에서 왼쪽으로 길게 그어지는 칼날은 바르르 떨리고 있었다. 피하면 지금의 공격은 허초로 변하고, 피하지 않으면 그대로 실초가 돼서 공격하는 절정의 수법이었다.

주유성이 그 칼날 앞에 몸을 들이밀었다.

너무 쉽게 다가오자 가짜 추하전은 갈등했다.

'이 정도 공격은 피하고도 남을 놈이다. 여기에는 뭔가 다른 수작이 있다. 이런 간단한 공격은 막을 자신이 있다는 거겠지. 숨겨둔 것이 뭐냐?'

그의 생각을 읽기라도 한 듯 주유성의 두 무릎이 슬쩍 굽혀졌다. 빠르게 움직이던 가짜 추하전의 눈길에 그 모습이 잡혔다.

가짜 추하전이 쾌재를 불렀다.

'마지막 순간에 뛰어오르려는 거구나. 넌 멀었다! 나는 죽음을 헤치고 살아남았단 말이다!'

가짜 추하전은 그 즉시 검의 초식을 변경했다. 이미 펼쳐진 초식을 중도에 바꾸는 것은 엄청나게 어려운 일이다. 그러나 이 초식은 처음부터 변화를 염두에 두고 펼쳐진 것이다.

가짜 추하전은 주유성의 반응 속도는 이미 충분히 경험했다. 그것을 한 수 앞서서 처치하기 위해서 검의 방향을 위로 비틀어 올렸다.

그의 검이 하늘을 갈랐다.

주유성은 무릎을 굽힌 상태로 그대로 있었다. 움직이지도 않았다. 가짜 추하전의 검은 주유성의 머리 위쪽으로 날아갔다.

가짜 추하전의 안색이 급변했다. 지금 그의 몸통은 순간적으로 텅 비었다.

주유성이 굽혔던 무릎을 펴며 땅을 박찼다. 가짜 추하전의 몸으로 달려들며 손바닥을 내밀었다. 그 손바닥은 머리를 노렸다.

아까 뺨을 맞은 기억이 있는 가짜 추하전이 급히 머리를 뒤로 젖혔다. 다시 뺨을 맞기는 싫었다.

주유성의 손이 머리가 아니라 쭉 길어진 목을 움켜잡았다.

가짜 추하전은 어떤 수법에 자기 목이 잡혔는지 이해하지 못했다. 하지만 깊게 생각할 여유가 없었다.

주유성이 목을 잡은 손에 힘을 꽉 주고 팔을 휘둘렀다. 허리도 크게 회전시켰다. 큰 동작을 따라 가짜 추하전의 몸이 허수아비처럼 공중을 날았다. 커다란 원을 그리며 움직이더니 머리부터 바닥에 내리 꽂혔다.

"크아악!"

가짜 추하전이 비명을 질렀다. 머리가 뒤흔들리고 정상적인 판단이 되지 않았다. 세상이 온통 빙빙 돌았다.

겨우 뜬 눈에 오만한 자세로 내려다보고 있는 주유성이 보였다.

가짜 추하전이 몸을 데굴데굴 굴려 피한 후에 일어섰다.

구경꾼들이 다시 환성을 질렀다.
"우하하하! 가만히 서 있는 사람의 머리 위로 칼질을 했어."
"목을 잡고 들어서 땅에 팽개치듯이 꽂았잖아. 저게 무공이야?"
"하하하! 싸움이야. 그냥 막싸움이야."
"추하전 실력이 별것 아니네?"
"그럼 그런 추하전에게 깨진 청성도 별것 아니잖아. 아하하하!"

추월이 조금 불만이 생긴 얼굴로 투덜댔다.
"공자님도 참. 좀 더 멋있게 해도 될 것을 왜 저리 볼품없이 하시는 건지."
검옥월이 그런 추월에게 말을 해줄까 하다가 입을 다물었다.
'다들 못 알아보고 있지만 저게 칼로 쳐 죽이는 것보다 몇 배는 어려워. 주 공자도 나처럼 혹독한 훈련을 했겠지? 그는 무공으로 원하는 것을 얻었을까?'

무림맹주가 재미있다는 듯이 너털웃음을 터뜨렸다.

“어허허허! 이거 정말 재미있군 그래.”

‘이런 재미있는 비무가 얼마 만이냐. 이거 체통 때문에 내색을 할 수도 없고 미치겠군. 우하하하.’

옆에서 취걸개가 재빨리 맞장구를 쳤다.

“맹주가 보기에도 그렇지요? 저 녀석은 저래 보여도 명가의 자손이라고요.”

청허자도 감탄했다.

“놀랍군. 주 공자의 실력이 저 정도면 자기 나이에서는 상대가 그리 많지 않겠어. 진법 실력만 좋은 줄 알았더니 무공도 대단하군.”

적명자만 삐쳐서 비무대를 노려보고 있다. 주유성이 잘하는 만큼 추하전에게 당한 청성이 욕을 먹고 있었다.

가짜 추하전의 눈이 급격히 붉어졌다.

“보통 놈이 아니구나.”

그는 더 이상 주유성을 우습게보지 않았다. 검을 잡은 손에도 기운이 바짝 들어갔다.

주유성이 얼음이라도 얼 것 같은 얼굴로 다시 질문했다.

“너 누구냐?”

가짜 추하전은 이제 더 이상 그 말을 쉽게 받아들일 수 없다.

그의 귀에는 사람들의 비난 소리가 들렸다. 그중 상당수는 가짜 추하전의 실력이 별 볼일 없음에 대한 놀림이었다.

가짜 추하전은 자신의 뒤통수를 만졌다. 이어 뺨을 만졌다. 마지막으로 목을 만졌다. 하나하나 만질 때마다 눈빛이 더 붉어졌다. 이제 아주 새빨개졌다.

가짜 추하전은 적당히 해서는 자신이 상대도 되지 않는다는 것을 깨달았다. 세 번의 공격은 완전히 일방적으로 농락당한 것이다. 그는 이제야 그것을 알아챘다.

가짜 추하전은 언제나 생존을 목표로 무공을 수련했다.

'잘못하면 죽는다.'

생명의 위기가 그의 이성을 점점 마비시키고 전투력을 극대화시켰다. 마녀가 그들의 실력을 키운 방법 자체가 생명의 위협을 이용한 것이니 이건 자연스러운 반응이었다.

그가 으르렁거렸다.

"감히 나를 가지고 놀아?"

주유성이 비웃었다.

"네 것이 아닌 기술로 나를 상대하려 하면 내가 너에게 해줄 것은 그런 것뿐이다. 추 형은 어디 있나?"

설마 살아 있을 거라고는 기대하지 않았다.

가짜 추하전이 이를 갈았다.

"으드득, 추하전 그 새끼는 내 손으로 파묻었다. 확실히 처리했지."

주유성이 궁금해하던 대답 중 하나다.

"찾기는 어렵지 않겠구나. 네가 직접 했다면 나와 만난 곳
부터 여기 사이의 길에서 제법 가까운 곳이겠지."

주유성의 몸에서 살기가 불같이 일어났다.

"그럼 이제 네가 죽는 일만 남았구나."

주유성에게서 풍겨오는 위압적인 기세에 가짜 추하전은
이제 죽을 수도 있다는 생각이 실감나게 들었다. 생명의 위기
는 가짜 추하전의 몸을 전투형으로 변화시켰다. 몸의 감각이
극대화되고 내공이 온몸을 휘몰아쳤다.

평생 동안 마교에서 죽음과 함께 무공을 수련한 가짜 추하
전이다. 위기가 닥칠수록 무공의 위력이 강해진다.

그리고 그 대가로 이성은 점점 마비되었다.

가짜 추하전이 검을 다시 들었다. 이제 그의 검에 시퍼런
검기가 반짝였다. 멀리서 보기에는 단순한 검기지만 사실은
실컷 응축된 검기의 집적체였다.

가짜 추하전이 음산한 목소리로 말했다.

"죽인다."

가짜 추하전이 주유성을 향해 귀신같은 신법으로 접근했
다. 그 속도가 빠르고 움직임이 방향을 예측할 수 없는 절정
의 신법, 마교의 귀장군보였다.

주유성도 이번에는 놀라 급히 물러섰다. 그러나 가짜 추하
전이 더 빨랐다. 이미 주유성의 달아나는 수법에 한번 당해본
추하전이다.그는 어느새 물러서는 주유성의 곁으로 다가와

있었다.

가짜 추하전의 검이 주유성의 몸을 노리고 날아들었다. 주유성의 몸이 옆으로 슬쩍 움직이며 그 공격을 가볍게 피했다.

가짜 추하전의 입가에 귀기 흐르는 웃음이 떠올랐다.

가짜 추하전이 왼손을 쭉 뻗었다. 그의 손가락 하나가 곧추서서 주유성의 이마를 노렸다. 어떠한 적이든 끝까지 쫓아가 죽인다는 마교의 염왕지였다.

주유성이 허리를 비틀었다. 그의 머리도 젖혔다. 염왕지가 일순 빗나가는 듯했다. 그러나 거의 직각으로 방향을 꺾어 다시 주유성의 이마를 노렸다.

'넌 끝났다. 보법으로 물러설 기회는 이미 놓쳤다. 염왕지는 절대로 못 피한다.'

염왕지는 주유성의 이마를 노리고 쾌속으로 날아갔다.

주유성의 이마는 가까워지지 않았다. 오히려 점점 멀어졌다. 이 의외의 상황을 이해하지 못한 가짜 추하전은 당황했다. 마침내 팔을 쭉 뻗어 더 이상 염왕지를 움직일 수 없게 됐지만 그래도 주유성의 이마는 멀어졌다.

주유성은 땅바닥으로 풀썩 넘어졌다. 그리고 몇 바퀴 구른 후 일어섰다.

귀빈석의 사람들 중 몇 명이 벌떡 일어섰다.

무림맹주 검성 독고진천이 급히 말했다.

"다들 말을 아끼시오."

귀빈석의 사람들은 정파의 고위층이다. 무슨 뜻인지 안다.

가짜 추하전이 펼친 무공이 무엇인지 알아본 사람들은 안색이 창백해져 있다.

'귀장군보가 나타났다.'

독고진천이 심각한 얼굴로 말했다.

"비무를 중지시키시오. 사람들이 눈치 채지 못하게 조용히."

사람들은 환성을 질렀다.

"으하하하! 뇌려타곤이다!"

"허풍대협이 뇌려타곤을 펼쳤다!"

"게으른 당나귀가 땅을 구른다는 뇌려타곤이다. 저 사람이 일포십한이라고 불릴 만큼 게으르다며? 자기한테 딱 어울리는 초식이다. 하하하!"

추월이 분해서 말했다.

"공자님, 체통을 지키세욧!"

검옥월도 어이가 없어서 중얼거렸다.

"다른 방법도 있을 텐데 거기서 왜 그걸……."

혹시 자기가 가르쳐 준 때문인가 해서 조금 미안해졌다.

주유성이 목을 다시 크게 한 바퀴 돌렸다. 그리고 가짜 추하전에게 작게 말했다.

"깜짝 놀랐네. 그게 네 정체겠지? 내가 안목이 낮아 구분하지 못하겠지만 더럽게 무서운 무공이잖아."

말을 하던 주유성이 만족한 얼굴로 웃으며 귀빈석을 힐끗 쳐다보았다.

"하지만 그게 뭔지는 안목 높은 분들이 대충 알아봤겠지."

주유성이 귀찮은 일에 말려들 것을 감수하고 직접 비무에 나선 이유는 추하전에게서 이것을 끌어내기 위해서였다.

가짜 추하전의 안색이 급변했다. 조금 우세를 점하자 이성이 약간 돌아오면서 자신의 실수가 뭔지 깨달았다. 그는 정파의 고위층이 잔뜩 있는 곳에서 마교의 무공을 사용했다.

가짜 추하전은 이제 자기가 살아도 산 목숨이 아님을 깨달았다. 죽음을 확신하자 그의 내공이 폭주했다. 그의 몸을 타고 회오리바람이 한차례 몰아쳤다.

가짜 추하전이 주유성에게 괴성을 지르며 달려들었다.

"크아아!"

귀장군보가 다시 펼쳐지고 염왕지가 날아왔다.

주유성이 손을 빠르게 뻗었다. 염왕지가 그런 주유성의 손을 뚫어버릴 듯 달려들었다.

이미 한번 경험해 본 염왕지다. 주유성의 손이 옆으로 비틀어지며 염왕지의 손가락을 움켜잡았다. 염왕지가 순간적으로 정지했다.

가짜 추하전의 얼굴에 당황이 스쳤다. 그는 자신의 염왕지를 잡을 수 있는 수법을 가진 자가 있을 줄은 몰랐다.

주유성이 그 손가락을 그대로 꺾었다. 평소의 염왕지라면 강한 내공으로 보호되고 있어서 꺾일 리가 없다. 그러나 내공하면 주유성이다. 잠시의 저항은 주유성이 힘을 주자 무력하게 무너졌다.

염왕지는 발동된 상태에서 꺾였다. 그러자 그 손가락에 주입되던 내공의 일부가 거칠게 역류했다. 그 반작용으로 염왕지에 사용된 팔의 혈도 몇 개가 일제히 찢어졌다. 손목에서부터 어깨 방향으로 피분수가 연달아 터졌다. 잔인한 수련을 겪은 가짜 추하전도 그 고통은 참지 못하고 비명을 질렀다.

"으아악!"

주유성이 가짜 추하전의 손가락을 잡은 상태에서 다른 주먹으로 정신 못 차리는 얼굴을 후려쳤다.

"컥!"

가짜 추하전의 얼굴에서 피가 튀었다.

주유성이 계속 주먹으로 가짜 추하전을 쳤다. 가짜 추하전의 얼굴이 점점 뭉개졌다. 그의 다리가 서서히 풀리며 비무대 위에 무릎을 꿇었다.

몇 명의 시험관이 무림맹주의 명령을 전해 듣고 비무를 정지시키기 위해서 다가왔다.

가짜 추하전은 비몽사몽간에 빠졌다. 주유성이 그런 가짜 추하전에게 얼굴을 들이밀고 조용히 물었다.

"너 누구냐?"

가짜 추하전은 이제 자기가 맞아 죽을 거라고 생각했다. 그는 이제 자기가 잡혔다고 믿었다. 도망갈 길은 없다고 생각했다. 살아도 붙잡혀서 마교의 정보를 빼앗기고 죽을 거라고 확신했다.

그렇게 판단한 순간, 그의 머릿속에 평생에 걸쳐 각인시킨 금제가 발동했다.

가짜 추하전의 심장이 두근거렸다. 그는 심적 안정을 잃었다. 그와 함께 강력한 그의 내력이 통제를 벗어났다. 그의 몸속에서 내공이 요동쳤다. 그것이 혈도를 파괴하며 몸속을 찢어발겼다.

"끄아아아!"

가짜 추하전이 비명을 질렀다.

가짜 추하전은 자기에게 걸린 금제가 뭔지 잘 안다. 그것이 발동된 이상 자기가 살 수 있는 방법은 없다는 것을 깨달았다.

가짜 추하전이 마지막으로 든 질문은 그가 누구인지였다.

'나는 누구일까? 나는 왜 태어난 것일까?'

그는 자기가 살아 있었다는 흔적을 남기고 싶어졌다.

가짜 추하전이 눈으로 피를 흘리면서 작은 목소리로 속삭였다.

"나는 이백팔십칠. 나를 기억해라."

막상 그가 남길 것은 그에게 할당된 번호밖에 없었다.

그 말을 들은 주유성의 눈이 가늘어졌다.

'이백팔십칠. 이름이 숫자라고?

다음 순간 가짜 추하전이 사지를 뒤틀었다. 칠공에서 피를 쏟으며 몸을 잠시 움찔거리다가 잠잠해졌다.

뒤늦게 시험관들이 달려와서 가짜 추하전의 몸을 더듬었다.

시험관 하나가 긴장된 목소리로 말했다.

"죽었다."

그 시험관이 벌떡 일어서더니 주유성에게 호통을 쳤다.

"네 이놈! 어찌 비무 상대를 죽였느냐? 생명의 위험을 겪은 것도 아니면서!"

주유성은 조금 억울했다.

'죽이고 싶었지만 죽이지는 않았다고. 알아내고 싶은 것이 얼마나 많은데.'

시험관이 대답없는 주유성을 보고 고함을 질렀다.

"이런 무례한 놈! 넌 실격이다! 그리고 이 일은 고의성이 다분하니 네놈을 조사해 봐야겠다! 내가 보기에 이건 명백히 고의적인 살인이다!"

그 말에 사람들이 웅성거렸다.

"이거 허풍대협이 무슨 짓을 한 거야?"

“사람을 죽였잖아, 사람을.”

“비무대회에서 사람이 죽는 일은 자주 있잖아?”

“고의로 그랬냐 하는 것이 문제지. 비무하다 실수로 죽인 것과는 다르니까.”

낮은 저음의 목소리가 비무대 주변에 울려 퍼졌다.

“모두 주목해 주십시오.”

무림맹주 검성 독고진천이었다. 그의 말이 떨어지자 사람들은 일제히 입을 다물었다.

“무림비무대회는 고의적인 살인의 도구로 사용될 수 없습니다.”

누구나 인정하는 말이다. 차라리 보지 못한 곳에서 했다면 상황에 따라서 무마가 되지만 지금은 너무 많은 사람이 보고 있다. 더구나 비무대회에서 그런 짓을 벌인다면 그건 무림맹에 대한 모독으로 인정된다.

추월은 상황을 제대로 판단하지 못했다. 그래서 발을 동동 굴렀다.

“불쌍한 우리 공자님.”

사람들도 고개를 끄덕였다. 그리고 작은 목소리로 추측했다.

“허풍대협은 이제 끝났군.”

“추하전을 이긴 것을 보면 실력이 낮은 건 아닐 텐데 아깝다.”

“싸우는 모습을 보면 그리 대단한 실력으로는 보이지 않던데? 나는 저 둘이 짜고서 가짜 비무를 하다가 실수로 죽인 것이 아닐까 해.”

독고진천이 말을 이었다.

“하지만 이 사건에는 여러 가지 의문이 있습니다. 또한 사망 원인이 비무에 의한 것인지에 대해서도 조사할 필요성이 있습니다. 모든 것은 무림맹에서 자세히 조사할 테니 그렇게 알아주십시오.”

게으른 주유성은 검성을 무림맹의 최고위층 중 한 명으로만 알고 있다.

하지만 정상적인 활동량을 가진 이곳의 다른 사람들은 그가 무림맹주임을 잘 알고 있다. 무림맹주가 나서서 조사를 한다고 하니 사람들도 다들 그러려니 하고 넘어갔다. 어차피 무공을 다투는 비무대회에서 사람이 다치는 것은 다반사고 죽는 경우도 왕왕 일어난다.

주유성은 비무대에서 내려왔다. 그의 신분이 확실하고 이 사건이 비무 과정에서 일어난 일이란 것 때문에 특별한 신체 구속은 없었다.

추월이 재빨리 주유성의 곁에 붙었다.

“공자님, 수고하셨어요.”

고아로 무림맹에 들어와 자란 추월은 비무 중 사망 사고를 수없이 봤다. 그뿐만이 아니라 사파와의 전투로 부대 전체가 몰살당했다는 소식도 여러 차례 들었다. 주유성이 누구를 죽였다고 해도 그리 심각하게 받아들이지 않는다.

검옥월도 주유성의 곁에 왔다.

"주 공자, 의외네요."

그녀의 얼굴 표정은 놀람과 당황, 그리고 기쁨 등이 뒤섞여 있다.

남궁서린도 어느새 주유성의 곁으로 다가왔다. 그러나 그녀는 말도 못 붙이고 있었다.

추월이 한마디 더 했다.

"공자님, 하지만 탈락은 너무했어요. 억울해요. 비무를 하다 보면 저런 사고는 흔한걸요. 보통은 그냥 넘어간다고요. 이걸로 끝이라니 말도 안 돼요."

주유성이 피식 웃었다.

"아직 끝이 아니란다."

추월은 그 말을 이해하지 못했다.

여자들이 잠시 떠드는 사이 주유성의 곁으로 무림맹의 군사인 제갈고학이 다가왔다.

"주유성 소협, 우리 잠시 이야기 좀 할까?"

그의 곁에는 군사 직속의 무림맹 고수 몇 명이 따라와 있었다. 그들은 저항하면 즉시 치겠다는 기세로 눈을 부라리고 있었다.

주유성이 혀를 찼다.

"쳇. 조용히 넘어갈 수는 없겠죠. 이제 진짜로 귀찮아지겠
네."

그날의 무림비무대회는 정상적으로 진행되었다. 사람들은
비무 중의 사고에는 흥밋거리 이상의 신경을 쓰지 않았다. 무
림맹의 수뇌부는 귀장군보의 등장을 감추기 위해서 비무를
정상적으로 관람했다.

무림맹주가 특별히 명령한 일도 있었다.

"추하전이 쓴 무공이 뭔지 알아볼 만한 무림명숙들을 찾아
입단속을 시키시오."

"완전히 숨기는 것은 불가능합니다."

"일단 대책이 결정될 때까지 시간을 벌어보자는 것이니 즉
시 시행하시오."

그 이후로는 더 이상의 사고가 없이 무림비무대회 첫날의
행사가 무사히 끝났다.

第二章

주유성은 무림맹의 최고회의 회의실에 갇혀 있었다. 비무가 끝날 때까지 그곳에서 할 일 없이 멍하니 있었다. 회의실은 엄히 지켜지고 있어 다른 사람과 노닥거릴 수도 없었다.

대회가 끝나고 나서 무림맹주와 몇 명의 장로들이 책임지고 외부 인사들을 접대했다. 그들 외에 이 사건을 조사하고 싶은 몇 명이 남들의 눈을 신경 쓰며 조용히 회의실로 찾아왔다.

회의실에 들어선 그들이 본 것은 최고회의실의 대형 탁자 위에 드러누워서 자고 있는 주유성이었다.

청성의 적명자는 주유성에게 불만이 많다.

‘이놈이 너무 쉽게 이겨서 우리 청성의 명성에 손상이 왔지.’

즉시 호통을 쳤다.

“네 이놈! 여기가 감히 어디라고 그런 방자한 자세로 있는 것이냐?”

주유성이 눈을 게슴츠레하게 뜨고 고개를 들었다.

“그래 봐야 건물이고 방이죠. 무슨 순국선열의 얼을 기리는 곳도 아니잖아요.”

“이놈이!”

주유성이 몸을 일으키고 기지개를 쭉 켰다.

“사람을 아무 말 없이 잡아다가 가둬두기에 나도 아무렇게나 있어도 되는 곳인 줄 알았죠.”

적명자가 발작하려고 하는 것을 청허자가 말렸다.

“그만 합시다. 그는 명가의 자손입니다. 아직 죄가 밝혀진 것도 아닌데 그런 사람을 함부로 잡아뒀으니 저 정도는 우리가 이해해야지요.”

사람들이 자기 자리를 찾아 앉고 주유성도 구석때기에 앉은 후 회의가 시작되었다. 청허자가 말을 꺼냈다.

“자, 그럼 먼저 추하전의 상태에 대해서 보고해 봅시다.”

주유성이 손을 들었다. 사람들은 뭔가 다른 실마리가 있나 해서 주유성을 쳐다보았다.

“그 사람은 추 형이 아니거든요. 추 형은 전혀 다른 사람이거든요.”

제갈고학이 눈에 이채를 띠면서 말했다.

“그가 위장 신분일 것은 우리도 예상하고 있다. 바보가 아니라면 본래 신분을 가지고 귀장군보를 펼칠 리 없지. 그런 너는 그러면 진짜 추하전을 안다는 소리구나?”

“네. 좋은 사람인데 그 가짜에게 죽었어요.”

취걸개가 손뼉을 딱 쳤다.

“그렇군. 이 게으름뱅이 녀석이 왜 비무대회를 참가하겠다고 설쳤나 했더니 그런 이유가 있었어.”

제갈고학이 의심의 눈초리를 거두지 않고 다시 질문했다.

“너는 그 사실을 어떻게 알았느냐?”

“어제, 추 형을 보러 찾아갔더니 그놈이 추 형 행세를 하고 있더라고요.”

“겨우 그 정도로 모든 상황을 알아챘다?”

“충분하지요. 그 정도면.”

“네 머리가 그리 좋단 말이냐?”

제갈고학의 의심에 청허자가 끼어들었다.

“그가 바로 일포십한이라고 불린다는 그 주유성이오. 학문이 아주 높고 진법에도 대단히 뛰어나지요. 그 정도는 충분히 가능한 일이외다.”

청허자가 그렇게까지 말하는데 제갈고학도 더 이상 뭐라 할 수 없었다.

청허자가 다시 회의 분위기를 자신에게로 돌렸다.

"일단 그 가짜 추하전의 상태에 대해서 들어보지요? 검시관."

구석에 서 있던 무림맹의 검시관이 앞으로 나섰다.

"그의 시체를 확인해 본 결과 사인이 밝혀졌습니다. 의심할 여지 없이 혈도의 파괴에 의한 사망입니다."

적명자가 주유성을 째려보면서 말했다.

"혈도의 파괴라? 일부러 내가중수법으로 죽였어? 네 알량한 복수를 위해서 그런 짓을 했다는 말이냐? 산 채로 잡아서 배후를 알아내야 할 자를? 어리석은 놈."

검시관이 급히 말을 덧붙였다.

"아닙니다. 외부 진기에 의한 타격이 아니라 내부 내공의 폭주에 의한 것이었습니다. 저는 주화입마로 확신합니다."

적명자가 머쓱해졌다. 주유성이 툴툴거렸다.

"죽이고 싶었지만 죽이지 않았어요. 자기 혼자 죽는 걸 어쩌라고요."

취걸개가 내심 반가운 기색을 감추며 말했다.

"그 말은 네가 그를 죽이지 않았다는 뜻이렷다?"

"살려야 배후를 캐지요. 그것 때문에 즉시 안 잡고 비무대회까지 기다린 거예요."

불만이 많은 적명자가 버럭 화를 냈다.

"네 이놈! 왜 기다려? 비무대회까지 기다려 봤자 결국 차이가 없지 않느냐? 네 말은 심히 의심스럽다."

주유성이 퉁명스럽게 대답했다.

"청성이 제대로 해줬으면 내가 귀찮게 나갈 필요 없었다고요. 청성이 너무 약하니까 내가 나갔잖아요. 내가 좀 패고 나니까 그놈이 결국 자기 밑천을 드러냈잖아요. 그 보법이 귀장군보란 건가 보지요?"

적명자의 얼굴이 벌게졌다. 하지만 당장 변명할 말이 없다.

청허자가 만족한 웃음을 지으며 대답했다.

"그렇지. 네 덕분에 귀장군보를 보게 됐단다. 큰 공을 세웠구나. 수고했다."

군사 제갈고학이 이야기를 정리하기 위해서 나섰다.

"사망 원인이 그렇다면 결국 범인은 귀장군보를 펼치다가 주화입마했다는 뜻입니다. 저 소협이 귀장군보를 깨뜨린 것은 아니지요."

제갈고학이 주유성을 낮춰 말하느라 애쓰자 기분이 나빠진 취걸개가 한마디 하려고 몸을 움찔댔다.

하지만 주유성으로서는 제갈고학의 반응이 더 이상 반가울 수 없다. 즉시 맞장구를 쳤다.

"맞아요. 그가 보법을 펼칠 때 뭔가 이상했어요. 안색도 정상이 아니었고."

제갈고학이 만족하며 말을 이었다.

"그렇습니다. 더구나 저 소협은 그 공격을 피하기 위해서 뇌려타곤까지 펼쳤지요. 누가 무림비무대회에서 뇌려타곤을 펼치리라 생각이나 했겠습니까? 예상 못한 초식이니 한 번의 공격을 피하는 것은 쉬웠을 겁니다. 그 다음에는 보신 바와 같이 주화입마에 빠진 녀석을 저 소협이 두들겨 팼지요. 범인은 그 때문에 죽은 겁니다."

정말 주화입마에 의한 사망이라면 제갈고학의 말 자체에는 빈틈이 없다. 다른 사람들은 마땅히 반대할 말을 찾을 수 없었다.

하지만 현재 장로들이 모인 것은 가짜 추하전의 사망이 아니라 다른 문제 때문이다. 청허자가 고민에 싸인 표정으로 말했다.

"하지만 그가 펼친 것은 어찌 됐든 귀장군보라는 말이지요. 그건 마교의 무공. 평범한 자가 펼칠 수 있는 것이 아닙니다."

딸꾹!

마교라는 말에 너무 놀란 주유성이 딸꾹질을 했다.

제갈고학이 주유성을 쳐다보며 말했다.

"이런. 청허자 장로께서는 외인이 있는 곳에서 하지 말아야 할 말을 하셨습니다. 네 이 녀석! 네가 여기서 들은 것은 바깥에 나가서 한마디도 누설해서는 아니 된다. 만약 이를 어길 시 엄벌에 처할 것이야."

원래 귀장군보를 먼저 언급한 것은 제갈고학이다. 하지만 사람들은 그 사실까지 짚어내지는 못했다.

주유성이 재빨리 고개를 끄덕였다.

"걱정 말아요. 나도 그런 일에 말려드는 건 딱 질색이니까."

'무지하게 귀찮은 걸 건드렸구나. 에고.'

제갈고학이 이야기를 다시 시작했다.

"그동안 무림에 마교가 저지른 사건들이 없는 것은 아닙니다. 하지만 우리 무림맹 본부에 직접 손을 댄 적은 없습니다. 더구나 귀장군보는 마교에서도 중요 인물들만 배울 수 있는 핵심 마공입니다. 현재의 모습만 보자면 이건 마교의 도발 행위입니다."

"그렇지. 그러니까 우리가 이렇게 모여 있는 것 아닌가?"

"하지만 우리는 범인이 귀장군보를 펼친 직후 주화입마에 걸린 것에 집중해야 합니다."

"주화입마는 결국 수련이 부족한 놈들이 걸리는 거지. 아니면 실력 이상으로 욕심을 부렸거나."

"그렇습니다. 제대로 익혔다면 겨우 한 번의 펼침에 그리 될 리는 없지요."

"그렇지. 한 번 쓰고 죽는 무공이라면 누가 감히 익힐까? 수련 자체가 불가능하니까."

"그러니 그는 결국 제대로 된 무공을 배우지 못했다는 뜻

입니다. 아마도 오의가 빠진 구결만 가지고 수련한 것이 아닌
가 합니다. 아니면 불완전한 오의로 수련했을 수도 있습니다.
승부에 눈이 멀어 배운 것 이상으로 사용했겠지요."

그 주장에서 사람들이 딱히 부정할 만한 뭔가는 없다.

"우리는 사망자가 펼친 것이 마교의 귀장군보라는 사실,
그리고 그것이 무림맹 내에서 펼쳐졌다는 것에 너무 집중하
고 있습니다. 하지만 마교에서 작정을 한 것이라면 그가 제대
로 배우지 못했을 리 없습니다."

"그럼 군사의 생각은?"

"제가 보기에 그자는 아마도 우연히 귀장군보의 비급을 습
득한 자이거나, 아니면 마교에서 떨어져 나온 계파 정도가 아
닐까 합니다. 이건 마교의 본격적인 무림 등장이라고 보기에
는 무리가 있습니다."

군사 제갈고학의 말은 현 사태를 최대한 긍정적으로 해석
한 것이다. 군사가 할 판단이 아니다.

그러나 마교의 침입을 부정하고 싶은 사람들에게는 꽤나
유혹적인 이야기다.

적명자가 먼저 그 말에 동의했다.

"대충 동의하오. 우연히 습득했다기보다는 방계 쪽이라고
생각하지만. 사실 마교에서 이 대회를 망치기 위해서 준비하
고 왔다면 이제 무림초출인 우리 아이들이 패배한 것도 이해
가 가지. 방계 계파라고 해도 우습게볼 수는 없지. 방계도 마

교는 마교인 데다가 자기네 나름대로는 최고를 보냈을 테니
까.”

이번 일이 마교의 수작이라면 청성의 젊은 제자들이 패한
것은 크게 창피한 일이 아니다. 그래서 적명자는 제갈고학의
의견에 지지를 보냈다.

아무리 사태를 긍정적으로 해석한다고 해도 사람들의 얼
굴은 계속 침중했다. 청허자도 심각한 얼굴로 동의했다.

“그렇지요. 방계도 마교는 마교지요. 아무리 한 계파라고
하더라도 이렇게 일어선다는 것은 뭔가 계획이 있다는 뜻. 그
잔혹한 자들의 계획이라면 무엇이 되었든 무림에 끼치는 영
향은 작지 않지요. 그에 대한 대비를 해야 함은 당연한 일입
니다.”

장로들은 심각한 이야기를 나누며 점점 인상을 찌푸렸다.
어쨌든, 제갈고학의 말처럼 사태를 쉽게 해석한다고 해도 대
비를 한다면 큰 상관 없다. 사람들은 말 잘하는 군사와 말싸
움을 하기 싫었다.

주유성은 무림의 정세에 어둡다. 그가 아는 것은 책에 나오
는 정도의 일반론이다. 아니면 제법 알려진 사람들의 이름 정
도다.

마교의 무공 자체에 대해서 가진 정보가 거의 없다. 그래도
자기와 싸운 가짜 추하전이 저 혼자 기가 뒤틀려 죽었다는 것
정도는 안다.

'정말 주화입마에 걸려들었나 보다. 어쩐지 그 무섭다는 마교 놈이 쬐나 만만하더라니. 그 보법은 정말 깜짝 놀랐지만.'

가진 정보가 워낙 없으니 그도 순순히 제갈고학의 설명을 믿어버렸다.

사람들이 떠든다고 뭔가 새로운 이야기가 나올 것도 없다. 분위기가 원하는 방향으로 흐르자 제갈고학이 만족한 얼굴로 말했다.

"좋습니다. 그럼 이렇게 정리하기로 하지요. 어차피 귀장 군보를 알아본 자가 더 있을 수밖에 없습니다. 소문나는 것은 금방입니다. 그러니 그 사실 자체를 우리가 발표해야지요."

"무림에 혼란이 올 텐데."

"대신에 지금 이야기된 것처럼 그의 무공은 불완전한 것이라고 발표하는 겁니다. 그러니까 구결만 가지고 잘못 익혀서 정작 무공을 펼치자 즉시 주화입마에 빠져 사망한 것이라고 해야 합니다."

"그거야 그렇지."

"중요한 건 사람들을 안심시키는 겁니다. 그자가 진짜 마교가 아니라 어느 작은 방계이거나, 아니면 우연히 구결만 입수한 자라고 해야지요. 사실이잖습니까?"

"그렇다고 해도 이 일을 버려둘 수는 없지. 아이들을 풀어 은밀히 조사를 합시다."

"알겠습니다. 그렇게 처리하도록 하겠습니다."

의견이 정리되자 제갈고학이 날카로운 눈으로 주유성을 쳐다보았다.

"네 녀석은 명성을 날리지 못해 아까울지 모르지만 어차피 실력으로 이긴 것도 아니지 않느냐. 대신 네게 씌워진 살인 혐의는 풀어주마. 어차피 네 능력으로 할 수 있는 일도 아니니까."

무림맹의 고위층이 주유성의 실력이 대단함을 못 알아봤을 리는 없다. 그러나 주유성은 실력을 전부 내보이지 않았다. 장로들은 주유성이 스무 살 정도의 무인들 중에서는 내세울 만한 실력이라고 판단했다. 그것만 해도 대단한 수준이지만 마교의 절학을 상대하기는 모자라다.

주유성으로서는 바라고 바라던 말이다.

"전혀 불만없습니다."

"좋다. 현명한 판단이다. 자, 여러 장로님들. 제가 그런 방향으로 정리해서 대외적으로 발표하겠습니다. 그리고 우리의 발표를 의심하는 무림명숙은 범인의 시체를 검사해 볼 수 있도록 하겠습니다. 사인이 명확하니 그들도 의심할 여지가 없을 겁니다."

장로들은 동의했다. 그들은 이 일이 마교와 직접적인 상관이 없기를 바라 마지않았다.

주유성이 다시 손을 들었다.

“저기요.”

제갈고학이 날카롭게 노려보았다.

‘이 녀석. 혹시 명성을 높일 수 있는 기회를 날려 버렸다고 이번 결정에 불만이 있는 건가? 불만이 없으면 이상한 일이지. 그럼 협박을 할까? 아니면 돈이라도 줘서 입막음을 할까?

주유성을 전혀 모르는 그는 함부로 억측했다.

“뭐냐?”

“그 가짜가 가지고 있던 통소요. 그거 추 형 것이거든요. 그건 제가 좀 가졌으면 해서요.”

제갈고학은 내심 안도의 한숨을 쉬었다.

“그깟 통소. 마음대로 해라.”

무림맹은 비무 중 사망 사건에 대해서 발표했다. 귀장군보가 사용됐다는 말을 들은 사람들은 처음에는 웅성댔다. 그러나 모든 발표 내용을 다 듣고 나자 다들 쉽게 납득했다. 일반 무인들이 무림맹의 공식 발표를 특별히 의심할 이유는 없었다.

그리고 그 일은 주유성에 대한 평가에도 영향을 끼쳤다.

“사실은 청성의 무사들과 상대하면서 이미 주화입마 상태에 빠져들고 있었다며?”

“그렇지. 청성의 실력이 만만치 않았다고 하더군. 마교의 주구도 그걸 상대하기 위해서 무리하게 마공을 운기했다가 주화입마에 빠진 거래."

청성을 띄워주는 이런 발표에는 적명자의 입김이 들어갔다.

제갈고학이야 어차피 이 일만 조용히 처리하면 그만이니 그 정도 부탁을 들어주는 것은 불만이 없었다. 그는 오히려 청성에게 은혜를 베풀었으니 나중에 보답을 받을 생각에 기쁘게 받아들였다.

청성은 이제 일방적으로 패배한 것에 대한 명분을 얻었다. 여기는 정파가 모인 곳이다. 마교의 수작에 대항해 싸웠다면 결과와 상관없이 자랑이 될지언정 흉이 되지는 않는다.

그들은 주유성이 그로 인해 입는 손해에는 관심없었다.

그리고 무공이 저평가되는 것은 주유성도 바라는 일이다.

하지만 사람들은 이제 주유성을 놀림거리로 삼았다.

"허풍대협 말이야, 그러니까 주화입마로 맛이 간 사람을 상대로 싸운 거라잖아. 어쩐지 쉽게 이기더라고."

"하하. 이 친구. 나는 처음부터 그 사실을 알고 있었다고. 그 가짜가 가만히 서 있는 허풍대협의 머리 한참 위로 칼질할 때부터 눈치 챘어."

"나는 뇌려타곤 펼칠 때 알아봤지. 얼마나 실력에 자신이 없으면 주화입마한 상대의 공격을 피하려고 뇌려타곤을 펼치나 그래."

"그러니까 허풍대협이지."

주유성이 비무장에서 보여준 실력은 완전히 무시되었다.
주유성의 실력이 제법 뛰어나다고 생각한 고수도 몇 명 있었
지만 그들은 소문에 끼어들어 체통을 잃는 짓을 하지 않았다.

무공이 워낙 약한 추월은 그 소문을 그대로 믿었다. 그녀는
주유성을 위로한답시고 말했다.
"공자님, 괜찮아요. 공자님은 진법가잖아요. 전 소문 같은
건 신경 쓰지 않아요."
주유성은 명성 따위는 눈곱만큼도 관심이 없다.
'운 좋게 귀찮은 일을 겨우 피했네. 앞으로는 좀 조심해서
움직여야겠다.'
하지만 검옥월은 다르게 생각했다.
"주 공자, 화가 나지도 않나요?"
만약 그녀가 같은 일을 당했다면 참지 못한다.
그녀는 평생을 힘들게 수련했다. 그것이 남에게 무시당한
다면 폭발하고도 남는다. 그래서 주유성이 당한 일에 화가 났
다.
"괜찮아요. 그런 거 신경 안 써요."
주유성은 정말로 아무렇지도 않다.
검옥월이 주유성을 조금 젖은 눈빛으로 보며 말했다.
"주 공자, 당신은 정말 신비한 사람이에요."
'그런 것을 아무렇지도 않게 웃어넘길 수 있다니.'

오히려 고맙다.

다음날 비무대회에서 주유성은 구경꾼으로 변했다.

그는 죄가 없다고 발표가 났다. 그렇다면 참가 자격이 박탈된 것은 아니다. 하지만 이미 귀장군보를 끌어냈으니 더 이상 참가할 이유가 없다.

'그 지법도 보통은 아닌 것 같았는데. 그건 다들 뭔지 못 알아보네.'

주유성은 견문이 워낙 짧아 염왕지를 알아보지 못했다. 하지만 지법마저 끌어들이면 겨우 빠져나온 일에 다시 얽혀들 수 있다.

대부분의 지법은 단순히 멀리서 본 것만으로 알아보기는 어렵다. 보법은 그 특유의 발 움직임으로 알아볼 수도 있다. 하지만 찌르기를 하는 지법은 그 내력 운용이 핵심이다. 펼쳐지는 모양은 대동소이하다.

소림사 칠십이종 절예 중 하나인 탄지신통처럼 아예 원거리의 적을 공격하는 거라면 그나마 알아볼 수 있다. 하지만 염왕지는 그 정도의 특징을 가지고 있지는 않다.

중간에 방향을 마음대로 바꾸는 지법은 별로 없지만 그렇다고 아주 없는 것도 아니다. 단순히 공격 도중에 손가락을 비틀었다고 해서 염왕지임을 알아볼 수는 없다.

대회는 별문제없이 진행됐다. 둘째 날이 되자 구파일방과 오대세가, 그리고 그 외 유력 문파의 사람들이 본격적으로 등장하기 시작했다. 대부분의 경우 유명 문파의 사람들이 본선에 진출했다. 수많은 일반 문파 사람들이나, 배첩 없이 참가한 사람들은 그들의 승리를 위한 제물이 되었다.

하지만 가끔 예외도 발생했다.

배첩 없이 별도의 시험을 거쳐 이 대회에 참가한 사람 하나가 벌써 네 명을 물리쳤다. 다섯 번째 상대는 개방의 거지였다.

개방은 구파일방 중 일방이다. 더구나 비무에 내보낼 정도면 나름대로 작정하고 키우는 제자다. 거지의 무공이 구파에 비해 다소 떨어진다고 하지만 본선 진출을 못할 정도는 아니다.

하지만 이 거지는 지금 예선에서 탈락할 처지에 놓였다.

거지는 숨을 헉헉거리고 있다. 손에는 개 잡는 데 쓰는 타구봉을 하나 쥐고 있지만 그것은 이미 반 토막이 나 있다. 때가 탄 눈에서는 믿을 수 없다는 경악과 이대로 끝낼 수 없다는 초조가 교차해서 나타났다.

거지가 다시 기합을 지르며 달려들었다.

"우와아아아!"

거지가 반 토막 난 타구봉으로 단봉술을 펼쳤다. 짧은 막대가 부챗살 모양을 그리며 상대에게 날아갔다.

상대가 타구봉을 향해 손을 뻗었다. 타구봉이 재빨리 변화를 일으키며 그 팔의 요혈을 노렸다.

공격은 실패했다. 둔탁한 소리와 함께 타구봉이 상대의 손에 잡혔다. 거지의 얼굴에 당황이 스쳤다.

상대가 잔혹하게 웃더니 봉을 와락 잡아당겼다. 거지가 끌려가지 않으려고 힘을 썼다. 어느새 상대의 발이 거지의 팔을 소리없이 걸어찼다. 팔꿈치가 단숨에 거꾸로 꺾이며 거지의 비명이 뒤를 따랐다.

"으아악!"

거지가 부러진 팔을 잡고 비명을 질렀다. 반 토막 난 타구봉을 놓치며 바닥에 주저앉았다.

싸움은 끝났다. 심사관이 거지의 상태를 주의 깊게 살피더니 선언했다.

"백구십 오승! 본선 진출!"

구경꾼들이 박수를 치면서 좋아했다.

"와아! 멋지다!"

"배첩 없이도 할 수 있다는 것을 보여주라고."

"그까짓 거 우승해 버려. 명문대파가 별거야?"

대부분의 사람들은 배경이 별 볼일 없어 보이는 백구십이 명문대파를 무찌르며 승승장구하는 것에 신이 났다.

그 모습을 보는 주유성이 흐리게 웃었다.

'백구십은 이백팔십칠보다 번호가 엄청 높지. 너 설마 정말 백씨는 아니겠지?

그날의 비무대회가 끝난 후 사람들은 백구십에게 다가와 친분을 나누려고 했다. 다들 상당한 호감을 보였다.

하지만 백구십은 그런 사람들에게 냉혹한 말을 던졌다.

"뭘 주워 먹을 것이 있다고 길거리를 쏘다니는 개새끼들처럼 떼거지로 달라붙는 거냐?"

그 말 한마디면 충분했다. 백구십에게 호감을 가졌던 사람들은 즉시 마음을 바꾸고 적의를 드러냈다.

"무공 좀 한다고 하더니 성질은 아주 무림 절대고수구만."

"에이. 퉤! 더러워서 원."

그러나 사람들의 불평도 오래가지 않았다. 가까운 곳에서 욕을 하던 몇이 백구십에게 맞아서 나뒹굴었다. 이제 사람들은 더 이상 백구십 근처로 가지도 않았다.

백구십의 원래 계획은 바닥부터 일어서는 모습을 보인 후 중소문파 사람들에게 적당한 호의를 보이는 것이다. 그것 때문에 일부러 배첩 없이 시험을 거치고 올라왔다. 그런 식으로 사람들에게 인기를 얻는 것이 마뇌의 계획이었다. 어차피 신원 조회는 무림맹에 채용될 때나 필요한 것이니 지금은 이렇게 밀어붙여도 통했다.

하지만 지금 백구십은 사람들이 접근하는 것 자체가 무서웠다.

‘저놈들 중 누가 뒤통수를 칠지 모른다. 그게 아니더라도 말을 많이 하면 정체가 탄로날지 모르지. 들키면 나는 죽는다.’

백구십이 가장 두려워하는 것은 자신의 죽음이다. 자기가 살기 위해서는 무슨 짓이든 할 수 있다. 그것이 그가 마교의 혹독한 생존 경쟁을 극복하고 아직까지 살아남은 비결이다.

‘더구나 이백팔십칠호 그 바보가 정체를 들키고 죽었으니까 더 조심해야지.’

벌써 정체가 드러나는 것은 예정에 없던 일이다. 그렇다고 한 번의 사건 때문에 마뇌가 내린 명령을 무시하고 달아나기도 힘들었다.

이백팔십칠호가 왜 죽었는지 잘 아는 백구십은 금제가 두려워 몸을 부르르 떨었다.

백구십은 밤이 될 때까지 사람들을 피해 인적이 드문 곳을 어슬렁거렸다. 다들 잠이 들 시간에 돌아갈 생각이었다. 그런 그가 걸음을 멈췄다. 그의 앞쪽에서 주유성이 길을 막고 삐딱하게 서 있었다.

백구십은 주유성을 알아보았다.

‘이백팔십칠호를 죽게 만든 그놈이다.’

복수하고 싶은 생각 같은 것은 없다. 어차피 생존을 놓고 싸우던 경쟁자였을 뿐이다. 계파마저 다르다. 하지만 이백팔십칠호의 적은 자신의 적이기도 하다. 백구십이 조금 긴장하며 말했다.

"무슨 일이냐?"

주유성이 어슬렁어슬렁 걸어오며 말했다.

"볼일이 있으니까 왔겠지. 백구십."

백구십의 머릿속에 경계종이 살짝 울렸다.

"나를 아나?"

주유성이 씩 웃었다.

"마교의 똥강아지. 백구십."

백구십의 안색이 굳었다. 그의 머릿속에 경계종이 마구 울렸다.

"모함하지 마라. 나는 마교를 모른다."

입으로 부정해서 위험을 피할 수 있다면 교주 욕이라도 할 수 있다.

"걱정하지 말라고. 이 사실은 나밖에 모르거든. 이백팔십칠과 싸운 건 나라고. 내가 입을 열지 않으면 아무도 몰라."

이백팔십칠까지 언급됐다. 백구십은 이제 주유성이 충분한 정보를 가지고 있다고 판단했다. 백구십이 의심스러운 눈초리로 주유성을 쳐다보았다.

"너 혼자 내 정체를 안다는 말을 어떻게 믿지?"

주유성은 속으로 쾌재를 불렀다.

'이 새끼. 걸렸구나. 네가 마교 잔당이 아니라면 내 말의

진위 여부가 궁금할 이유가 없지.'

표정은 여전히 밝은 채로 말을 계속 이었다.

"만약 무림맹에서 네 정체를 알았다면 이렇게 돌아다니도록 놔두지도 않았겠지. 벌써 잡아서 쥐어짰을 거야. 그게 증거야."

백구십이 주유성의 주변을 슬슬 움직이며 자세를 잡았다. 그러면서 질문했다.

"나에게 원하는 것이 있구나?"

주유성이 손가락 하나를 세웠다.

"은자 백 냥. 그 정도만 내면 내가 입을 다물어주마."

백구십은 순간적으로 갈등했다.

'공작금은 백 냥이 훨씬 넘게 있다. 돈으로 해결하는 것이 나을까?

생존에 도움이 된다면 돈을 쓰고 싶다. 하지만 금방 그 생각을 털어버렸다.

'살인멸구처럼 좋은 일을 놔두고 왜 그런 짓을 해? 더구나 이놈이 돈만 받아먹고 무림맹에 나를 다시 팔아먹을 위험이 너무 높다.'

주변에 감지되는 매복자는 없다. 백구십이 결정을 내렸다.

"배짱이 좋구나. 나는 이백팔십칠호와 다르다. 나는 백구십호다. 같은 실력으로 보지 마라."

주유성은 그 말에서 새로운 정보를 추출했다.

‘젠장. 혹시나 했는데 정말로 무력이 곧 번호순이란 말이지. 최악의 경우 그 가짜보다 강한 놈들이 이백팔십육 명은 있겠군.’

“실력이 뒷받침되니까. 이백팔십칠호는 약했어. 백구십호가 된다고 해도 내게는 마찬가지야. 나를 상대하고 싶으면 네 놈이 아니라 한 자릿수가 와야지.”

그 말에 백구십의 얼굴이 일그러졌다.

“이놈. 네 까짓것들은 그분들에게 걸리면 일초거리도 되지 않는다.”

“나도 꽤 한다고.”

백구십의 눈에서 살기가 피어올랐다.

“아무래도 너는 아는 것이 너무 많다.”

주유성이 손가락 하나를 더 펴서 내밀었다.

“내가 아는 것이 많으니 이제 이백 냥으로 하지? 아니면 다른 녀석과 협상하면 되니까.”

백구십이 본격적으로 살기를 뿌렸다.

“백칠십사호에 대해서도 알고 있다니. 네놈은 정체가 뭐냐?”

백구십은 살기 위한 싸움에는 강하다. 하지만 이런 수작은 별로 경험이 없다. 적의 뒤통수를 치는 법을 교육받기는 했지만 실전이 부족하다.

주유성은 속으로 쾌재를 불렀다.

'백칠십사? 이번 비무대회에 딱 한 놈만 더 왔구나. 그놈은 누구로 위장했을까? 어차피 본선에 진출하겠지.'

주유성은 수작을 계속 걸었다. 방금 얻은 정보를 이용했다.

"내가 백칠십사호까지 찾아가게 하지 마. 네 선에서 끝내라고. 아니면 그의 거처로 찾아가서 백구십호가 거절해서 값이 뛰었다고 할 테니까."

백칠십사호의 정확한 신분을 알아내기 위해서 밑밥으로 미끼를 더 뿌렸다.

백구십은 이제 완전히 결정했다. 그가 주유성에게 다가오며 말했다.

"그래. 나는 지금 가진 돈이 별로 없으니 같이 백칠십사호에게 가자. 돈은 그가 모두 가지고 있으니까."

백구십은 주유성과의 거리가 충분히 가까워지자 갑자기 귀장군보를 펼쳐 급격히 달려들었다. 호통과 함께 오른손으로 일장을 날렸다.

"죽은 놈은 말이 없다!"

장을 날리는 손바닥은 붉게 물들어 있었다. 주유성은 알아보지 못했지만 마교의 절학 중 하나인 염마탈명장이다.

주유성이 급히 물러섰다. 마교의 귀장군보는 이미 경험했다. 그것이 장난이 아님을 잘 안다.

주유성의 보법도 어디 가서 꿀리지 않는다. 마교의 귀장군

보만큼의 명성은 없지만 타고난 무골이 펼치는 것이라 순순
히 당할 만큼은 아니다.

급히 펼친 보법 덕분에 불리한 방위를 빼앗기는 것은 피했
다. 하지만 백구십을 떨어뜨리는 데는 실패했다. 염마탈명장
이 붉은 빛을 날리며 주유성의 가슴을 노리고 날아왔다.

'정면 대결은 안 좋다.'

주유성은 순간적으로 판단했다. 맞받아치기에는 염마탈명
장이 뿌려대는 기의 파동이 지나치게 부담스럽다.

주유성이 몸을 흔들어 피하며 손가락을 갈퀴처럼 펴서 빠
르게 뻗었다. 염마탈명장을 뿌리는 백구십의 손목을 노렸다.

백구십은 순간적으로 갈등했다. 주유성의 반응을 보니 이
일장이 명중한다는 보장이 없었다. 그렇다고 그대로 장을 날
리다가 잘못하면 손목에 역습을 당할 위험이 있었다.

그는 즉시 손바닥을 뒤집어 장법의 방향을 바깥으로 바꿨
다. 염마탈명장은 허공으로 빗나갔지만 주유성 역시 손목을
잡는 데 실패했다.

백구십은 그 모습에 회심의 미소를 지으며 왼손을 뻗었다.
손가락 하나를 세운 채였다. 마교의 절학인 염왕지다.

'거의 동시에 서로 다른 장법과 지법을 펼치는데 네깟 놈
이 어떻게 막을 수 있겠냐?'

백구십은 이 한 수가 먹혀들어 갈 거라고 믿어 의심치 않았
다. 이런 연환 공격은 내공의 운용이 자유로운 수준에서나 쓸

수 있는 고급의 수법이다. 이백팔십칠은 꿈도 꾸지 못하던 수준이다.

주유성은 자신이 써야 하는 무공과 그에 대한 백구십의 대응을 순간적으로 예측했다.

백구십의 오른손을 노렸다가 빗나간 주유성의 금나수법이 즉시 방향을 바꿨다. 그 손은 새롭게 날아오는 염왕지를 노렸다.

백구십은 기겁을 했다.

'헉. 초식의 수발이 이렇게 자유롭다니. 보통 수법이 아니다.'

백구십은 이백팔십칠호가 염왕지를 펼치다가 어떻게 당했는지 똑똑히 봤다. 자신의 실력이 이백팔십칠호보다 훨씬 윗줄이지만 이런 공격을 당하자 조금도 방심할 수 없다.

그는 급히 왼손으로 날리던 염왕지도 포기했다. 주유성의 공격을 피하기 위해서 그 손도 바깥으로 크게 빼냈다.

양팔을 바깥으로 펼치니 순간적으로 가슴이 열렸다. 백구십은 급히 한 다리를 들어 주유성의 접근을 견제하려고 했다. 의도하지 않았지만 두 팔을 벌리고 한 다리를 세우는 금계독립의 자세로 변했다.

하지만 이미 주유성은 견제 범위 안쪽으로 파고들고 있었다. 백구십이 다리를 올리는 것보다 주유성의 보법이 더 빨랐다.

한술 더 떠서 주유성은 백구십이 들어올리던 다리를 밟았다. 그 반동으로 몸을 가볍게 띄웠다.

들어올리던 다리가 아래로 눌리자 백구십은 순간적으로 몸의 중심을 잃었다. 나머지 한 다리로 중심을 잡으며 벌어진 두 팔을 빠르게 안쪽으로 모았다. 염마탈명장과 염왕지가 동시에 펼쳐졌다. 주유성이 무슨 공격을 하더라도 몸으로 버티며 두 팔로 공격해서 끝장을 낼 생각이다.

'하나라도 명중시키면 박살 낼 수 있다. 내 살을 주고 적의 뼈를 깎는다. 아니면 네놈이 도망가라. 그 즉시 반격해 주마.'

백구십은 이 공격이 공격과 방어 모든 면에서 완벽하다고 생각했다.

주유성의 몸은 계속 빠르게 떠올랐다. 무릎이 불쑥 솟아오르며 백구십의 얼굴을 노렸다.

'가소로운 놈. 무릎은 강하지만 짧다.'

백구십이 그 상태에서 허리를 뒤로 젖혔다. 그의 머리가 무릎의 사정거리를 벗어났다. 양손은 주유성의 몸통을 노리고 다가오고 있었다.

모든 것은 주유성이 예상하던 대응이다. 그는 그 상태에서 다리를 쭉 폈다. 백구십의 눈에는 무릎이 쭉 늘어나는 것처럼 보였다.

주유성의 발이 뒤로 젖혀지던 백구십의 턱을 걷어찼다. 그

반동으로 주유성의 몸은 허공에서 뒤로 누워졌다.

백구십의 목이 덜컥 소리를 내며 꺾였다. 치명적인 두 손은 주유성의 아래쪽 빈 공간을 스쳐 지나갔다.

급소를 제대로 맞은 백구십의 몸이 뒤로 빠르게 넘어갔다. 땅바닥에 볼품없이 자빠졌다.

바닥에 쓰러진 백구십은 그 즉시 몸을 일으켜 세우려고 시도했다.

'큭. 육체의 손상도 크지만 내상이 더 심각하다. 그 짧은 순간에 발로 내가중수법을 펼치다니. 이놈. 역시 보통이 아니다.'

백구십은 일어서기 위해서 몸을 버둥거렸다. 하지만 뇌는 흔들렸고 내공은 혼란에 빠졌다. 잠깐이나마 힘이 들어가지 않았다.

주유성이 백구십에게 다가왔다.

"확실히 이백팔십칠호보다는 좀 덜 약하네."

약하다는 말에 백구십이 발끈했다.

"나는 약하지 않다. 나는 강하다. 나는 살아남았다."

주유성이 백구십의 몸 혈도를 몇 개 찍었다. 혈도를 제압당한 백구십은 이제 몸이 완전히 마비돼서 제대로 움직이지 않았다.

"자, 마교의 나부랭이야. 이제 우리 천천히 이야기 좀 해보자. 우선 백칠십사호에 대해서 말해볼까? 네 성장 배경도 상당히 궁금하니까 그것도 천천히 말해보고."

주유성의 말에 백구십은 이제 자신이 빠져나갈 방법이 없다는 것을 깨달았다.

"너, 무림맹의 사람이냐?"

주유성이 고개를 저었다.

"아니."

백구십이 순간적으로 희망을 가졌다.

"그럼 누구냐? 나를 어쩔 셈이냐? 네 말대로 은자 이백 냥을 주겠다."

"내가 누구인지는 중요한 게 아니야. 내가 무림맹 사람은 아니지만 널 무림맹에 넘길 건 틀림없는 사실이지. 그러니 그전에 정보를 좀 내놓으라고. 마교의 돈은 필요없어."

주유성은 백구십에게 말을 많이 시키려고 했다. 아무 말이나 주저리주저리 떠들다 보면 그 속에서 필요한 정보를 뽑아낼 자신이 있었다.

백구십은 이제 절망했다. 마교의 사람인 자기가 무림맹에 침투했다가 잡히면 그 결과는 뻔하다. 그리고 그는 내뱉어서는 안 되는 마교의 비밀들을 알고 있다. 자신들의 존재 자체가 일급비밀이다.

백구십은 비밀을 지키는 훈련도 충분히 받았다. 고통에도 강하다. 하지만 무림맹에는 무슨 대단한 심문 방법이 있을지 모른다. 정파라고 해서 섭혼술이 없는 것은 아니다. 또한 분

근착골은 아무리 정신력이 대단해도 버티기 힘든 고문이다.

백구십은 자신이 이제 죽은 목숨임을 확신했다. 당장 살아봐야 정보를 뽑히고 죽을 거라고 믿었다. 그가 절망하자 그 머릿속에 각인되어 있던 금제가 발동되었다. 몸속에서 내공이 폭주를 시작했다.

주유성은 백구십의 마혈을 짚어두었다. 움직이지 못하게 만들었으니 빠져나갈 길이 없다고 믿었다.

하지만 백구십의 몸속에서 발광하기 시작한 내공은 혈도의 막힘 여부를 따지지 않았다. 맞는 경로이든 아니든 상관없이 혈도를 찢어발기며 폭주했다. 백구십이 고통에 몸을 부르르 떨었다.

주유성의 안색이 변했다. 그는 급히 백구십의 몸을 짚어 상태를 살폈다.

'이건 심각한 수준의 주화입마다. 하지만 혈도가 제압된 상태에서 왜?'

백구십의 떨림이 커졌다. 그의 칠공에서 피가 배어 나오기 시작했다.

백구십이 가느다란 목소리로 중얼거렸다.

"나는… 살고… 싶다."

그 말이 백구십의 유언이었다. 백구십은 그것만을 남기고 절명했다.

주유성은 뒤로 후다닥 물러섰다.

"죽었다. 가만 놔뒀는데도 죽었다."

주유성이 질린 얼굴로 말했다.

"자살이 아니다. 살고 싶은데 죽었다. 이게 바로 책에서만 보던 금제구나. 마교. 정말 지독하다, 지독해."

주유성이 몸서리를 쳤다. 주변에서 자신의 흔적을 지우고 재빨리 도망쳤다.

주유성은 자신의 방에 돌아가서 자리에 눕자 새로운 문제가 발생했음이 생각났다.

"뿌리를 뽑아야 추 형에게 미안하지 않을 텐데 마지막 놈은 도대체 어떻게 잡지? 이놈처럼 이름이 숫자로 된 놈은 더 이상 없는데."

백구십이라는 번호는 이름으로도 쓸 수 있다. 혼자서 사용한다면 그것에서 어떤 연관성을 찾을 수 있는 사람은 없다. 그 말은 마지막 하나는 이름으로 찾을 수 없다는 뜻이다.

第三章

　다음날 무림맹이 발칵 뒤집혔다. 사람들이 소문을 듣고 웅성거렸다.

　"어제의 본선 진출자 중 하나인 백구십, 그자가 죽었다며?"

　"그렇지. 비명횡사했대. 누가 죽였는지도 모른다더군. 그런데 그 소식 들었나?"

　"무슨 소식?"

　"이건 그 시체를 초기에 발견한 사람들의 말인데, 백구십 그자의 죽은 모습이 그저께의 가짜 추하전과 비슷하다는 거야. 극심한 주화입마에 의한 사망이지."

66

“헉! 가짜 추하전이라면 마교의 방계 출신이거나 아니면 최소한 마교의 무공을 구결로나마 얻은 자라며?”

“그렇지. 바로 그자야. 이번에 죽은 자와 그자의 사망 원인이 같다는 것은 시사하는 바가 크지.”

“설마 백구십도 마교의 끄나풀? 내 그럴 줄 알았어. 그놈 사람 무시하는 것이 아주 같잖더라고. 역시 마교니까 그랬군.”

“여하튼 누가 그자를 죽였는지가 지금 사람들의 관심 사항이야.”

“혹시 허풍대협 아냐? 가짜 추하전은 허풍대협의 손에 죽었잖아.”

“에이. 이 친구야. 그럴 리가 있나. 가짜 추하전은 허풍대협 그놈이 실력으로 죽인 게 아니잖아. 가짜 추하전은 그놈과 싸울 때 이미 주화입마 상태였다고. 누군가 다른 자가 있어. 다들 그게 누구인지 궁금해하지.”

“용봉각의 고수들일지도 몰라. 그 사람들은 대부분 신비문파나 세외문파 출신들이잖아. 비밀 한두 가지씩은 가진 사람들일 거야. 허풍대협만 빼고.”

무림맹 수뇌부도 이 문제에 대해서 회의에 들어갔다.
무림맹주가 심각한 얼굴로 말했다.
“그러니까 이번에 죽은 놈도 증상이 같다?”

제갈고학이 어두운 얼굴로 대답했다.

"그렇습니다. 주화입마가 사망의 직접적인 원인입니다. 턱에 타박상이 있지만 그것은 사망과 직접적인 연관이 없습니다."

"그럼 군사 생각은 어떠시오? 이번 사망자도 마교의 잔당일 것 같소?"

"그럴 가능성이 높지만 확신할 수는 없습니다. 주화입마라고 하는 것은 무인이라면 누구에게나 일어날 수 있는 것입니다. 그런데 백구십의 경우 겉으로 보이는 나이에 비해서 꽤 괜찮은 무공을 가지고 있었습니다. 잘못된 수련 방법을 써서 급격히 실력을 키웠다면 언제든지 주화입마에 빠질 수 있습니다."

"잘못된 수련 방법?"

"마공 수련 같은 것이지요. 마교에는 실력을 급히 키울 수 있는 대신 언제 문제를 일으켜 죽을지 모르는 그런 마공이 잔뜩 있습니다."

"역시 이놈도 마교의 끄나풀일 수 있다는 소리군."

"그렇습니다. 하지만 확신할 수는 없습니다. 우리는 모든 가능성을 조사해야 합니다."

"그런데 범인은 누구라고 생각하시오?"

무림맹주의 질문에 적명자가 발언했다.

"주유성 그놈이 수상합니다. 가짜 추하전도 그놈과 싸우다가 죽었잖습니까?"

제갈고학이 적명자를 보고 웃으며 말했다.

"불가능합니다. 가짜 추하전이 주화입마에 빠지지 않았으면 주유성이 이길 수 없었습니다. 그 당시에는 주유성이 아니라 누가 나가도 이길 수 있었습니다. 하지만 현장의 흔적을 보면 이번에는 제대로 싸운 것 같습니다."

적명자가 순순히 동의했다.

"하긴. 그놈의 실력으로 될 일이 아니지."

제갈고학이 다시 무림맹주를 향해 말했다.

"누구인지 모르나 조사를 진행하고 있습니다. 고의에 의한 것인지 아니면 실수인지 모르겠습니다. 하지만 만약 고의로 백구십을 살해한 것이라면 그자는 이 일에 대해서 우리가 아는 것 이상의 정보를 가지고 있다는 뜻입니다. 반드시 잡아서 그가 아는 것을 알아내겠습니다."

무림맹주가 조금 고민스러운 얼굴로 고개를 끄덕였다.

"그러시오. 군사가 책임지고 처리해 주시오."

말을 하면서도 무림맹주는 조금 마음이 불편하다.

'그 녀석의 실력이라면 충분히 가능했을 거야. 괜히 여기서 그 말을 꺼내면 그 녀석이 난처해지겠지. 몰래 불러다가 무슨 일인지 물어봐야겠군.'

마음이 불편한 사람은 하나 더 있다. 취걸개는 찜찜한 얼굴로 생각했다.

'유성이 그 녀석이 기대 이상의 실력을 보인 놈들의 자료를 달라고 했단 말이지. 그 속에 분명히 백구십이란 이름도 있었던 것이 기억나거든. 혹시 유성이 녀석 짓 아냐?'

잠시 고민하던 취걸개의 얼굴이 밝아졌다.

'에이. 설마 아니겠지. 그 게으른 녀석이 나서서 이런 것까지 할 리가 없잖아. 자료를 달라고 한 것도 기적인데. 처음 가짜를 잡은 것으로 그 녀석이 한 일은 끝이야. 쓸데없는 의심은 하지 말자.'

조용히 있던 청허자가 갑자기 손을 들었다.

"내게 다른 의견이 있습니다."

사람들의 시선이 청허자에게 집중됐다.

"다들 이 년 전의 반로환동을 한 고수 이야기를 기억하실 겁니다. 객잔에 십장생도를 새겨놓은 그 고수 말입니다."

취걸개가 어이가 없다는 듯이 말했다.

"아니, 그 사기꾼 이야기는 왜 갑자기 꺼내는데?"

"늙은 거지는 가만있으시게. 그 고수가 이번 무림대회에 참가해서 마교를 견제하고 있는 건지도 모릅니다."

사람들이 조금 호기심 어린 얼굴로 청허자를 쳐다보았다.

"그 사람이 가짜 추하전의 몸에 은밀히 제재를 가해 주화입마를 일으켰을지도 모릅니다. 그리고 이번 백구십도 그의 손에 죽었을지 모릅니다. 무공이 워낙 높으니 마공을 익힌 것을 단번에 알아보고 손을 쓰는 겁니다. 그렇게 생각하면 모든 것이 설명되지 않습니까? 범인은 십장생도를 그린 바로 그 고수일 가능성을 고려해야 합니다."

무림맹주 검성 독고진천이 너털웃음을 터뜨렸다.

"허허허, 청허자 장로. 농담이 참 재미있소이다."

취결개도 한마디 했다.

"늙은 도사, 그만 하라니까. 그런 사람이 있으면 당당히 정체를 드러내지 왜 그런 짓을 해?"

제갈고학도 조용히 웃으며 말했다.

"청허자 장로께서는 아직까지 미련을 버리지 못하신 듯합니다. 반로환동을 할 정도로 대단한 고수라면 현장에서 발견된 싸움 흔적 같은 것은 없어야 합니다. 마교 교주도 아니고 겨우 잔당 하나쯤이야 그저 가볍게 손짓으로 제압했겠지요. 굳이 죽일 필요도 없고요."

사람들의 놀림에 청허자의 얼굴이 조금 빨개졌다. 듣고 보니 그것도 그렇다.

"어허. 이 사람들. 아니면 아닌 거지 그리 말할 건 또 무엔가. 험험."

연이은 불상사에도 비무대회는 정상적으로 진행되었다. 주유성은 취결개에게서 얻은 명단을 통째로 외워 버렸다. 그리고 비무대회의 참가자들과 그가 기억한 대상자들을 대조했다. 출신 문파에 비해서 탁월한 실력을 보이는 자들은 모두 관심 대상이었다.

물론 그걸 조사하느라고 부지런히 움직이지는 않았다. 관람석 좋은 자리를 하나 얻어 엉덩이를 단단히 붙이고 꼼짝도 하지 않았다.

옆에서 추월이 투덜거렸다.

"공자님, 공자님이 나가시면 단숨에 본선 진출일 텐데. 아이 분해."

그녀는 어느새 주유성에게 물들어 옆 자리에서 팔자 좋게 앉아 있었다. 주유성 먹으라고 가져온 찬합의 음식들 중 꽤 많은 양이 추월의 입으로 들어갔다.

주유성도 지지 않으려는 듯이 열심히 주워 먹으며 대답했다.

"어차피 무림맹에서 일할 게 아니기 때문에 저기 나가봤자 이익이 없어. 이익도 없는데 고생하는 건 상인의 자세가 아니지. 그런데 추월이 너 그렇게 먹으면 살찐다."

추월이 놀라 질문했다.

"어머! 그럼 공자님은 진법대회에서 좋은 성적을 내도 무림맹을 떠나실 거예요?"

"응. 집에 갈 거야."

추월이 눈물을 글썽거렸다. 먹던 음식도 내려놓았다.

"공자님, 그냥 무림맹에서 일하시면 안 돼요?"

"무림맹은 귀찮은 일이 너무 많이 벌어져."

"그럼 이번에 가시면 언제 오세요? 금방 오세요?"

"아닐걸?"

주유성은 이번에 돌아가면 집에 콱 처박혀 있을 궁리다.

"기다릴 거예요."

그런 추월의 옆에서 검옥월도 굳은 얼굴로 앉아 있었다. 차마 말은 못하지만 그녀도 속이 탔다.

"주 공자, 전 일단 각으로 돌아가겠지만 곧 무림맹에 돌아올 거예요."

짧은 말로 자신의 미련을 표현했다.

주유성은 그 속에 담긴 의미를 알아듣지 못했다.

깊은 밤에 주유성이 용봉각의 지붕으로 올라갔다. 그의 손에는 퉁소가 하나 들려 있었다. 추하전이 가지고 있던 그 퉁소였다.

주유성이 퉁소를 들고 말했다.

"추 형은 오지 못하고 퉁소만 왔네."

그것을 입에 대고 조용히 곡을 불었다. 가슴을 찢는 단장곡이 구슬프게 울려 퍼졌다.

주유성은 퉁소를 용음소에게 배웠다. 용음소는 사천에서 손에 꼽히는 퉁소 전문가다. 그리고 그는 주유성이 음악에 있어서 자신의 위에 있음을 선언했다.

주유성은 구장춘에게서 그림에 마음이나 세상을 담는 법

을 배웠다. 전기금에게서 다시 음에 마음을 담는 법을 배웠다. 용음소에게 배운 통소 소리에 울적한 기분이 섞이자 슬픈 음악 소리가 사람들의 가슴을 적셨다.

깊은 밤 소리는 무척 멀리 퍼졌다. 소리를 듣던 사람들은 이게 누구 솜씨인지 궁금했지만 그 슬픈 기분에 눌려 차마 찾으러 가지 못했다.

통소 연주는 길지 않았다. 단지 일각의 시간이 지나가 무렵 맹은 다시 정적에 잠겨들었다. 그사이에 눈물을 흘린 사람의 수가 부지기수였다.

주유성은 연주를 끝내고 나서 통소를 곧추세웠다. 내공이 통소를 부드럽게 감쌌다. 용봉각의 지붕 한가운데에 조각되어 있는 용 석상의 눈에 통소를 대고 밀어 넣었다.

주유성을 허풍대협이라 놀리던 사람들이 봤다면 경악할 일이 벌어졌다. 그 끝이 동그랗고 대나무로 만들어진 통소가 돌로 된 용 석상으로 천천히 파고들었다.

잠깐의 시간이 지나서 통소는 석상 속으로 완전히 들어갔다. 용 석상의 눈은 통소의 동그란 문양만이 하나 남아 멍든 것처럼 변했다.

주유성이 석상에다 대고 속삭였다.

"내가 해줄 수 있는 게 별로 없어요. 추 형의 무덤 찾는 건 거지 할아버지한테 부탁해 놨어요. 나는 남은 놈이나 잡아줄 게요. 여기는 용봉각이라고 대단한 사람들만 오는 곳이래요.

추 형의 퉁소가 용봉각 꼭대기에서 용의 눈이 됐으니까 이제 안심하고 쉬어요."

주유성은 용봉각에서 조용히 내려왔다.

퉁소가 가까운 곳에 있었을수록, 그리고 슬픈 일을 많이 겪은 사람일수록 그 소리에서 빠져나오지 못했다. 용봉각에 거주하는 사람들은 모두 여운을 즐기느라 다른 곳에 신경 쓰지 못했다.

검옥월은 사정이 조금 달랐다. 그녀는 너무 슬픈 곡조에 눈물까지 뚝뚝 흘리며 울었다. 조금만 노래가 길어졌으면 통곡을 할 뻔했다.

누가 이렇게 슬픈 곡을 연주하는지 당장 달려가서 확인하고 싶었다. 하지만 본인을 보면 환상이 무너질까 봐 움직일 수 없었다.

검옥월의 방은 구번이다. 주유성의 것은 십번이다. 바로 옆방에서 문이 열렸다 닫히는 소리가 들렸다.

검옥월의 귀가 쫑긋거렸다.

'설마 주 공자가?'

그녀도 주유성이 그림을 잘 그린다는 것은 알고 있다. 하지만 퉁소까지 잘 부는지 어쩐지는 모른다.

'그냥 방문을 여닫은 건지도 모르지. 그래, 아닐 거야. 주 공자였다면 용봉각 위로 올라갔다 내려오는 것처럼 큰 동작

의 기척을 옆방에 있는 내가 못 느낄 리가 없어. 다른 사람일 거야.'

다른 사람이 누구일지는 그녀도 궁금하다. 하지만 보러 갈 용기는 나지 않는다. 용봉각의 지붕에서 불었으니 용봉각 사람일 가능성이 컸다. 그러나 주유성을 제외하고는 그녀에게 잘 대해준 사람이 아예 없다. 잘은 고사하고 파무준 같은 경우는 심하게 구박했다.

'주 공자가 아니라면 차라리 모르는 게 나아.'

그 다음날부터 정체를 알 수 없는 통소 이야기가 사람들 사이에 중요한 화제가 되었다.

"그 소리는 정말 아름다웠지."

"이 사람아, 그건 슬프다고 하는 거야. 난 눈물이 글썽거렸다니까."

"여협들이 있는 곳은 눈물바다가 됐다고 하더군. 나도 눈물 참느라 혼났어."

"먼 데서 봤다는 사람이 있다는데 틀림없이 남자래. 통소를 불고 나서 용봉각으로 들어갔다고 하더군."

"허어. 역시 용봉각의 사람이었군. 하긴, 거기는 대단한 사람이 워낙 많으니까 통소의 달인도 있을 수 있지. 그럼 누굴까?"

"누구일지는 아무도 모르지. 거기 있는 남자라면 허풍대협만 빼고 모두 보통 사람이 아니니까."

"허풍대협? 듣기로 허풍대협도 음에 꽤 조예가 깊다던데."

"예끼. 이 사람아. 그런 슬픈 곡을 허풍대협이 연주할 수 있을 리가 없잖아."

"하긴. 그건 그렇지. 조예가 좀 있다고 다 그 정도 할 수 있다면 세상에 악성이 아닌 사람이 없겠지. 허풍대협은 허풍이나 쳐야 어울리지."

"그래. 우리 누군지 오늘 밤에는 가서 직접 확인해 보자고."

"좋은 생각이지. 어제 했으면 오늘도 하겠지."

사람들은 그날 밤 잔뜩 기대를 가지고 용봉각 주변에 모여들었다.

더 이상 연주가 있을 리가 없다. 퉁소는 이미 용의 눈이 됐다. 주유성은 충분히 게으르며 사람들의 관심거리가 되는 걸 별로 좋아하지 않는다.

사람들은 모조리 바람맞았다.

예선은 며칠을 더 거쳤다. 그리고 마침내 본선 진출자들이 모두 뽑혔다.

이 대회에서 본선에 뽑혔다고 하는 것은 원한다면 무림맹에서 정식으로 직책을 받는다는 뜻이다. 그들은 비록 하급의 직책이라고 하더라도 일반 평무사와는 다른 대우를 받는다.

또한 무림맹 정기 비무대회의 본선 진출자라고 하면 남들이 그 실력을 꽤 인정해 준다. 더구나 본선에서 우수한 성적을 거두면 제법 좋은 자리를 맡을 수 있다.

예선 없이 본선에 진출하는 사람들도 있다. 용봉각의 거주자들이다. 물론 주유성은 빈방을 차지하고 앉은 것이니 해당 사항이 없다. 하지만 나머지 사람들은 무림맹과의 친선 개념으로 온 사람들이다. 그에 대한 혜택으로 자동 진출권을 주었다.

사람들은 그 사실에 불만이 없다. 어차피 예선을 거쳐도 본선에 거뜬히 올라갈 사람들이라는 인식이 있다. 본선 진출이 최종 목적인 대부분의 사람들은 그런 강자를 예선에서 만나고 싶지 않다.

삼십이 명의 본선 진출자들이 뽑히고 나자 주유성이 얼굴을 찡그렸다.

'유명하지 않은 문파 출신이 셋 나왔지만 다들 실력이 조금 부족하단 말이야. 백칠십사호면 백구십호보다 실력이 좋아야 하잖아. 실력을 숨긴 것 같지도 않고.'

그것이 주유성의 고민이다. 다른 둘의 행동으로 볼 때 반드시 이 대회를 참가할 거라고 믿었다. 하지만 그가 원하는 대상물은 보이지 않았다.

'혹시 눈치 채고 튄 거 아냐?

일단 그렇게 의심하니 꽤나 그럴법했다.

"젠장. 벌써 도망갔으면 어쩌지?"

그의 투덜거림에 옆에서 처량한 모습을 실컷 자랑하고 있던 추월이 질문했다.

"누가 도망가요?"

"아니다."

추월은 한숨을 푹 쉬었다.

"휴우. 공자님 가실 날도 얼마 남지 않았는데 이젠 말도 잘 안 해주시고."

추월은 주유성이 무림맹에 남도록 하기 위해서 애교도 떨어보고 눈물까지 흘려보는 등 여러 가지 방법으로 노력했다. 하지만 어린 시절 밍밍의 눈물에 제대로 당했던 주유성은 그 후 진실을 알게 되고 나서 큰 깨달음을 얻었다. 이제 여자의 가짜 눈물에 쉽게 넘어가지 않는다.

"추월아, 시끄러우니까 비무 구경이나 해라."

그 옆쪽에서 남궁세가의 남궁서린이 회심의 미소를 짓고 있었다.

'무림맹에는 경쟁자로 의심되는 여자가 너무 많으니 내가 불리하잖아. 서현에는 경쟁자가 없겠지. 기회를 마련해서 서현에 찾아가야지. 그리고 나 혼자 주 공자님이랑 친해져야지.'

주유성은 비무를 무시하며 생각을 굴렸다.

'과연 도망갔을까? 백칠십사는 일단 눈치를 채고 비무대회는 참가하지 않았다. 하지만 군중 속에 숨어 있으면 알아낼 방법이 없다고 믿겠지. 그럼 도망갈 리가 없다. 올해 본선 참가자들의 무공 수위라도 알아서 돌아가고 싶을 거야. 그게 손해를 조금이라도 메울 수 있는 방법이니까.'

주유성이 자기 기준으로 생각하고 회심의 미소를 지었다.

'제발 그렇게 생각하고 숨어 있으라고. 내가 콕 집어서 잡아내 줄 테니.'

주유성이 본선 참가자들을 훑어본 후 추월에게 말했다.

"추월아, 너 돈 모아놓은 것 좀 있냐?"

추월이 깜짝 놀랐다.

'여자 돈을 노리는 남자는 최악이라던데. 설마 주 공자님이? 집도 부자면서? 하지만 주 공자님이 달라고 하신다면야.'

"제가 좀 알뜰해서 제법 모았어요."

'알뜰한 여자와 결혼하면 잘산대요.'

추월이 자랑스럽게 말했다. 어려서 무림맹에 들어온 후 열여섯이 될 때까지 모은 돈이 제법 된다.

주유성이 씩 웃었다.

본선에서는 예선과 다르게 한 번 싸워 이기는 자는 올라가고 지는 자는 떨어진다. 따라서 서른 두 명이 싸울 때는 다섯 번만 이기면 우승이다.

본선은 참가자들의 명성에 걸맞게 치열했다. 구파일방과 오대세가의 제자들도 우수수 떨어져 나갔다. 용봉각은 그 이름만큼이나 대단한 실력을 가진 사람들이 거주하고 있었다.

신녀문의 천영영은 첫 비무에서 떨어졌다. 그녀의 상대는 북해빙궁의 냉소천이었다. 천영영은 패배하고 나서도 전혀 받아들이는 분위기가 아니었다.

'억울해.'

하지만 사람들은 그녀의 패배를 자연스럽게 받아들였다.

"지는 게 당연해. 원래 신녀문은 외모가 아름다울수록 좋은 직위를 받고 수준 높은 무공을 전수받는다고 하니까. 자질순이 아니라 외모순이잖아."

"대신에 기본 자질이 나쁜 아이는 애초에 키우지도 않는다던데? 그래서 신녀문에서 미모가 높으면 결국 대단한 고수가 된다더라고."

"그래도 상대는 북해빙궁의 냉소천이란 말씀이지. 미모로 뽑힌 상대보다야 낫겠지."

"그래도 아쉽군. 예쁜 여자가 싸우는 걸 더 보고 싶었는데."

냉소천의 다음 상대인 파무준은 천영영의 복수를 위해 이를 갈면서 덤벼들었다. 목숨을 내놓은 듯한 그 기세에 비무라고만 생각하던 냉소천이 밀렸다.

둘의 마음가짐이 다르니 실력 발휘도 다르다. 더구나 살초를 마구 뿌려대는 파무준에 비해서 다치지 않게 하려고 초식에 인정을 두는 냉소천이 이기기는 어렵다.

그리고 냉소천은 이 대회에 명성을 얻어보겠다고 온 것이 아니다. 파무준의 살기등등한 모습을 보자 그를 대신 내보내는 것이 검옥월을 더 곤란하게 만들겠다는 생각이 들었다.

그래서 냉소천은 진짜 비장의 수법들은 사용하지 않았다. 결국 남해검문의 파무준에게 패했다.

파무준은 그 후에 만난 상대들도 인정사정없이 공격했다. 파죽지세로 결승에 올랐다.

파무준은 이제 의기양양하다. 무림비무대회 우승이 코앞에 있었다. 그는 자신이 당당하게 이겨서 명성도 얻고 천영영에게 위신도 세우고 싶었다.

그리고 그의 마지막 상대로 천영영이 그렇게 싫어하는 검옥월이 올라왔다.

사람들은 이 대결을 잔뜩 긴장한 채 보았다.

"둘 다 검으로 유명한 곳 출신이잖아."

"그렇지. 하나는 세외문파인 남해검문이고, 다른 하나는 신비문파인 검각이야. 아주 재미있는 승부가 되겠지."

"누가 이길까?"

"그거야 모르지만, 아무래도 남자인 파무준이 유리하지 않을까?"

"그래도 검옥월은 검각의 사람이야. 더구나 쉽게 결승까지 올라왔다고. 만만치 않을걸?"

"그래도 파무준의 저 대단한 기세에는 안 될 거야. 오늘 파무준은 신들린 듯이 싸운다고."

"우리 이거 말로 할 게 아니라 돈부터 걸자."

"그래. 마지막 비무이니까 큰 판을 벌이자."

추월은 긴장한 얼굴로 달달 떨고 있었다. 그녀는 무거운 주머니를 꼭 쥐고 있었다.

"어떻게 해야 하지? 주 공자님 말만 믿고 처음부터 계속 검 아가씨에게 걸었는데. 네 번이나 이겼으니 그만 할까?"

주유성은 추월에게 검옥월의 필승을 자신하며 모은 돈을 전부 내기에 걸라고 말했다. 추월은 한참을 망설이다가 돈을 걸었다. 그리고 지난 네 번 모두 검옥월이 이겼다.

앞의 비무에서는 검옥월의 승리를 점치는 사람이 많아 배당이 그리 크지는 않았다. 그래도 이제 그녀의 돈은 처음 걸 때의 열 배쯤 되는 큰 액수로 변해 있었다.

이곳은 무림맹의 한복판이다. 큰 돈을 쥐고 있다고 해서 빼앗기거나 하지는 않는다. 여기서 그만둔다고 해서 따고 배짱이냐고 시비 걸 사람도 없다. 이제 돈을 집어넣어도 된다.

하지만 그만두기에는 욕심이 너무 커졌다. 도박이라고 하는 것은 언제나 욕심이 문제가 돼서 끊기 어렵고 결국 패가망신하게 만든다. 하지만 벌어들일 돈을 생각하자 그만둘 수 없어졌다. 그녀는 이제 새로운 문제로 갈등했다.

"그런데 누가 이기지? 검 아가씨도 대단하지만 사람들이 파 공자 쪽이 유리하다고 하네? 어느 쪽에 걸어야 하지? 공자님 말을 믿어야 하나? 하지만 우리 공자님의 무공은 별것없다던데. 그럼 사람들 말을 믿어야 하나?"

계속 고민만 하고 있던 그녀는 마침내 눈 딱 감고 돈주머니를 들고 내기 판이 벌어진 곳으로 걸어갔다.

비무대 위에서 파무준이 검옥월을 보고 비웃었다.

"중원에서는 검각의 검술이 제법이라지? 우리 남해에서는 검문이 최고지. 검각이 검문의 아래라는 것을 증명해 주겠어."

검옥월이 검을 부드럽게 뽑고 말했다.

"나를 꺾는다고 검각이 꺾이는 건 아니다. 이런 비무 하나로 그런 것을 증명하려 들지 마."

파무준이 콧방귀를 뀌었다.

"여자가 어디서 이 대회를 나와? 집에서 밥이나 할 일이지. 하긴. 그렇게 날카롭고 까맣게 생겨먹어서야 어디 시집이나 갈 수 있겠어? 하하하."

검옥월의 날카로운 눈이 더 날카로워졌다. 파무준도 검을 들었다.

 "검각은 신녀문과 수준 차이가 너무 많이 나는구나. 운이
좋아 여기까지 올라왔다만 넌 천영영 소저와 너무 비교가 돼.
보기 싫으니 그만 쫓아내 주마."

 파무준이 말은 그렇게 하지만 검옥월을 아주 우습게보지
는 않는다. 검옥월은 명색이 검각이 보낸 사람이다. 더구나
결승까지 올라왔다. 그녀가 실력이 없다고 보는 건 바보뿐이
다.

 파무준의 검이 날카로운 기세로 검옥월을 향해 짓쳐들었
다.

 남해삼십육검은 서른여섯 개의 절초들로 이루어져 있다.
그 하나하나가 치명적이지 않은 것이 없다. 파무준은 처음부
터 그것을 아낌없이 펼쳤다.

 손속에 사정 따위는 두지 않았다. 재수없어서 상대를 죽여
도 할 수 없다고 생각했다. 그것이 그가 결승까지 올라온 비
결이다.

 검옥월은 파무준의 공격을 주의 깊게 하나씩 막았다. 부드
러운 보법을 펼치며 검을 가볍게 움직이는 그녀의 모습은 꽤
나 아름다웠다.

 파무준의 공격은 해일처럼 밀어닥쳤다. 그에 맞서는 검옥
월의 모습은 바람 속에서 부드럽게 나풀거리는 나뭇잎 같았
다.

사람들은 그 모습을 보고 박수를 쳤다.

"우와아! 멋지다!"

"파무준의 공격이 아주 화끈한데?"

"검옥월의 방어도 마찬가지야. 그녀의 발걸음이 사뿐거리는 느낌이 드는 건 나뿐인가?"

"둘이 정말 치열해. 하지만 검옥월은 수비만 하고 있잖아. 그래서야 불리하지."

추월도 초조했다.

"승부가, 승부가 빨리 나야 하는데. 이겨야 하는데. 내 전 재산이 걸렸는데."

파무준은 남해삼십육검을 아낌없이 펼쳤다. 그가 그 검법을 대성한 것은 절대로 아니다. 오히려 반도 못 익혔다. 하지만 남해삼십육검 자체가 원래 탁월한 검법이라 그 위력은 비무대 전체를 뒤덮었다.

상황은 점점 파무준에게 유리해 보이고 검옥월은 위기에 빠진 것처럼 보였다.

하지만 파무준의 안색은 점점 나빠졌다.

'낭패다. 내 남해삼십육검이 통하지 않는다.'

파무준은 전력을 다해 공격하고 있다. 그의 공격은 그 자신이 막아보려 한다 해도 쉽지 않을 치명적인 수법들이다.

　그리고 검옥월은 그런 그의 공격을 모조리 걷어내고 있었다. 검옥월은 파무준처럼 손속에 사정을 두지 않고 덤벼드는 비무자들에 대한 경험이 많다. 검각에서 그녀를 상대하는 사람들이 곧잘 벌이는 짓이다. 모든 것이 익숙한 상황이다.

　파무준은 아무리 검을 휘둘러도 명중하지 않자 이제 검옥월이 얄미워 죽을 지경이었다.

　그가 남해삼십육검 중에서 그나마 제대로 익혀 능숙하게 쓰는 것은 열 개가 되지 않는다. 시간이 지날수록 같은 초식이 계속 반복되었다.

　'이렇게 해서는 불리하다. 이년이 내 검법에 너무 익숙해지면 거꾸로 당한다.'

　파무준은 다른 검법을 쓰기로 했다. 위력이 강하지만 수련이 덜된 남해삼십육검 대신에 평소에 완전히 익혀둔 다른 검법으로 전환하려고 했다.

　그러기 위해서 남해삼십육검을 순간적으로 거둬들였다.

　그 순간 검옥월의 눈이 반짝였다. 그녀의 발이 땅을 부드럽게 밀었다. 몸이 화살처럼 쏘아졌다. 수비만 하던 그녀의 검이 직선을 그리며 파무준에게 날아갔다.

　파무준이 크게 놀라서 비명을 질렀다.

　"으헉!"

　그러나 빈틈을 노린 공격은 정확했다. 검은 이미 막기 어려운 위치에 가 있다. 파무준이 급히 몸을 뒤로 빼려고 했지만 검옥월이 더 빠르다. 할 수 없이 몸을 비틀었다.

파무준의 동작이 딱 정지했다. 뒤로 물러서며 몸을 비튼 그 동작 그대로 움직이지 않았다.

파무준이 침을 꿀꺽 삼켰다. 검옥월의 검은 파무준의 목 바로 옆에 대어져 있었다. 검을 당기면 목이 뎅경 잘려 나갈 것 같은 상황이다.

파무준의 자세는 우스꽝스러운 모습이다. 겨우 중심을 잡고 있었다.

검옥월의 검이 파무준의 목을 슬쩍 건드렸다. 검의 차가운 기운을 느낀 파무준이 할 수 없이 말했다.

"졌다."

검옥월이 조용히 검을 거두며 물러섰다. 파무준이 이를 갈며 비무대의 흙을 걷어찼다.

시험관이 비무대에 올라와서 선언했다.

"검각의 검옥월 승! 그녀가 올해 무림비무대회의 우승자임을 선포합니다."

사람들이 환성을 질렀다.

"우와아!"

"만세!"

그 사이에 추월의 목소리도 끼어 있었다.

"대박이닷! 공자님, 고마워요!"

그녀는 평생 벌어야 할 만큼의 돈을 이번 한 번의 도박으로 땄다. 주유성을 믿은 덕분에 대박을 맞았다.

귀빈석의 무림맹주가 기분 좋은 얼굴로 말했다.

"올해 검각의 아이는 실력이 상당하군. 저 나이에서는 보기 드문 솜씨야."

무당은 검의 명가다. 그런 무당의 장로 청허자가 동의했다.

"재능도 뛰어나고 노력도 엄청나게 했겠지요. 어느 하나만 부족해도 이룰 수 없는 실력입니다. 그야말로 군계일학. 아니, 군계일봉황이군요."

취걸개도 한마디 덧붙였다.

"저 아이의 사부도 실력이 대단했지요. 참 예뻤는데. 제자는 얼굴은 좀 그렇지만 실력은 사부보다 나은 것 같습니다그려. 허허허."

무림맹주가 같이 웃어주었다.

"얼굴이 어때서 그러시오? 눈매가 좀 날카롭고 피부가 까맣지만 그것만 빼고 보면 꽤나 예쁜데."

"흐흐. 맹주의 심미안이 제법이십니다. 하지만 눈이 예쁘지 않은 여자는 미인이 될 수 없지요. 더구나 저렇게 날카로운 눈으로는 안 된다는 말씀이지요. 대신에 몸매는 참 죽이지요. 정말 몸매 하나는 제 사부보다 낫구려."

청허자가 호통을 쳤다.

"어허. 자라나는 후학을 칭찬해야 할 분들이 그 덧없는 외모를 가지고 평하시다니요."

그들의 대화에 청성의 적명자가 슬며시 끼어들었다.

"마교의 수작만 아니었으면 우리 청성이 우승할 수 있었을 텐데. 아쉽습니다."

그 말이 진짜라고 믿는 사람은 귀빈석에는 아무도 없다. 대꾸도 없었다.

어차피 적명자도 그냥 해본 소리다.

검옥월의 곁에서 추월이 좋아서 난리를 쳤다.

"검 아가씨, 정말 잘했어요. 저는 검 아가씨가 이길 거라고 철석같이 믿었어요."

그녀가 믿은 건 주유성이다.

"고맙다, 추월아. 그런데 그 주머니는 뭐니? 꽤 무거워 보인다?"

추월은 묵직한 자루를 품에 안고 있다.

"헤헤. 이거 주 공자님의 선물이에요."

아주 틀린 말은 아니다.

검옥월이 주변을 둘러보았다.

"그런데 주 공자님은?"

추월도 고개를 휘휘 돌렸다.

"어머! 그러고 보니 주 공자님이 안 보이시네? 어디 가셨을까? 진법대회는 아직 시작도 안 했는데."

추월은 도박에 정신이 팔려 주유성을 신경 쓰지 못했다. 검옥월은 비무에 집중하느라 주유성을 찾지 못했다.

그들은 주유성을 잃어버렸다.

젊은 남자 하나가 무림맹을 떠나서 걸어갔다. 이제 막 대회가 끝나 무림맹을 떠나는 사람은 얼마 없었다.

그러나 그는 무림맹에서 멀리 가기 전에 걸음을 멈추었다. 인적이 없는 곳으로 가자 몸을 돌렸다.

"어떤 놈이냐? 나와라!"

주유성이 숲 속에서 걸어나왔다.

"나의 추격을 알아채다니. 역시 백칠십사호."

주유성의 말에 백칠십사호의 눈이 날카로워졌다.

"네놈은 주유성이구나."

"오호. 나를 알아보는군."

"네놈 때문에 이번 일을 그르쳤는데 모를 수가 없지. 넌 내가 교로 돌아가면 최고 요주의 대상으로 선정될 놈이니까."

주유성이 반갑다는 듯이 말했다.

"이런 영광이 있나. 마교에서 나를 노려주면 무림맹에서의 내 지위는 쑥쑥 오르겠군. 고맙다. 난 어서 승진하고 싶다."

주유성의 말에 백칠십사호가 살기를 서서히 뿌렸다.

"내가 백칠십사호인지는 어떻게 알았냐?"

주유성이 어슬렁거리면서 말했다.

"나는 아는 것이 많아. 백구십호와 이백팔십칠호가 내놓은 정보가 아주 많거든."

백칠십사호의 머리가 빠르게 돌았다.

"그렇군. 그놈들이 함부로 입을 열었군. 둘 다 죽어서 이상하게 생각했다. 쉽게 당할 녀석들이 아닌데. 이제 의문이 풀렸구나."

"그 녀석들이 왜 죽었는지는 나도 잘 모르겠어. 정보에 대해 최고의 대가를 약속했는데 그냥 죽어버리더라고. 너도 정보를 좀 내놓으라고. 정보만 주면 마교의 손이 닿지 않는 곳에서 편히 살도록 해주겠어. 무림맹에는 그런 힘이 있어."

"네가 아는 정보. 또 누가 아나?"

주유성이 손가락을 하나 세워 흔들었다.

"이봐. 이건 큰 공을 세우는 일이야. 남과 나누고 싶을 리가 없잖아. 모든 것은 내 머릿속에만 들어 있다고."

백칠십사호가 만족한 얼굴로 웃었다.

"크흐흐. 그럼 너만 죽으면 모든 비밀이 묻히겠구나."

주유성도 씩 웃었다.

"나는 제법 강해."

백칠십사호가 귀장군보를 펼치며 주유성에게 달려들었다.

"나는 백칠십사. 내가 바로 이번 일의 대장이다!"

백칠십사호의 두 손바닥은 붉게 물들어 있었다. 그는 염마탈혼장을 두 손으로 펼쳤다.

주유성이 급히 물러섰다. 백칠십사호가 그 뒤를 놓치지 않고 따라붙다가 양손을 쭉 뻗었다. 염마탈혼장이 주유성을 노리고 날아들었다.

주유성이 보법을 급히 밟아 옆으로 몸을 뺐다. 염마탈혼장이 주유성 뒤의 바위를 후려쳤다.

요란한 소리와 함께 바위에 깊은 손바닥 자국 두 개가 만들어졌다.

주유성이 깜짝 놀라는 표정을 지으며 크게 소리쳤다.

"엄청난 위력이다. 제대로 맞았으면 죽었을 거야."

그 말에 백칠십사호가 크게 웃으며 주유성의 뒤를 쫓았다.

"크하하하! 스쳐도 사망이다. 너는 이제 죽었다!"

주유성은 여전히 도망치며 소리를 질렀다.

"백구십호와 번호 차이가 열여섯밖에 나지 않으면서 어떻게 무공이 이렇게 차이가 많이 나? 믿을 수 없다. 너는 백칠십사호가 아니다!"

자신의 존재를 부정당한 백칠십사호가 버럭 소리를 질렀다.

"나는 백칠십사다! 그것이 바로 나다! 번호는 아기 때의 자질 기준으로 매겨진 것. 지금의 나는 내 순위를 극복했고 죽은 두 놈들은 자기 번호도 지키지 못했다."

주유성은 그 말에서 꽤 많은 정보를 얻을 수 있었다.

'마교가 아이들을 모아서 만든 조직이군. 저 나이 먹을 때까지 수련했고. 자기 번호가 가진 것의 전부라면 평생 무공만 죽도록 수련했다는 소리군. 젠장. 마교 놈들. 무슨 짓을 벌인 거냐.'

백칠십사호의 장력이 다시 날아왔다. 주유성이 급히 한 팔을 휘둘러 그 장력을 흘렸다. 그러나 제대로 막아내지 못하고 몇 걸음이나 튕겨져 물러났다. 인상을 쓰며 말했다.

"크윽. 내기가 흔들린다. 역시 마교의 무공은 대단하군."

싸움에서 압도적인 우위를 보이자 백칠십사호가 신이 나서 소리쳤다.

"죽음으로 익힌 무공이다! 편안히 살아온 네놈과는 달라!"

주유성이 뜨끔했다.

'윽. 이놈이 내가 편히 산 건 어떻게 알았지?

"너와 백구십호 사이의 열다섯 놈도 다 이 정도 실력이란 말이냐?"

"웃기지 마라. 그중에 살아남은 놈은 셋뿐이다. 그나마 전부 내 아래다. 내가 바로 이 작전의 대장이란 말이다. 그러니 이제 그만 내 손에 죽어라!"

주유성의 안색이 변했다.

'죽음으로 수련했다는 것이 그런 뜻이었냐? 죽도록 수련하는 게 아니라 정말로 죽어가면서 수련했구나. 젠장. 이야기책

이 아니라 현실에서 이런 정도로 할 줄은 몰랐네. 역시 마교
다.'

주유성이 비틀거리면서 다시 소리쳤다.

"너 같은 놈들이 도대체 얼마나 있는 거냐!"

백칠십사호가 다시 일장을 날리려다가 멈칫했다. 주유성
에게 말려들어 떠든 이야기들을 되새겼다. 그리고 분노로 얼
굴이 빨개졌다.

"이놈. 나를 속였구나. 나에게서 정보를 빼내기 위해 수작
을 부렸구나."

주유성이 혀를 찼다.

"쳇. 세상 경험 나보다 적은 놈들 같아서 만만하게 봤는데
벌써 눈치 챘네. 그 번호가 멋으로 단 건 아니구나."

어느새 주유성의 비틀거림은 없어졌다. 다시 평소의 건들
거리는 자세로 변했다. 그리고 백칠십사호를 가리키며 말했
다.

"그동안 준 정보는 고맙다. 자, 재주를 부려봐라."

백칠십사호가 분노로 폭발했다.

"이 새끼. 죽인다!"

귀장군보가 최고로 펼쳐졌다. 그의 쌍장은 더욱 붉게 물들
었다. 스치기만 해도 타 죽는다는 염마탈혼장이 벼락같이 날
아들었다.

주유성이 가볍게 보법을 펼쳤다. 이번에는 귀장군보를 상

대하기 위해서 단단히 준비를 했다. 고속으로 달려드는 백칠십사호의 몸을 가볍게 타고 돌았다. 물 위에 떠 있는 나뭇잎이 휘젓는 작대기 주변을 맴도는 듯한 보법이었다.

백칠십사호가 기겁을 하며 소리쳤다.

"헉! 행운유수?"

주유성이 백칠십사호의 등 뒤에 불쑥 나타나며 대답했다.

"행운유수는 무슨. 그냥 우리 집에 굴러다니는 보법이다."

주유성의 주먹이 백칠십사호의 뒤통수를 노리고 날아들었다.

백칠십사호는 등 뒤에서의 공격을 느끼고 반응했다. 그 즉시 몸이 앞으로 튕겨 나갔다. 주유성의 몸이 그 뒤를 그림자처럼 따라붙었다. 한 발을 쭉 내밀어 백칠십사호의 다리를 걸었다.

급히 피하려던 백칠십사호는 그 다리걸기를 피하지 못했다. 다리가 제대로 걸리자 내공을 끌어올려 그것을 힘으로 걸어내려고 했다.

내공 하면 주유성이다. 놀고먹으면서 쌓은 내공이 장난이 아니다. 백칠십사호는 마치 쇠기둥을 미는 듯한 기분이 들었다.

그런 백칠십사호의 등을 주유성이 툭 쳤다. 균형이 무너진 백칠십사호는 그대로 땅바닥을 향해 굴렀다.

엎어진 백칠십사호는 실력의 차이를 느꼈다. 슬슬 눈이 붉어지기 시작했고 몸속의 내공이 바짝 끌어올려졌다.

"으와아!"

몸을 번개같이 일으키는 백칠십사호의 뒤통수를 주유성이 거세게 걸어찼다.

"켁!"

백칠십사호가 작은 비명과 함께 고꾸라졌다.

백칠십사호에게 걸린 금제는 자신이 죽음을 자각해야만 발동한다. 완전히 정신을 잃어버리자 그의 머릿속에 각인된 금제도 깨어나지 못했다.

주유성이 백칠십사호의 혼혈을 확실히 짚었다.

"또 죽으면 안 되지. 그런데 이놈을 내가 직접 처리하기는 그렇고. 추 형의 원수를 갚는 데는 부족하지만 더 할 수 있는 것도 없네. 음모는 뭔지 모르지만 침투한 놈들을 모조리 제거했으니 완전히 분쇄했다고 봐야지. 마교는 덩치가 커서 나 혼자 어쩌기 힘들고. 그래도 추가로 피해를 좀 입혀줘 볼까?"

주유성은 품에서 준비한 자루를 하나 꺼냈다. 그리고 정신을 잃은 백칠십사호를 그 속에 구겨 넣었다.

第四章

주유성은 무림맹주가 휴식처로 삼는 숲 앞으로 찾아왔
다. 최대한 남들의 눈을 피하기 위해서 애썼다. 어차피 대부
분의 사람들은 비무대회에 가 있었다.

주유성은 두 번이나 거적을 폈던 곳에 이번에는 커다란 자
루를 내려놓았다.

매복조장은 주유성을 뚫어져라 쳐다보고 있었다. 평소에
는 거적때기를 가져오던 놈이 이번에는 자루를 들고 오자 호
기심이 돌았다.

'이번에는 자루에 들어가서 잘 생각이냐?'

그런 그의 눈이 크게 떠졌다. 주유성이 자루를 탈탈 털자 그 안에서 젊은 남자가 굴러 나왔다.

'이놈이 지금 무슨 짓을 벌이고 있는 거야?'

주유성이 조장을 향해서 손을 흔들었다.

"아저씨, 잠깐 이야기 좀 하자고요."

주유성의 말에 매복조장이 잠시 망설이다가 숲에서 걸어 나왔다.

"무슨 말을 하고 싶소?"

그는 쓰러진 사람을 힐끗 보았다. 그것만으로도 아직 살아 있음을 알 수 있었다. 조금 마음을 놓았다.

주유성이 조장에게 말했다.

"여기 자주 오는 젊은 할아버지 있잖아요? 그 할아버지 무림맹의 고위층이지요?"

매복조장은 주유성이 아직 무림맹주를 구분하지 못한다는 것을 깨달았다.

"그, 그렇소. 아주 고위층이시지."

주유성이 바닥에 쓰러진 백칠십사호를 발로 툭툭 차면서 말했다.

"이놈, 마교의 잔당이거든요? 그렇게 말하면 알 테니까 그 할아버지에게 넘겨줘요."

마교라는 말에 매복조장이 펄쩍 뛰었다.

"헉! 마교? 마교라고?"

주유성이 혀를 찼다.

"쯧쯧. 그런 벼룩 간덩이로 어떻게 매복을 해요? 잘 들으세요. 이놈은 마교예요. 마교의 끄나풀이에요. 그렇게 말하면 그 할아버지도 알 거예요. 그런데 주의할 게 있어요. 이놈들은 죽을 위험이 닥치면 자살해 버려요. 죽기 싫어해도 알아서 죽어버려요. 그러니까 섭혼술을 쓰든, 금제를 미리 해제하든 재주껏 해서 죽지 않도록 만들어놓고 심문을 해야 해요."

매복조장이 침을 꿀꺽 삼켰다.

"그런 대단한 금제가 걸려 있다고? 소협, 틀림없소? 그런 건 걸기 무척 어려운데?"

"두 번이나 확인했어요. 그러니 틀림없어요. 어떻게 풀어야 하는지 몰라서 죽기 전에 정신을 잃게 해놨어요. 그러니 충분히 주의해서 조사해요. 지금은 일단 혼혈을 짚어놨어요. 준비되기 전에 깨어날 것 같으면 혼혈부터 짚어요."

그 말에 매복조장이 백칠십사호를 향해서 손을 빠르게 날렸다. 그의 손가락이 백칠십사호의 혼혈을 확실히 짚었다.

"확실히 처리했소."

혼혈을 또 짚는 것을 주유성이 투덜댔다.

"무슨 매복자가 이리 간이 작아요?"

"소협, 마교를 상대함에 있어서는 조금의 방심도 용납되지 않는 법이라오."

"하여간 이놈이 마지막이에요. 이번 비무대회에 마교에서 세 놈이 침투했는데 이놈이 끝이에요. 어차피 조사해 보면 아시겠지요. 그러니 이젠 안심하시라고 하고요. 전 그럼 갑니다."

매복조장이 놀라서 주유성을 잡으려고 했다.

"어딜 가시오? 그분께서 오시면 직접 설명해 주셔야지."

매복조장의 실력으론 주유성을 잡을 수 없다. 주유성이 도망가면서 말했다.

"그런 거 귀찮거든요? 잡아다 바치기까지 했는데 그 정도도 못 알아내면 정파의 희망인 무림맹이라고 할 수 있어요? 영웅은 무림맹에서 나와야지요."

＊　　　＊　　　＊

무림맹주가 자리에서 벌떡 일어섰다.

"뭣이? 마교의 잔당을 산 채로 잡아? 어떻게?"

매복조장이 공손히 보고했다.

"맹주님이 기다리시던 그 소협이 잡아왔습니다."

무림맹주 독고진천이 기분 좋게 웃었다.

"허허허, 그 녀석이 그런 공을 세웠군."

취걸개가 반색을 하며 말했다.

"맹주님이 말하던 그 아이입니까? 대회에 나왔으면 우승도 노려볼 수 있다고 하던?"

"그렇지요. 그 아이지요. 허허허."

"이거 무림의 복입니다. 미래가 크게 기대되는군요."

"이럴 때가 아니지. 어서 가봅시다."

무림맹 수뇌부가 백칠십사호를 찾아 몰려갔다.

백칠십사호는 여전히 정신을 잃은 상태다. 전후 사정을 전해 들은 그들은 먼저 백칠십사호의 금제부터 풀어내려고 했다.

그러나 쓰러진 백칠십사호의 몸을 검사해도 그들은 금제의 흔적을 찾아내지 못했다.

군사 제갈고학이 혀를 차며 말했다.

"쯧쯧. 이거 고나 독이 아니라 아무래도 정신에 걸어놓은 금제 같습니다. 그렇다면 깨어나기 전에는 어떤 것인지 알아낼 방법이 없습니다."

소림사의 보해 대사가 자신있게 말했다.

"소승이 맡아보겠소이다. 그가 깨어나면 항마후를 질러 금제 같은 것을 날려 버리지요."

취걸개가 반대했다.

"어허. 보해 대사의 불심이 깊음은 익히 알고 있지만 그것으로 해결되지 않으면 어쩌려고 그러쇼?"

다른 사람들도 미덥지 않은 눈치다. 보해 대사가 발끈했다.

"이 사람들이. 소림의 항마후를 무시하는 게요? 어지간한 마공은 간단히 깨버리는 것이 바로 항마후요."

사람들이 불안해하며 말했다.

"사자후라면 모를까 항마후로는 좀……."

그때 청성의 적명자가 나섰다.

"항마후로 아니 된다면 어차피 다른 방법이 없잖습니까? 그러니 그가 깨어나면 항마후로 금제를 깨고, 그 즉시 섭혼술을 걸어 이지를 상실케 해야지요."

"섭혼술은 시간이 걸리는데……."

"설마 곧바로 죽겠습니까? 항마후를 쓰면 금제를 깨지 못한다 하더라도 최소한 시간은 충분히 벌 수 있습니다. 어차피 둘 중 하나만 성공해도 죽는 것은 막을 수 있을 겁니다."

적명자의 말에 사람들이 고개를 끄덕였다. 무림맹주가 결론을 내렸다.

"그렇게 합시다. 일단 섭혼술을 쓸 수 있는 사람을 누가 좀 불러오시오."

정파에서 섭혼술을 익힌 사람은 드물다. 하지만 아예 없는 것은 아니다. 무림맹에도 몇 명을 전략적으로 키워놓았다.

준비가 되자 군사 제갈고학이 백칠십사호의 혼혈을 풀었다. 백칠십사호가 그 즉시 충혈된 눈을 번쩍 떴다.

그는 비무대회에서 본 무림맹 장로들의 얼굴을 알아보았다. 백칠십사호는 자기가 완전히 잡혔음을 깨달았다. 금제가 본격적으로 발동되었다. 내공이 폭주를 시작하고 몸이 부르르 떨렸다.

그 모습을 본 보해 대사가 급히 항마후를 질렀다.

"갈!"

심후한 내공으로 지른 항마후가 백칠십사호의 머릿속에 깃든 금제를 후려쳤다.

이십여 년을 반복적으로 걸어놓은 금제다. 항마후가 아무리 대단해도 호통 소리 한 번에 깨질 수준이 아니다. 자극받은 금제가 오히려 더욱 활성화되었다. 폭주한 내공이 급속도로 백칠십사호의 몸을 망가뜨렸다.

섭혼술을 익힌 고수가 급히 백칠십사호의 눈을 노려보며 말했다.

"내 눈을 봐라! 너는 이제 내 노예다!"

섭혼술이라고 하는 것은 직접적인 공격이 아니기 때문에 그 위력에 한계가 있다. 최고 수준의 것도 눈 한번 마주치는 정도로는 상대를 제압할 수 없다.

더구나 무림맹이 키운 섭혼술이 최고 수준일 리 없다. 마교가 심혈을 기울여 키운 백칠십사호가 섭혼술에 대한 면역이 되어 있지 않을 리도 없다.

설사 섭혼술이 성공했다고 하더라도 이미 폭주해서 의지로 제압이 불가능한 내공을 제압할 수는 없다. 어설프게 걸리기 시작하는 정도로는 어림도 없다.

결국 섭혼술은 아무런 효과도 발휘하지 못했다. 오히려 내공이 더 날뛰는 결과만 가져왔다.

두 번이나 자극받은 백칠십사호는 다른 두 명과는 다르게 유언 한마디 남길 틈도 없었다. 그는 칠공에서 피를 뿜으며 즉사했다.

무림맹주가 깜짝 놀라며 급히 백칠십사호의 혈도를 짚었다. 그러나 혈도 몇 개를 누르던 그의 손이 멎었다.

"이미 죽었군."

사람들은 멍해졌다. 그들은 이렇게 강력하고 효과 빠른 금제는 지금까지 본 적이 없다. 자기들의 행동이 금제의 활동을 더 강화시켰는지까지는 미처 몰랐다. 모르는 상태에서도 놀라운 위력이기는 마찬가지다.

무림맹주의 얼굴이 어두워졌다.

"이거. 그 녀석의 이야기를 들어봐야겠군."

취걸개가 고개를 끄덕였다.

"그렇지요. 뭔가 아는 것이 있으니 이 녀석을 잡아올 수 있었겠지요. 맹주님이 수고해 주서야겠습니다."

독고진천은 이제 주유성이 누구인지 안다. 비무대회에 나선 그 모습을 보고도 모를 수는 없다.

그는 매복조장을 보내 주유성을 데려왔다. 오기 싫어서 버둥거리는 주유성 때문에 매복조장은 땀 좀 뺐다. 하지만 결국 주유성은 독고진천의 앞에 불려왔다. 그들은 항상 보던 그 숲에서 만났다.

독고진천이 주유성을 보고 만족한 얼굴로 말했다.

"녀석, 제법이구나. 마교의 잔당을 잡아낼 줄도 알고."

주유성이 툴툴댔다.

"그놈을 잡아다 줬으면 됐잖아요. 왜 나를 불러왔어요?"

"왜 하필 나에게 보냈느냐? 직접 끌고 왔더라면 네 명성을 높일 기회였을 텐데?"

주유성이 손까지 저었다.

"에이. 귀찮게 왜 그런 짓을 해요? 할아버지한테 그놈을 보낸 건 알아서 조용히 처리해 달라는 뜻이잖아요. 그 정도는 해주실 수 있죠?"

무림맹주가 조금 미안한 표정으로 말했다.

"그러리라 짐작은 했지. 그런데 이것 참 곤란하게 됐구나. 너에게 이번 일에 대해서 좀 물어보고 싶단다."

주유성이 큰 소리로 말했다.

"에엑? 저한테 뭘 물어보시게요? 내가 아는 것보다는 그놈이 아는 게 훨씬 많다고요."

"그게 사정이 여의치 못하게 됐구나."

주유성이 의심스러운 눈초리로 무림맹주를 쳐다보았다.

"혹시 그놈이 죽었어요?"

"아니, 우리는 꼭 살리려고 했는데……."

"천하의 무림맹인데 그런 놈 하나 못 살려요?"

주유성의 눈빛에는 이제 질책하는 분위기까지 섞여 있다.

"하하, 녀석. 약간의 실수가 있었다. 그래, 실수였어. 실수를 하는 바람에 그만… 하하하."

주유성이 난처해하는 무림맹주를 보다가 한숨을 푹 쉬었다.

"휴우. 할아버지 정도의 실력자가 맹주를 못하는 걸 보고 무림맹주는 엄청난 고수라서 그 정도 금제는 단숨에 처리할 줄 알았는데. 무림맹주라는 나이 많은 할아버지는 생각보다 실력이 별것 아닌가 보네요."

무림맹주 검성 독고진천은 주유성이 그렇게 나오자 일순 할 말을 잃었다.

'아차! 이 녀석, 내가 무림맹주인 걸 모르는구나. 그렇지. 내가 누구인지 말을 한 적이 없지. 비무대회에서도 공식적으로 나서지는 않았고.'

독고진천은 이제야 예전에 자신이 다음날 오라고 불러도 주유성이 오지 않은 이유를 깨달을 수 있었다.

'이 녀석이 이렇게까지 말하는데 체면상 지금 내가 무림맹주라고 말할 수도 없고. 이거 난처하군.'

"하하. 녀석. 여하튼 이 일에 대해서 네가 아는 것을 좀 들었으면 좋겠구나."

주유성이 할 수 없다는 듯이 이야기를 꺼냈다.

"먼저 제가 추 형을 어떻게 만났는지부터 시작할게요."

*　　　*　　　*

파무준은 이를 부득부득 갈았다.

"내가 그년에게 지다니. 믿을 수 없다. 믿을 수 없어."

그는 비무대회의 준우승자이지만 그런 것은 지금 다 필요 없다. 평소라면 영광된 자리이지만 자신을 이긴 사람이 하필 검옥월이라는 것이 문제다.

"천 소저가 얼마나 실망하실까. 얼굴을 들 수가 없구나."

머리를 움켜쥐고 있는 그에게 두 사람이 다가갔다. 제갈화운과 마해일이었다.

"파 공자, 여기 있었군요."

파무준이 제갈화운을 노려보았다.

"무슨 일이오?"

제갈화운이 사람 좋게 웃었다.

"우리는 이제 같은 자에게 원한을 둔 것 같아서 찾아왔소이다."

파무준이 얼굴을 찡그렸다.

"당신들이 검옥월에게 원한이 있다고?"

제갈화운이 고개를 저었다.

"아니, 우리는 주유성에게 볼일이 있소."

파무준이 손을 저었다.

"가보시오. 그놈도 마음에 드는 건 아니지만 난 지금 그런 곳에 신경 쓰고 싶지 않소."

"검옥월이 주유성과 꽤 친하다고 하더군요. 주유성이 다치면 참지 못할 정도라던데."

검옥월 이야기가 나오자 파무준이 다시 관심을 보였다.

"그년이? 둘 사이에 무슨 관계가 있나?"

"그게 중요하겠소? 주유성이 죽거나 다치면 검옥월이 평정을 잃는다는 것이 중요하지. 냉정을 잃은 검옥월이라면 당신의 상대가 되겠소?"

파무준의 눈이 반짝거렸다.

"그럴듯한 이야기군. 방법은 있소?"

일이 원하는 대로 풀리자 제갈화운이 기분 좋게 웃었다.

"흐흐. 당신 실력으로 도와준다면 방법이야 많지. 더구나 당신은 세외의 인물. 중원의 법도를 잘 모른다고 할 수 있으니 더 좋지 않소?"

제갈화운은 제삼의 손인 파무준을 써서 아무도 자신과 마해일을 의심하지 못하게 할 계획이다.

파무준이 고개를 갸웃거렸다.

"그런데 만약 내가 당신 제의를 거절하고 이것을 소문낸다면 어쩌려고 이런 일을 쉽게 이야기하시오? 나는 협박에 고개를 숙이는 그런 자가 아니지. 살인멸구 따위를 당할 약자는 더욱 아니고."

제갈화운이 파무준을 손가락으로 가리켰다.

"파무준. 파 형은 우리와 동류지. 나는 그것을 알고 있소. 내 제의를 절대로 거절하지 않을 것임을 알지 못한다면 말도 못 꺼냈겠지. 나는 제갈세가의 제갈화운이오. 제갈세가의 두뇌는 중원 최고지."

*　　　*　　　*

주유성의 설명을 들은 독고진천의 얼굴이 어두워졌다.

"결국 마교가 잔혹한 방법으로 키운 고수가 적게는 수십에서 많게는 수백 명 정도 있다는 소리군."

"그래요. 가짜 추하전 같은 놈도 그중에서는 약한 놈밖에 되지 못한다고요."

"그리고 그 엄청난 금제라니. 알았다. 이건 내가 다른 사람들과 논의해 보마."

"내가 그랬다고 말하지 마세요. 약속하는 거예요?"

"녀석. 걱정 마라. 내가 비밀은 지켜주마. 그런데 너 낭중지추라는 말은 아냐?"

"물론이지요. 주머니 속의 송곳은 결국 뚫고 나온다는 말이잖아요."

"알면 됐다. 내가 숨겨준다고 해도 네 녀석은 송곳과 같아서 결국은 다 드러나게 될 거다."

주유성이 코웃음 쳤다.

"헹! 전 조용히 지낼 거예요."

무림맹주가 빙그레 웃었다.

'요 녀석, 그게 가능할 줄 아느냐? 내가 그 꼴은 못 보지.'

"그런데 네가 잡은 그 녀석이 마교의 끄나풀인지는 어떻게 알았냐?"

"쉬웠어요. 백구십호가 죽으면서 백칠십사호가 있다고 했거든요. 그런데 본선에 진출한 사람들 중에 혼자서 찾아온 사람은 셋인데 그들은 백칠십사호라고 보기에는 실력이 조금 모자랐거든요. 그럼 참여하지 않은 놈들 중에 평소에 뛰어난 재주를 부린 놈을 찾으면 되거든요."

"그놈이 자신을 숨기고 있었다면 못 찾잖냐?"

"그렇기는 해요. 하지만 앞의 두 놈을 보니 다들 자기 실력을 드러내지 못해서 안달이 났더라고요. 이번 놈도 마찬가지였지요. 거지 할아버지에게 얻은 자료를 보니 딱 한 놈이 실력이 출중한데도 예선전에 참가 안 했거든요. 그놈을 감시했죠. 알아서 도망가 주더라고요. 그럼 틀림없잖아요. 유도 심문을 좀 했더니 술술 불기까지 하던데요?"

"대단하구나. 말은 쉽다만 실제로는 그렇게까지 알아내기가 쉽지 않은 일인데."

"알아보기 무척 쉬웠거든요? 그걸 몰라본 무림맹의 담당자들이 문제지요.”

독고진천은 이야기를 듣다 보니 주유성이 기특해서 견딜 수가 없었다.

‘역시 선물도 주고 나에 대한 존경심도 키울 필요가 있겠구나. 삼음용조수가 최고지.’

독고진천이 주유성에게 슬쩍 다가섰다.

주유성이 후다닥 물러섰다.

“또 뭐 하려고 그러세요?”

독고진천이 머쓱한 표정으로 말했다.

“금나수법 몇 수 가르쳐 주려고 그런다. 아주 유용하니 배워두면 써먹을 곳이 많을 게야.”

주유성이 손사래를 쳤다.

“필요없거든요? 제 한 몸 지킬 만큼은 되거든요?”

독고진천이 주유성에게 계속 다가갔다.

“내가 가르쳐 주는 무공이다. 남들은 배우지 못해 안달하는 거지. 기특해서 주는 선물이란다.”

주유성이 계속 거리를 벌리며 말했다.

“거짓말 마세요. 왜 하필 금나수법이에요? 절 붙잡고 제대로 괴롭혀 보겠다는 뜻이잖아요.”

내심을 들켜 버린 독고진천은 순간 머쓱해졌다.

“이 녀석아, 무공이란 쉽게 배워지는 법이 없다. 원래 고생을 좀 하면서 익히는 거야.”

주유성은 더 멀리 물러섰다.

"싫어요. 하여간 약속 꼭 지켜주세요. 제가 누군지는 무림맹주한테도 이야기해 주면 안 돼요."

주유성은 그 말을 하고는 꽁지가 빠지게 도망가 버렸다.

무림맹주 체면에 달려가서 잡을 수도 없다. 더구나 주유성의 마지막 말에 독고진천은 할 말을 잃었다.

"내가 나에게 이야기하지 말라고?"

무림맹 수뇌부는 새로운 정보를 가지고 긴급회의에 들어갔다.

무당의 청허자가 안타깝다는 듯이 말했다.

"허, 큰일이군. 마교가 그리 체계적으로 준비를 하고 있다니. 무림에 피바람이 부는 건 아닌지 모르겠소."

청성의 적명자가 그 말에 반대했다.

"확실히 작은 일은 아니지요. 하지만 마교는 언제나 그래 왔습니다. 그들이 힘을 키우지 않은 적이 무림 역사에 단 한 번이라도 있었습니까? 이번 일도 마찬가지입니다. 이건 그들이 항상 하던 일입니다."

"항상 그래 왔다고 하지만 그 가짜 추하전, 그리고 백구십 같은 자들이 많으면 수백이 될지도 모른다고 하잖소?"

"적으면 수십이지요. 설사 수백이 된다고 하더라도 정파무림의 힘에 비하면 작은 수준입니다. 수십이라면 신경 쓸 것도 없습니다.”

들고 있던 개방의 취걸개가 답답하다는 듯이 말했다.

“어허. 적명자 도장은 어째 항상 늙은 도사가 말을 하면 반대부터 하고 보쇼? 내가 듣기에는 꽤 그럴듯하구만.”

적명자가 발끈했다.

“아니, 취걸개께서는 그럼 내가 반대를 위한 반대를 하고 있다고 생각하시는 건가요? 청성을 비난하는 것이 개방의 공식 방침이오?”

적명자가 그렇게까지 말하자 취걸개가 한발 물러섰다.

“에이. 뭐 그 정도 가지고 개방과 청성을 언급하고 그러시나. 조심해서 나쁠 건 없다는 거지.”

귀찮은 일에 말려드는 것을 싫어하는 거지다운 근성이 발휘되었다.

적명자가 이겼다는 생각에 만족한 채 독고진천에게 말했다.

“맹주님, 이 사안이 작지는 않으니 당연히 별도의 인원을 꾸려서 조사를 해야 하는 것은 틀림없습니다. 하지만 마교가 손을 댄 일입니다. 흔적이 남아 있을 리가 없습니다. 성과가 미약한 일에 너무 많은 것을 투입하기는 어렵지요.”

독고진천도 동의했다.

“확실히 그렇기는 하지. 마음 같아서야 우리가 가진 전력을 다 투입해서 이 일을 알아보고 싶지만 무림의 수많은 일

중 하나에 그럴 수도 없으니.”

“그러니, 이 일에 대한 정보를 줬다는 그자를 족치는 것이 어떤지요? 그자를 쥐어짜면 정보가 더 나오지 않겠습니까?”

독고진천의 얼굴이 살짝 굳었다.

“그 녀석에게서 필요한 것은 다 얻었소. 숨기는 것은 없으니 더 이상 귀찮게 하지 맙시다.”

그 말에 적명자는 재빨리 머리를 굴렸다.

‘확실히 맹주가 따로 키우는 자가 틀림없다. 혹시 바람이라도 피워서 낳은 아들이나 손자일지도 모르지. 너무 파면 안 되겠군.’

“알겠습니다. 그럼 사람들을 따로 풀어 조사케 하는 것이 좋겠군요.”

그 말에 반대하는 사람은 없다.

군사 제갈고학이 말했다.

“가짜 추하전 때부터 조사는 시작했지만 이미 꼬리가 모조리 잘려 버린 상황입니다. 더구나 마교의 뒤처리는 잔혹하기로 유명하지요. 인원을 많이 투입한다고 뭘 알아낼 수 있는 상황은 아닙니다. 그러니 정보각의 요원들을 조금만 풀겠습니다. 위장 신분이나 무림맹에서 그자들이 접촉한 인물 등에 대해서 조사해 보겠습니다.”

독고진천이 조금 심각한 얼굴로 말했다.

“어쨌든 이번 일은 방계가 저지른 것이 아니라 마교에서 직접 손을 댔다는 것이 밝혀졌소이다. 그놈들이 무슨 목적을 가진 건지 모르니 앞으로 경계를 늦추지 맙시다.”

“알겠습니다. 나머지 인원들은 최대한 마교의 동태 감시 쪽으로 돌리겠습니다.”

“비밀로 하는 것 잊지 마시고. 무림에 너무 큰 걱정거리를 안겨주면 안 되니까.”

무림 진법대회는 비무대회에 비해서는 그 비중이 작다. 그러나 진법가들에게는 꽤나 중요한 대회다.

최초 예선 통과를 위해서 제출한 답안지는 모두 세 명의 시험관이 검사했다. 그들은 모두 무림맹의 정규 진법가들이다.

시험관들의 옆에는 수백 장의 답안지가 쌓여 있었다. 모두 탈락자들의 것이다. 그리고 다른 한쪽에 백여 장의 답안지가 있었다. 그것이 합격자의 것이다.

시험관들은 며칠에 걸친 채점 결과에 만족하며 합격자 명단을 만들었다. 이 명단에 있는 사람만이 본선의 시험을 치를 수 있다.

시험관 하나가 기분 좋은 얼굴로 말했다.

"올해는 실력 좋은 응시자들이 많아."

"그러게 말입니다. 예선 통과자가 백 명이라니. 무림맹의 경사가 아닐 수 없습니다."

"그러면 뭐 하나? 진법고수는 무림고수보다 대우를 받지 못하는 것을. 이럴 때 유명한 무림고수가 진법대회에 참가해 준다면 얼마나 좋을까? 진법가들의 위상을 세울 수 있을 텐데."

"그렇지요. 그런 자가 온다면 설사 답안이 조금 부실해도 좋게 채점해 줄 생각이 있습니다."

한쪽에서 종이를 정리하던 진법대회 접수 담당자가 고개를 번쩍 들었다.

"아차!"

그의 행동에 세 명의 시험관이 돌아보았다.

"왜 그러나?"

접수 담당자가 머리를 긁적이며 말했다.

"사실은 용봉각에 있는 사람 하나가 우리 진법대회에 참가하겠다고 신청했습니다."

시험관들의 얼굴이 환해졌다.

"그래? 그런 고수가 왔다면 당연히 합격시켜야지. 이건 우리 진법가들의 위상과 관계된 일이라네. 그래, 그의 답안지가 어느 것인가?"

접수 담당자가 자기 책상 한쪽 구석에서 종이 하나를 꺼냈
다.

"그런데 답이 하도 얼토당토않아서 따로 보여 드리려고 하
다가 잊어버렸습니다."

"답이 얼토당토않아?"

"그렇습니다. 장난 삼아 응시한 걸 채점하는 데 드리기는
곤란해서요."

시험관들의 얼굴에 실망한 기색이 어렸다.

"하긴. 용봉각의 거주자가 진법대회에 왜 참가하겠어? 그
들은 모두 무공으로 이름을 날리려는 자들인데."

다른 시험관이 손을 내밀었다.

"답안지를 줘보기나 하게. 아무리 장난이라고 해도 기본은
했다면 합격을 시키겠네. 본선 대회에 그런 사람이 오는 것
하나만으로도 대회의 이름을 높일 수 있어."

접수 담당자가 미안해하며 종이를 내밀었다. 시험관들이
그 종이를 펼쳐 놓고 함께 보았다.

시험관들이 얼굴을 찡그렸다.

"이거, 선 하나 그은 것이 다구나."

"우리 대회를 우습게봐도 유분수지. 이거 해도 해도 너무
하는 것 아냐?"

그들의 말에 접수 담당자가 연신 미안해했다.

"저야 세 분께서 웃으시라고 받아온 것인데 불쾌하게 생각

하시니 이거 원 미안해서.”

시험관 하나가 손을 저었다.

“아닐세. 이게 어디 자네 잘못인가. 그저 시험지에 장난친 그자의 잘못이지.”

시험관은 문득 동료 하나가 아무 말도 하지 않고 답안지만 뚫어져라 쳐다보고 있는 것을 깨달았다.

“자네는 왜 말을 하지 않고 있나?”

그 시험관이 살짝 떨리는 손으로 답안지의 선을 짚었다.

“이거 아무래도 그냥 그은 선이 아닌 듯합니다.”

“그게 무슨 말인가?”

“건과 곤의 가운데를 관통하는 이 선, 반대쪽은 감과 진의 삼분지 이 자리를 지나고 있습니다. 또한 오행 중 하필 화(火)가 이 선에 걸려 있습니다. 화는 이 진에서 사문 중의 사문입니다.”

그 말을 들은 다른 시험관들도 답안지를 자세히 들여다보았다. 그들의 얼굴도 조금씩 굳어갔다.

한 시험관이 급히 종이와 붓을 챙겼다.

“계산, 계산을 해보세. 이 선을 계산해 보자고. 이거 심상치 않아!”

세 사람이 한참 동안 종이를 놓고 여러 숫자와 그림을 그려가며 계산에 열중했다.

접수 담당자는 일이 어떻게 되는지 몰라 옆에서 멍하니 앉아 있었다.

한참의 계산이 끝난 후 시험관들 사이에서 한숨이 터져 나왔다.

"후아. 이렇게 되는 것이군."

"사문이 생문으로 변했어."

"이럼 이 진은 완전히 파괴됩니다. 거의 농락 수준인데요?"

시험관들이 갑자기 접수 담당자를 노려보았다. 그중 최고 연장자가 다급히 말했다.

"이보게, 이자가 이 답안을 만들어내는 데 얼마나 시간이 걸리던가?"

접수 담당자가 당황했다.

"얼마의 시간이 아니라."

시험관들의 독촉이 곧바로 이어졌다.

"혹시 문제를 가져간 후 다시 가져온 것 아닌가?"

"그럴지도 모르지. 누군가 유명한 진법가가 대신 풀어준 것일 수도 있지."

접수 담당자가 땀을 흘리며 말했다.

"시험 문제를 보더니 그냥 선을 쭉 그었습니다. 그러니 제가 장난치는 줄 알고 따로 챙겨둔 것 아니겠습니까?"

시험관들의 얼굴이 딱딱하게 굳었다.

"그게 가능한 일일까?"

"불가능하지요."

제일 연장자가 단호하게 말했다.

"아니. 가능하다."

"그가 대단한 진법가란 말씀이십니까?"

"용봉각의 고수가 진법고수일 리는 없다. 이건 시험 문제
가 유출된 것이다. 먼저 문제를 보고 간 자가 그것을 그려 다
른 자에게 넘겨준 것이지. 틀림없다. 그는 그걸 진법 대가에
게 넘겨 답을 알아낸 후에 선을 긋는 것으로 우리를 농락한
거야."

제일 젊은 시험관이 고개를 저었다.

"그런 방법을 썼다가 들키면 무림맹에서 그냥 넘어가지 않
습니다. 당사자도 비난도 피할 수 없습니다. 설마 그랬겠습니
까?"

"보통 사람이 그런 짓을 했다면 간단히 넘어갈 수 없지. 하
지만 용봉각의 거주자라고 하지 않는가? 그들 하나하나가 무
림맹에 속하지 않은 중요한 세력에서 나온 자들이다. 무림맹
도 눈감고 넘어갈 일이야."

잠시 침묵이 돌았다.

"만약 그렇다면 본선 대회에서도 어떤 편법을 쓰지 않겠습
니까?"

"편법?"

"그렇습니다. 무림고수가 미리 문제를 빼돌리고자 한다면

누가 막을 수 있겠습니까? 그리고 지금 우리가 준비한 문제는 자격이나 알아보려고 한 것이라 조금 알려진 것입니다. 유명한 진법가라면 쉽게 풀어낼 수 있습니다.”

“맞습니다. 어쩌면 이미 문제지가 그의 손에 넘어갔을지도 모릅니다. 그자는 이미 정답을 알고 기다리고 있을 겁니다. 단숨에 풀어내려고요.”

“그렇기는 하군. 그럼 이걸 어쩐다?”

젊은 시험관이 결심한 듯 말했다.

“본선 시험 문제를 바꾸는 것이 어떻겠습니까?”

“바꾼다? 무엇으로?”

“제가 가진 진법도해 중에 상당히 귀한 것이 하나 있습니다. 제게 잠시 진법을 가르쳐 주신 은사께서 선물로 주신 것입니다. 진법의 수준이 상당히 높고 여러 가지 이론이 적용되어 그것을 풀어내는 것이 쉽지 않습니다.”

“그런 어려운 것을 시험 문제로 내면 누가 답을 쓸 수 있겠나?”

“괜찮습니다. 무슨 대단한 절진은 아니기 때문에 아예 못 풀 것도 없습니다. 하지만 이걸 하루 안에 완전히 풀어낼 수 있다면 진법에 아주 뛰어난 사람이라고 하기에 부족함이 없습니다. 제게 이것을 주신 은사께서도 명성이 작지 않으신데 열두 시진을 꼬박 투자하셨다고 하셨습니다.”

“하지만 이건 시험일세. 우리는 답안을 낸 사람들의 등수를 매겨야 한단 말일세."

"걱정 마십시오. 제가 자세한 풀이를 가지고 있습니다. 답안을 보고 정답과 비슷하게 한 사람순으로 등수를 매기면 됩니다. 이건 아는 사람이 몇 명 없는 진법도이니 누가 와서 풀더라도 시간이 걸립니다. 용봉각의 거주자가 어떤 진법가를 준비해 뒀어도 빠른 시간 내에 답을 낼 수는 없습니다. 예선과 본선의 답을 쓴 시간 차이가 심하니 창피를 톡톡히 줄 수 있습니다."

"좋았어. 그렇게 하지. 그럼 문제지는 대회 시작 직전에 직접 우리 손으로 다시 만드세. 주변에 아무도 접근하지 못하게 하면 아무리 고수라고 하더라도 빼돌릴 수 없어. 설사 빼돌리는 데 성공한다고 하더라도 그때는 이미 시험 직전이니 답을 알아낼 시간이 없지."

"물론입니다."

"우리 진법가들을 우습게본 자이네. 그 정도 창피는 줘야지. 혹시 이 일로 문제가 생긴다면 청허자 장로님이 막아주실 걸세. 그런데 이런 귀한 것을 함부로 내놓아도 괜찮은가?"

"괜찮습니다. 이건 우리의 자존심 문제입니다. 은사께서도 이해하실 겁니다."

진법대회는 원래 참가자가 많지 않다. 최초 자격시험 문제를 통과할 만한 사람이 얼마 없기 때문이다. 그래도 백여 명이 대회 참가를 위해 시험장에 모여들었다.

주유성은 이런 걸 하고 싶지 않았다. 하지만 여기서 상금을 타지 못하면 돌아갈 여비가 없다.

추월은 지난번 도박으로 대박을 쳤다. 그녀는 주유성의 곁에서 싱글벙글 웃었다. 하지만 주유성은 그 도박의 우승자를 찍어주기는 했어도 참여하지는 못했다. 그는 도박에 걸 돈이 한 푼도 없었다.

주유성이 거지임을 짐작도 하지 못한 추월이 쫑알댔다.

"공자님, 서현은 어때요? 살기 좋아요?"

"그럼. 살기 좋지. 특히 음식이 맛있어. 시장 어느 집에 가도 고급 요릿집 못지않은 맛을 보장하지."

"호호호. 그럼 저도 서현에 가서 살까 봐요. 이제 전 부자니까요."

주유성이 혀를 찼다.

"쯧쯧. 그 돈으로 평생 살기는 조금 모자라지 않을까? 집도 마련해야 하고, 또 돈이란 있으면 많이 쓰게 되니 철저한 자기 절제가 되지 않는 한 그 돈으로 평생을 버티기는 힘들걸?"

"그럼 다시 도박을 해서 돈을 더 불려야 할까요?"

"큰일날 소리를 하네. 도박은 여러 번 하면 결국 거지가 되는 거야. 그때는 검 소저의 무공이 제일 높으니까 결과를 알고 하는 도박이었고. 꿈도 꾸지 마."

"그럼 밭을 사서 농사를 짓지요. 이 돈이면 꽤 넓은 밭을 사잖아요."

"네가 농사를 짓게? 농사 지어본 적 있어? 그거 무척 힘들다."

어린 시절에 무림맹에 들어와서 시녀 생활만 계속 한 추월이다. 농사지을 줄 알 리가 없다.

"그럼 가게를 하나 내지요. 가게에서 나는 수익으로 살면 되잖아요."

"아서라. 경험없이 함부로 시작하면 단숨에 날려먹는 것이 바로 장사다."

추월이 갑자기 몸을 배배 꼬았다.

"그럼 서현에서 상인 집안 출신에 머리가 똑똑한 사람을 남편으로 얻으면 되지요. 어머나. 부끄러워라."

추월이 발그레해진 자기 뺨을 두 손으로 감쌌다.

주유성이 무심하게 말했다.

"그러든지 말든지."

그 옆에서 대화를 듣던 검옥월은 뭔지 모르게 부러운 생각이 들었다.

"주 공자, 서현이 그렇게 살기 좋은가요?"

"누구나 자기 고향이 가장 살기 좋은 법이에요."

주유성의 대답에 검옥월은 입을 다물었다. 검각이 가장 살기 좋은 곳인가 하는 의문이 들었다. 그녀의 기억 속에 있는 검각은 검옥월을 극복하기 위해서 노력하는 동료들이 바글거리는 곳이다.

검각의 어른들 중에는 검옥월을 아끼는 사람들도 조금 있다. 그러나 검옥월 또래의 제자를 가진 사람은 모두 냉랭하기 이를 데 없다.

그의 사부가 검옥월을 상당히 아껴주지만 그래도 외로운 것은 틀림없다.

검옥월이 고개를 저어 상념을 털어버렸다.

"서현에 한번 가보고 싶네요."

주유성이 반색을 했다.

"서현에 오면 우리 집에 꼭 들러요. 내가 서현 시장의 맛집들을 골라줄게요."

검옥월이 살짝 미소 지었다. 눈은 째려보는 모양으로 변했지만 입술은 부드럽다.

"고마워요, 주 공자."

옆에서 추월이 투정을 부렸다.

"어머, 공자님. 제가 간다고 할 때는 그런 말씀 한마디도 안 하시더니요?"

"너는 우리 동네에 살러 온다고 했잖아. 너도 놀러 오면 내가 시장 기행을 해줄게."

그들이 잡담을 하는 사이에 시험 시간이 다가왔다. 주유성이 두 사람에게 손을 흔들었다.

"후딱 끝내고 나올 테니까. 기다리고들 있어요. 추월이는 저놈 조심하고."

추월은 주유성이 가리킨 방향을 돌아보고 화들짝 놀랐다.

"엄마야!"

북해빙궁의 냉소천이 그녀들 쪽을 보고 있었다.

시험관을 맡은 진법가 세 명이 눈을 부라렸다. 그들은 사람들이 남의 것을 베끼지 않는지 감시했다. 그중에서도 특히 주유성을 주시했다.

"저자라고 했지?"

"틀림없습니다. 용봉각에 거주하는 자로 서현 주가장의 주유성이라고 합니다."

"주유성이라. 서현의 주유성이 학문이 높다는 말은 들어본 것 같군."

"비무대회에도 참가했는데 허풍대협이라는 별명을 얻었다고 합니다."

"역시. 저 젊은 나이에 학문이 높을 리가 없지. 모든 것은 허풍이었어. 감히 허풍에 진법을 이용하려고 들어? 내가 저자의 정체를 밝혀내 주마."

시험관들은 기세등등하다.

몇 명의 사람들이 시험관을 대신해서 문제지를 나눠주었다. 주유성은 손을 비비며 문제지를 펴보았다. 그리고 얼굴을 찡그렸다.

시험관들의 눈이 반짝였다.

'오호라. 미리 빼돌린 것과 다른 문제가 나오니 당황하는구나.'

'어디 고민하다가 백지를 내보아라.'

'이놈. 허풍대협이 아니라 도둑대협이라고 불리게 만들어주마.'

주유성은 문제를 보고 황당했다.

'이게 뭐야. 내가 열두 살 때 곽안모 사부님한테 그려줬던 그 진법도잖아. 이게 왜 시험 문제로 나오지?'

그 진법도는 곽안모가 주유성의 진법 실력이 자신을 뛰어넘었음을 인정하게 만든 바로 그것이었다.

'쩝. 이게 많이 퍼졌나 보네. 너무 쉬웠나? 아이고. 창피해라. 어렸을 때 만든 거라 비효율적인 부분이 많은데. 이건 실용적이지 않다고.'

주유성은 낯이 다 뜨거워졌다. 지금 다시 보니 부족하기 이를 데 없는 진법도다. 하지만 이것이 시험 문제다.

'이걸 어떻게 한다. 답이야 간단하지만 그냥 풀어냈다가 잘못해서 일등 하면 귀찮은 일이 많이 생길 텐데.'

주유성은 주변을 힐끗 둘러보았다. 사람들의 눈에 총기가 번뜩였다.

여기 참가한 사람들은 진법에 뜻을 두고 공부한 사람들이

다. 더구나 예선을 통과했으니 모두 진법에 대해서 기본은 알
고 있다.

　그들은 이 진법도가 꽤나 고급의 이론으로 만들어진 것임
을 깨달았다. 여기서 얻을 수 있는 것이 작지 않음을 눈치 챘
다. 그래서 진귀한 진법도를 보는 모두의 몸에서 열기가 솟구
칠 지경이었다.

　집 안에서만 지낸 주유성은 사회 경험이 거의 없다시피 하
다. 무공은 주가장의 무사들과 비교해 보고 자신의 수준을 대
충 추측할 수 있었다. 하지만 진법이나 기관은 비교 대상이
전무하다. 그래서 자신의 실력이 어느 정도인지 정확히 모른
다. 다만 곽안모와 비교해 보고 자신이 꽤 한다는 것만 짐작
했다.

　주유성이 빙그레 웃었다.

　'이런 대회에 참가하는 걸 보면 아직 명성이 부족한 사람
들이겠지. 그럼에도 불구하고 대부분 얼굴이 밝아. 이 정도는
어떻게 풀어낼 수 있다는 뜻이겠지. 더구나 시간은 하루 종일
이잖아.'

　주유성은 문제의 답을 어느 수준으로 적어야 하는지에 대
해서 고민했다.

　'시험에 참가하는 사람들이 이 정도니 저 시험관들은 어떻
겠어? 아마 이걸 수정한 제대로 된 진법도까지 가지고 있겠
지?'

너무 앞서 나간 주유성이 머리를 열심히 굴렸다.

'아니야. 그래도 이건 내가 만든 진법도인데 저 사람들이 나보다 더 정답을 알 리는 없어. 내 목표는 팔강이란 말이지. 내가 이걸 고친 완벽한 답을 냈다가는 일등을 해버릴 수 있잖아. 그럼 안 되지. 적당히 해야지. 적당히.'

적당히라고 하는 것은 정말 정의하기 애매한 수준이다.

'다들 얼굴이 밝았으니 저 사람들 중에 제대로 된 답을 낼 사람이 몇 명은 있을 거란 말이야.'

주유성은 마침내 결정했다.

'에라. 모르겠다. 어렸을 때의 그 답 정도가 적당하겠다. 그걸 내자. 그걸 내면 설마 팔강에 못 들겠어? 일등은 누군가가 진법도를 고쳐서 먹겠지.'

주유성이 결심하고 붓을 먹에 쿡 찍었다.

시험관들이 주유성을 보면서 소곤거렸다.

"저 녀석, 다른 사람들의 눈치를 살피는 것을 보니 당황하긴 했나 보군요."

"그렇지. 자꾸 멈칫거리지 않는가? 이제 창피당할 일만 남았어."

"엇, 답을 쓰기 시작합니다. 설마 벌써 답이 나왔을 리는 없습니다."

"괜찮아. 포기하고 아무거나 갈겨쓰는 거야. 틀림없어."

간단히 답안을 작성한 주유성은 그것을 말린 후 잘 접어 시험관에게 제출했다.

"여기 있습니다."

돌아가는 주유성의 뒷모습을 보는 시험관들의 눈초리가 곱지 않다.

규정상 시험을 보는 중에 답을 펼쳐 볼 수는 없다. 시험을 치르는 누군가 그것을 보게 됨을 우려해서다. 시험관들은 두고 보자를 연발하며 답안을 잘 챙겼다.

주유성이 시험을 시작하자마자 나오자 추월과 검옥월은 어이가 없었다.

추월이 종알댔다.

"아니, 공자님. 큰소리 실컷 치고 들어가시더니 벌써 나오면 어떻게 해요? 시험 안 보세요?"

"답안 내고 왔어."

추월이 인상을 썼다.

"그게 말이 돼요? 시험 시작하자마자 답안을 내다니요. 세상에. 난 공자님이 정말 진법가인 줄 알았어요. 이제 보니까 사람들을 놀린 거네요? 아이 참. 자꾸 그러니까 허풍대협이란 소리를 듣잖아요. 속상해라."

옆에서 검옥월이 추월을 말렸다.

"추월아, 너무 그러지 마라. 주 공자는 대회에 한번 참가해 보고 싶었던 거겠지. 참가 자격은 따로 없으니 누가 주 공자를 비난할 수 있겠니? 문제가 너무 어려웠으면 일찍 포기하는 것도 현명한 행동이야."

"하지만, 하지만, 속상하잖아요. 난 공자님이 진법을 아주 잘하시기를 바랐다고요. 설마 진법을 전혀 모를 줄은 몰랐어요."

"주 공자가 진법을 모르는 건 아니란다. 예선 시험은 간단하게 통과했는걸?"

"하긴, 그러네요. 예선 통과가 안 되면 이번 시험 자체를 볼 수 없으니까요. 히잉! 공자님, 상금 타서 맛있는 거 사주신다고 하시더니. 기대했는데."

주유성이 큰소리를 쳤다.

"걱정 마라. 답은 쓰고 나왔어. 팔강 안에는 들 수 있을 거야. 상금 타서 맛있는 것 많이 사줄게. 걱정하지 마."

"흥. 안 믿어요. 허풍쟁이."

모든 일이 정리되자 주유성은 본성을 버리지 못하고 또 따뜻한 자리를 찾았다. 햇볕 쬐며 땅이나 긁적거리고 있는 그의 옆에 추월과 검옥월이 앉아서 같이 시간을 보냈다.

지나가던 청허자의 눈에 그 모습이 보였다.

"아니, 이럴 수가 있나? 비무대회의 우승자께서 왜 저런 게으름뱅이와 같이 있는 건가?"

딴에는 농담이라고 한 말이다. 검옥월이 가볍게 포권하며 말했다.

"주 공자에게 안빈낙도의 삶을 배우고 있습니다."

"어허. 그러지 말게나. 얼핏 그리 보일지 모르나 저 녀석이 가진 것은 게으름의 삶이야. 공연히 배웠다가는 신세 망친다네."

자기를 가지고 놀자 주유성이 툴툴댔다.

"도사 할아버지는 어디 그리 급히 가시는데요?"

"진법대회가 끝날 때가 되지 않았느냐? 내가 이래 봬도 진법을 좀 공부했지. 가서 올해에는 어떤 인재들이 참여했는지 확인해야 하지 않겠나?"

주유성이 속으로 투덜댔다.

'펼쳐진 진법도 제대로 못 그리는 초보자시면서.'

무림맹 장로가 진법에 관심있다는 말에 옆에서 추월이 반갑게 말했다.

"우리 공자님도 그 대회에 참가했어요."

청허자가 반갑게 말했다.

"그렇지. 네 녀석이 게으르긴 하지만 진법 실력이 보통은 아니지. 꽤나 좋은 성적을 거뒀겠는걸?"

추월이 입을 삐죽 내밀었다.

"좋은 성적은 무슨. 시험 시작하자마자 나왔어요."

청허자가 껄껄 웃었다.

"허허. 이 녀석아. 시험 문제가 마음에 들지 않았나 보구나. 네 실력에 답을 못 찾았을 리는 없고."

어슬렁거리던 취걸개도 주유성 일행을 발견했다. 그는 주유성 옆에 털썩 주저앉았다.

"요 게으름뱅이 녀석. 어째서 비무대회에 계속 참가하지 않은 게냐? 사람이 죽어서 부담스러웠느냐? 아니면 마교의 무공을 쓴 놈과 싸운 것 때문에 겁을 먹었느냐?"

주유성이 고개를 저었다.

"저는 진법대회 참가하러 온 거라니까요. 범인을 잡았으니 더 싸울 이유가 없어요."

"이 녀석아, 네가 시작한 일이 제법 커졌다. 네 공이 작지 않은데 더 이상 나서지를 않아서 오히려 욕만 먹었잖느냐?"

"신경 쓰지 않아요. 관심도 없고요."

"나와 한 약속은? 대회에 참가한다는 약속을 하고 정보를 받아간 놈이 그리해 버리면 내가 소소에게 할 말이 없잖느냐."

"참가한다고 해서 참가했으니 된 거지요 뭐. 그리고 서현에 오시면 시장 기행은 멋들어지게 시켜 드릴 테니 안심하세요."

취걸개의 얼굴이 밝아졌다.

"내가 조만간에 꼭 찾아가마. 일이 없다면 만들어서라도 금방 갈 테니 준비 단단히 해놓고 있어라."

"참고로 제가 돈이 없거든요. 맛집에서 먹을 땐 구걸하셔야 해요."

"걱정 마라. 내가 누구냐. 거지 중에 상거지다. 그런 음식은 구걸을 해서 먹어야 더 맛있는 법이지. 껄껄껄."

진법대회 시험관들은 참가자들의 답안을 검토하고 있었다.

"올해 참가자들은 실력이 괜찮군요. 어려운 문제임에도 불구하고 좋은 답들이 많이 나왔어요."

"정답에 꽤 접근한 답안들도 있어요. 이 사람들은 우리 무림맹에서 채용해야겠군요. 장래가 기대돼요."

그들이 채점을 하는 곳으로 청허자가 들어섰다.

"모두들 수고하시는가?"

시험관들이 급히 몸을 일으키고 인사를 했다.

"장로님을 뵙습니다."

"어허. 이 사람들. 어서 일들 보게나. 그래, 올해는 상황이 어떤가? 인재들이 좀 보이는가?"

"그렇습니다. 좋은 실력자들이 많이 지원했습니다. 지원자들의 수준이 예년보다 높으니 우리 진법가들에게는 복이지요."

"허허. 이거 흡족한 말이군."

청허자가 기분 좋게 웃으며 말했다. 그의 눈에 구석에 따로 치워둔 답안지 한 장이 보였다.

"그런데 저것은 무엇인가?"

"예. 대회에 부정을 저지른 자가 있어 저희들이 따로 챙겨둔 답안지입니다."

청허자가 눈살을 찌푸렸다.

"감히 무림맹이 주최하는 대회에서 부정을 저질러? 그럼 저 답안지에 부정이 저질러져 있다는 말인가?"

시험관들이 고개를 저었다.

"아닙니다. 부정은 예선에서 저질러졌지요. 그래서 저희가 본선에 그자의 답안지를 빼놓은 것입니다. 문제를 시험 직전에 바꾸었으니 예선과는 판이하게 낮은 수준의 답이 적혀 있을 겁니다. 그것을 들이밀고 따지려고 합니다."

"그럼. 따져야지. 엄히 따져야지. 어떤 자인지 내가 직접 혼을 내겠네."

"안 그래도 장로님께 부탁드리려고 했습니다. 시험 참가자가 용봉각의 거주자이거든요. 우리 힘으로는 조금 버겁습니다."

용봉각이라는 말에 청허자가 멈칫했다. 대회가 시작하기 전에는 주유성이 용봉각의 예비 방에 거주하는 것을 신경 쓰지 않아 알지 못했다. 하지만 이제는 안다.

"혹시 그거 주유성이라는 젊은이가 쓴 건가?"

시험관이 반색을 하고 말했다.

"그렇습니다. 장로님도 허풍대협을 아시는군요?"

청허자가 고개를 갸웃거렸다.

"이상하군. 주 소협은 학문이 높고 진법에 뛰어나지. 굳이 부정을 저지를 필요가 없을 텐데?"

시험관이 단호하게 고개를 저었다.

"장로님이 속고 계신 겁니다. 그자는 허풍대협이 틀림없습니다. 진법 실력도 별 볼일 없지만 소문만 그리 난 것이 틀림없습니다. 어쩌면 학문도 사실은 아주 낮을 겁니다. 맛있는 것은 아껴뒀다 마지막에 먹으려는 기분으로 그의 것은 최후에 채점하려고 했습니다. 하지만 장로님이 그리 말씀하시니 지금 개봉하겠습니다."

시험관이 호언장담하며 주유성의 답안지를 폈다.

청허자가 진법도와 그 해답을 관심있게 보면서 말했다.

"오, 상당히 좋은 진법이군. 이런 건 꽤 귀한 것일 텐데 시험을 위해 내놓다니. 수고들 했네. 그런데 이 답이 잘못된 거란 말이지? 내가 언뜻 봐서 그런가? 상당히 그럴싸한데?"

시험관들의 대답이 없자 청허자가 고개를 들었다.

"아니, 이 사람들. 왜 전부 얼굴이 딱딱하게 굳어서 그러나? 말을 해보시게, 말을.”

시험관 중 최고 연장자가 더듬으며 말했다.

“정, 정답입니다.”

“응? 뭐라고?”

“이게 이 진법의 정답입니다. 완전한 정답입니다.”

청허자가 얼굴을 조금 굳혔다. 그러더니 호탕하게 웃었다.

“으허허허! 그 녀석. 진법 실력이 대단하단 것은 알고 있었지만 이 정도였을 줄이야. 그야말로 인재로군, 인재야.”

시험관이 굳은 얼굴로 말했다.

“그 빠른 순간에 정답을 내다니. 그는 진법의 대가입니다. 틀림없습니다. 무림맹을 위해서 반드시 끌어들여야 하는 인재입니다.”

청허자가 고개를 저었다.

“그는 아마 무림맹을 위해서 일하고 싶어하지 않을 거야.”

“왜 그렇습니까? 진법가를 원하지 않는다면 이런 실력을 이뤘을 리가 없습니다. 그리고 진법으로 명성을 얻으려면 무림맹에서 일하는 것이 최고입니다.”

“게으르거든.”

“네?”

“그 녀석, 너무 게을러서 대회에 참가한 것 자체가 기적이라고들 말하거든. 혹시 그 녀석의 무공이 이런 경지라면 내가 무슨 수를 써서라도 무림맹에 끌어들이겠네. 하지만 진법은 명분이 약해. 집이 워낙 부자라 돈 많이 준다고 해도 올 놈이 아니야.”

“하지만 이 실력은 너무 아깝습니다.”

“걱정 말게. 진법에 관해서 도움이 필요하면 수가 있네. 진법과 관계된 일은 보통 시간이 아주 넉넉하지 않은가? 무슨 일이 생기면 그때 무림 정의를 위한다고 하고 멱살이라도 잡아서 끌어내지 뭐.”

다음날 주유성은 느지막하게 진법대회 발표장으로 걸어갔다.

“돈만 받으면 집에 갈 거야.”

추월이 옆에서 초조한 표정으로 말했다.

“며칠 더 쉬어 가서도 되잖아요.”

“동네 음식이 그리워졌어.”

발표장 앞에는 사람들이 잔뜩 몰려 있었다. 수군거리던 그들은 주유성이 오자 일제히 입을 다물었다.

주유성은 뭔가 안 좋은 예감이 들었다. 그가 합격자 이름이 적혀 있는 곳으로 걸어가자 사람들이 바다가 갈라지듯 쫙 물러섰다.

‘설마.’

주유성은 불안한 기분을 애써 누르며 발표문을 확인했다.

‘망했다.’

주유성은 쓰러지고 싶었다. 우승자 이름에 당당하게 하남 서현 주가장의 주유성이라고 써져 있었다.

옆에서 추월이 비명을 질렀다.

"꺄악! 주 공자님! 우승이에요, 우승!"

검옥월도 째려보듯 웃는 눈으로 주유성을 바라보았다.

"주 공자, 당신은 정말 대단하군요."

'그 대단한 무공 실력에 더해서 진법까지 이 정도라니. 신비한 사람. 도대체 얼마나 노력했기에.'

차라리 모르는 게 낫다.

주유성의 얼굴이 조금 일그러졌다.

"도대체 왜 일등이냐."

사람들이 주유성을 보고 수군거리기 시작했다.

"허풍대협이 자기도 일등을 예상하지 못했나 봐."

"무공은 보잘것없어도 진법은 제법 하나 보지?"

"역시 무슨 비리가 있어. 일등 할 사람은 보통 자기가 일등일 거라고 예상한다고. 한 오등까지는 자기가 일등일지도 모른다고 짐작해야 하는 거 아냐?"

"그래그래. 용봉각에 자리를 차지한 것도 돈의 힘이라며?"

"소문에는 말이야. 이번 대회 직전에 시험 문제가 바뀌었다고 하더라고. 뭔가 냄새가 나지 않아?"

대부분의 사람들은 주유성의 일등을 순순히 믿지 않았다. 그들은 주유성이 허풍대협에 게으름뱅이라는 고정관념을 가지고 있었다. 그것이 쉽게 바뀌지 않았다.

비무대회의 우승자에게는 화려한 시상식이 준비되어 있었
다. 그에 앞서 진법대회 우승자에게 먼저 시상을 한다. 최고
의 상은 마지막에 수여한다는 개념이다.

주유성은 진법대회 일등상을 받기 위해서 단상에 올라섰
다.

'쳇. 실수다. 실력들이 그렇게 떨어질 줄 몰랐어.'

단상에는 무림맹주 검성 독고진천이 서 있다.

주유성이 그 앞에 서며 작은 목소리로 소곤거렸다.

"그래도 명색이 우승자라서 무림맹주님이 시상하실 줄 알
았는데 할아버지가 나오셨네요? 진법대회라고 차별하는 건
알겠는데, 그럼 혹시 상금도 차별하나요?"

독고진천이 기분 좋게 웃었다. 그리고 역시 작은 소리로 말
했다.

"허허허. 이 녀석아. 참가자의 규모가 다른데 그럼 같은 돈
을 줄 줄 알았냐?"

주유성이 혀를 찼다.

"쳇. 어쨌든 집에까지 갈 여비만 있으면 되니까 상관없어
요."

"녀석아, 그 정도 돈은 충분히 되고도 남으니 걱정 마라.
원한다면 무림맹에 고용해서 좋은 자리를 주마."

“됐네요. 전 집이 좋아요.”

“옜다. 여기 상패다. 상금은 나중에 따로 받아가거라.”

주유성이 상패를 받으며 고개를 꾸벅 숙였다.

“어쨌든 감사합니다.”

주유성은 진법대회 우승 상패를 들고 단상에서 내려왔다. 남들에게 들리지 않을 만큼 조용히 대화가 이루어지는 것을 본 사람들의 쑥덕거림만 실컷 들려왔다.

단상 앞쪽에는 비무대회 우승자인 검옥월이 서 있었다. 주유성이 검옥월을 보고 상패를 들며 웃어주었다. 그리고 그 옆에 섰다.

“나도 우승했어요.”

검옥월이 빙그레 웃었다. 같은 우승자라는 사실이 좋았다.

사회자가 말했다.

“이제 무림비무대회 우승자인 검각의 검옥월 여협에 대한 시상이 있겠습니다. 검옥월 여협은 올라오십시오.”

검옥월이 단상으로 올라갔다. 그걸 본 주유성이 단상 위의 독고진천을 보고 손을 다급히 흔들었다.

‘할아버지, 어서 내려와요. 아니, 단상에 한번 올라갔다고 안 내려오면 어떻게 해요? 이제 무림맹주님이 올라오셔야죠.’

독고진천은 주유성의 손짓과 표정이 무슨 뜻인지 알고 기분이 좋아졌다.

'요 녀석. 이제 한번 놀라보거라. 반응이 궁금하구나.'

검옥월이 독고진천의 앞에 서자 기분이 좋아진 그는 상패를 내밀며 웃었다.

"허허허, 검각에서 올해의 우승자를 배출했구려. 이거 혹시 미래의 검후가 될 분을 보는 건 아닌지 모르겠소."

검옥월이 상패를 받으며 말했다.

"과분하신 칭찬에 몸 둘 바를 모르겠습니다. 맹주님."

'맹주님'이라는 단어가 거대한 망치가 되어 주유성의 귀를 때렸다. 주유성이 순간적으로 비틀거렸다. 입을 덜덜 떨었다.

"매, 매, 매, 맹주?"

사람들이 검옥월을 보고 수군거리기 시작했다.

"역시 보통 실력이 아니었어. 검성이 인정했다고."

"미리 잘 보여야 하는 거 아냐?"

주유성이 상을 받을 때와는 전혀 다른 반응이다.

한쪽에서 신녀문의 천영영이 고운 입술을 깨물었다. 그녀는 검옥월을 잡아먹을 듯이 노려보았다.

'억울해. 내가 우승할 수 있었는데.'

천영영에게 반한 남자들의 눈에는 그녀의 매서운 눈빛도

아름답게 보였다.

　주유성은 믿어지지 않았다. 멍하니 중얼거렸다.
　"맹주님이라니. 검성은 팔십 먹은 할아버지라던데? 젊은 할아버지는 많아야 육십으로 보이는데? 노, 농담이지?"
　하지만 상황은 명확하다. 검성이 어쩌고저쩌고 하는 소리가 계속 귀를 파고든다.
　'진짜로 망했다.'
　그는 무림맹주에게 자신의 실력을 드러내 보였다. 무림 전체에 소문이 나면 앞으로 두고두고 귀찮아진다.
　'일단 피하자.'

　무림맹주 검성 독고진천은 단상 앞에서 슬금슬금 물러서는 주유성을 보고 기분이 유쾌해졌다.
　'으하하하. 이 녀석. 진실을 알게 되니 어떠냐? 내가 이 맛에 맹주질을 한다. 이따가 무림맹주님을 뵙는다고 크게 절하고 순순히 내 삼음용조수를 전수받으렷다.'

　주유성은 거처로 돌아와서 재빨리 짐을 챙겼다. 따라온 추월이 놀란 얼굴로 물었다.
　"공자님, 왜 그러세요? 아직 행사가 한창 진행 중이에요. 또 오늘 밤에는 승자를 축하하기 위한 연회가 준비되어 있는

데요?"

주유성이 대충 등짐을 마련해서 짊어지고 대답했다.

"그건 비무대회 우승자인 검 소저를 위한 연회지. 진법대회 우승자한테는 아무도 관심없어."

"어머, 그렇다고 기분 나빠지셔서 그냥 가시려는 거예요?"

주유성이 반색을 했다.

"기분? 아, 그래. 난 기분 나빠서 간다고 좀 전해줘. 고맙다, 추월아."

추월은 어이가 없었다. 지금까지 무림맹에서 보낸 세월 동안 우승자가 이렇게 말도 없이 사라지는 경우는 없었다.

"공자님, 그래도 며칠 더 쉬면서 저랑 놀다 가시지. 왜 벌써 가시려고요?"

"기분도 나빠졌고, 급한 일도 생겼거든. 그래서 빨리 가봐야 해."

추월은 주유성에게 급한 일이 일어나는 상황은 상상도 해본 적이 없다.

"정말로 가시게요? 언제 또 오시게요?"

"때 되면 오겠지. 지금은 계획없다."

주유성의 말에 추월의 눈이 젖어들었다.

"꼭 오세요. 기다릴게요."

"차라리 네가 날 찾아오는 게 더 빠를걸?"

추월이 입을 앙다물었다.

146

"알았어요. 정 찾아오시지 않으면 제가 찾아갈 거예요. 저 이제 부자라고요."

"그래라. 그러니까 앞으로는 도박하지 말고. 검 소저한테도 말 잘 전해주고. 혹시 거지 할아버지, 그러니까 취걸개 할아버지가 묻거든 잘 대답해 주고. 무림맹주 할아버지가 물으면, 그 나쁜 할아버지한테는 나 죽어서 땅에 묻혔으니 찾지 말라고 해라."

시상식이 끝나자 검옥월은 주유성이 근처에서 사라진 것을 깨달았다. 검옥월뿐 아니라 청허자나 취걸개, 그리고 무림맹주도 그 사실을 알았다.

식후 행사가 좀 남아 있지만 그건 다 친분을 다지는 것으로 공식적인 일정은 아니다. 무림맹주는 맡아야 할 일이 많으니 움직이지 못했다. 하지만 그를 제외하고 주유성을 아는 몇 명의 사람들이 용봉각으로 몰려들었다.

용봉각에서는 추월 혼자만 뒷정리하고 있었다. 그녀는 갑자기 들이닥친 사람들을 보고 화들짝 놀랐다.

"어머나!"

검옥월이 방을 둘러보고 추월에게 재빨리 질문했다.

"추월아, 방을 왜 정리하고 있지? 주 공자는? 어디 가셨니?"

추월은 무림맹 초고위층들이 찾아온 것을 보고 바짝 긴장했다.

"공자님은 집으로 가신다고 하고 떠나셨어요. 급한 볼일이 있어서라고 하던데요?"

"급한 볼일?"

"네. 진법대회 우승자에 대한 대우가 나빠서 기분이 상하셨다고 하면서요."

청허자가 아쉬운 듯이 말했다.

"허어. 그는 진법계의 인재이니 기분이 상할 만하지."

취걸개가 코웃음 쳤다.

"그놈이 그런 것을 따질 놈이라면 비무대회에서 한바탕 제대로 붙었겠지. 말도 안 되는 소리야. 게으른 놈의 심정은 거지가 알아. 분명히 도망간 거야. 그럼 이 녀석이 어디로 갔을까?"

추월이 칭얼댔다.

"히잉! 공자님이 상금 타면 그 돈으로 맛있는 거 사준다고 하셨는데. 저도 공자님이 그냥 가서 마음이 아파요."

그 소리에 검옥월이 고개를 번쩍 들었다.

"여행 경비. 주 공자는 먹는 것을 좋아하지요. 추월에게 뭘 사주기 위해서 상금이 필요했다면 수중에 돈이 별로 없다는 뜻. 분명히 상금을 타러 갔을 거예요."

취걸개가 무릎을 쳤다.

"옳거니. 거지가 아닌 다음에야 구걸을 할 수는 없겠지. 그 녀석 그래 보여도 상인 집안의 사람이라 돈을 주고 물건을 사야 한다고 생각하겠지. 상금 주는 곳으로 가자. 서둘러라.”

주유성은 상금을 챙기는 것도 잊지 않았다. 그냥 도망가고 싶지만 한 푼도 없는 알거지라 어쩔 수 없다.

경리 담당자는 주유성이 돈을 찾으러 오자 머리를 갸웃거렸다.

“벌써 시상식이 끝났어요? 올해는 무척 빠르네요? 이거 좀 이상한데.”

주유성은 자기가 받은 우승패와 신분패를 내밀며 독촉했다.

“그러니까 얼른 상금을 줘요. 제가 좀 바쁘거든요.”

패는 틀림없이 주유성 본인의 것이다. 우승자의 명부는 전달받았으니 상금을 주지 않을 명분이 없다.

담당자가 할 수 없이 은자 주머니를 내밀었다.

“여기 있습니다.”

주머니를 받아 한번 슬쩍 흔들어본 주유성의 얼굴이 환해졌다.

“우와! 상금이 은자 백 냥이나 돼요? 세상에나.”

주유성으로서는 난생처음 만져 보는 거금이다.

“무림맹이 하는 행사입니다. 비무대회 우승자만큼은 못 되지만 그 정도는 드려야 사람들이 먼 곳에서 찾아와 대회에 참가한 보람이 있지 않겠습니까?"

주유성이 신이 나서 환히 웃었다.

"고마워요. 정말 이 대회 참가하기를 잘했어요."

"상금뿐이 아니라 우승자에게는 무림맹에 특채될 권한이 주어집니다. 진법대회 우승이라면 처음부터 좋은 자리에 갈 수 있어요. 정말 축하드립니다. 그야말로 가문의 영광이지요."

주유성이 씩 웃었다.

가문의 영광을 위해서 그는 그대로 무림맹에서 도망쳤다.

뒤늦게 사람들이 상금을 지급하는 경리 담당자에게 갔다.

이야기를 들은 취걸개가 호통을 쳤다.

"아니, 아직 시상식이 끝나지도 않았는데 벌써 돈을 내줬다는 말이냐?"

경리 담당자는 난처했다. 하지만 할 말은 있다.

"어쩔 수 없었습니다. 패는 틀림없이 우승자의 패였는데 제가 어떻게 내놓지 않겠습니까? 규정이 그러합니다."

취걸개도 더 이상 뭐라 할 수 없다.

"험험. 미안하다. 내가 잠시 기분이 상해 그리 말한 것이다. 거지가 원래 말하는 게 그렇지 뭐. 자네가 이해해라."

검옥월이 무안해하는 취걸개에게 제안했다.

“아직 늦지 않았습니다. 가봐야 얼마나 갔겠습니까? 찾으러 나서면 쉽게 잡을 수 있습니다.”

“그렇지. 이제 시작이니까. 어서 가자. 무림맹에서 서현으로 가는 길은 뻔하니까 어서 쫓자.”

주유성이 처음 무림맹을 벗어나서 움직인 방향은 서현으로 가는 최단 경로다. 그러나 그는 무림맹이 보이지 않게 되기가 무섭게 방향을 바꿨다.

개울을 지나칠 때 그걸 따라 움직인 것은 물론이고 절정의 경공을 펼쳐 나무 위나 바위 등을 밟아 발자국을 최대한 줄였다.

그렇게 한참이나 다른 방향으로 간 후에야 그는 안도의 한숨을 쉬었다.

“휴우. 이만하면 못 쫓아오겠지.”

주유성은 안도의 한숨을 쉬면서 늘어졌다.

“몸 움직이느라고 힘들었으니 여기서 한숨 자다가 가야겠다.”

주유성을 추격하는 일은 취걸개가 나서서 맡았다. 그는 개방의 장로답게 작은 발자국 하나도 놓치지 않았다.

사람들은 그런 취걸개의 뒤를 쫓았다. 검옥월은 삐쳤는지 얼굴에 냉기가 풀풀 흘렀다.

한참을 달려가던 취걸개가 걸음을 멈추었다.

"이 녀석 보라지. 개울을 탔구나. 쉽지 않겠어."

"개울이요?"

"그래. 개울을 타고 움직였으니 그 흔적이 다시 나타나는 곳을 찾기가 쉽지는 않아. 하지만 걱정 마라. 그놈은 게으르니 발을 물에 적시는 것도 싫어할 거야. 개울 따라 멀리 가지는 못했다."

취걸개가 자신있게 말하며 개울에 솟은 돌들을 뒤졌다.

"이것 봐라. 개울 위에 돌출된 돌들에 밟은 자국이 아직 남아 있어. 하지만 이건."

취걸개가 말을 끊었다.

"돌 사이의 거리가 지나치게 먼 경우도 있구나. 이만큼을 건너뛰기는 쉽지 않은데. 이 녀석이 경공에 대한 재주가 생각보다 더 좋을지 모르겠는데? 아니면 다른 수작을 부렸거나. 만약 귀찮은 일을 감수했다면 추격이 어려워지겠어."

검옥월이 조언을 했다.

"주 공자의 무공은 낮지 않아요. 경공도 높을 거예요."

"그래. 그 녀석 무공이 낮지는 않지. 하지만 이건 아무래도 간격이 좀 많이 넓어. 워낙 머리가 좋은 녀석이라 다른 꿍꿍이를 부리는 건지도 모르지."

취걸개가 별 가능성까지 다 고려하면서 말했다.

취걸개가 처음 생각 그대로 추격했다면 혹시 주유성을 잡아챘을지도 모른다. 하지만 생각이 지나치게 복잡해졌다. 무슨 수작인지 궁리했다. 그래서 그는 주유성의 흔적을 제대로 잡지 못했다. 한참을 이 흔적 저 흔적 뒤져 가던 그가 마침내 두 손을 들었다.

"포기다. 더 이상은 모르겠다. 에라. 그놈 놓치면 어떠냐? 제까짓 놈이 아무리 도망가 봐야 결국 갈 곳은 주가장이다. 필요하면 거기 가서 잡아오면 그만이다."

第六章

사안이 하도 크다 보니 주유성은 크게 돌아가는 수고를 마다하지 않고 움직였다. 그는 숭산 아래쪽에서 시작해서 하남의 동쪽으로 한참을 진행한 후에야 다시 서현으로 방향을 잡았다.

갈 길이 멀다. 완전히 사서 고생이다. 하지만 이제 주유성은 은자 백 냥이 있다. 그는 그것을 믿었다.

"돈이 있는데 왜 걸어? 말을 타야지, 말을."

주유성은 본격적으로 방향을 잡은 후 처음 들른 마을에서 말을 사려고 했다.

마을은 제법 커서 꽤 전문적으로 하는 말 상인이 있었다.

154

말 상인은 옷을 잘 입은 공자가 말을 사겠다고 하자 이게
웬 떡이냐 싶었다.

'이 기회에 어리버리한 놈 엮어서 한몫 잡자.'

상인은 자신이 가진 말 중에 세 마리를 끌어내 늘어놓았다.

첫 번째 말은 그럭저럭 괜찮지만 털이 더러워서 보기에 좋
지 않아 보였다.

주유성은 그 말에 가장 큰 관심을 가졌다.

'제일 싸겠네.'

"이건 얼마예요?"

말 장사가 속으로 환성을 질렀다.

'옳지. 걸렸다.'

"허허. 공자님, 큰일날 소리를 하시는군요. 이 말은 겉보기
에는 멀쩡해 보이지만 사실 성질이 더럽고 너무 늙었어요. 그
런데도 불구하고 제법 큰 덩치 탓에 값이 비싸지요. 이 녀석
은 은자 스무 냥은 줘야 해요. 생각보다 말 볼 줄 모르시네."

상인은 자신이 양심적임을 강조했다.

주유성은 말을 볼 줄 모른다. 말을 사고팔아 본 적은 아예
없다.

대답을 못하자 상인이 옆의 두 말을 가리켰다.

"공자가 나같이 양심적인 상인을 만나서 다행이지요. 나쁜
놈들은 저런 늙은 말을 씻겨서 비싸게 팔아먹으니까요. 하지
만 이 두 말을 보십시오."

나머지 둘은 딱 보기에도 털이 깨끗하고 관리가 잘된 것처럼 보인다. 더러운 말 옆에 있으니 더 깨끗해 보였다.

"이 두 녀석은 제가 아끼는 명마들이지요. 왼쪽 녀석은 적토마. 적토마 아시죠? 그 적토마의 피를 이었어요."

"우와아! 적토마요?"

"대단하죠? 그런데 나쁜 놈들은 이걸 아예 적토마라고 하면서 팔아먹어요. 하지만 저는 양심적인 상인이라서 안 그런다니까요. 이 말에는 적토마의 피가 딱 팔분의 일이 섞여 있지요. 그래도 그게 어디입니까? 대신에 이건 값이 조금 비쌉니다. 은자 사십 냥 되겠습니다."

그 말의 백대 조상쯤 찾아보면 혹시 적토마의 피가 한 방울쯤 섞였을지도 모른다. 하지만 말을 모르는 돈 많은 사람이라면 이제 이 상인이 무척 성실하고 믿을 만한 양심적인 인물이라고 속을 만하다.

"이야아. 대단하네. 내 눈으로 적토마의 팔분의 일을 볼 줄은 몰랐어요."

주유성이 그 옆의 말을 가리켰다.

"이건 얼만데요?"

말 장사가 크게 감탄하며 말했다.

"그거 정말 명품이지요. 이야아. 감각이 있으시네."

하지만 이내 미안한 표정을 지었다.

"하지만 그 말은 공자가 사기에는 좀 힘들어요. 사실 가장

기품있고 뛰어난 녀석이기는 하지만 값이 워낙 비싸서요. 보통 사람이 탈 말이 아니거든요."

"얼만데요?"

주유성이 계속 예상대로의 반응을 보이자 말 장사가 속으로 회심의 미소를 지었다.

"이 말은 한혈보마의 피가 사분의 일이 섞여 있습니다. 겉으로는 별 표가 나지 않지만 일단 달리기 시작하면 멈출 줄을 모르는 녀석이지요. 본래는 여기 있을 말이 아닌데 이 녀석이 조금 결함이 있어서 제가 한 마리 입수했지요."

"결함이요?"

"피가 조금 적어서 핏빛 땀을 흘리지 않아요. 그것 때문에 값이 많이 떨어졌지요. 하지만 그 달리는 능력은 완전한 한혈보마에 비해서도 그리 꿀리지 않아요."

"잘 달리기만 하면 그게 무슨 상관인가요?"

"그렇지요? 하지만 세상 사람들이 워낙 겉멋에 들어서요. 그리고 그런 이유로 값이 떨어져도 은자 육십 냥입니다. 보통 사람은 살 수 없지요."

'그러니 돈 많아 보이는 애송이가 사란 말이다.'

정말로 그 정도의 말이라면 육십 냥으로는 어림도 없다. 말도 안 되는 헐값이다. 말 값에 대한 기본 상식만 있어도 혹할 가격이다.

주유성은 사회생활 경험이 거의 없어 말의 가치를 구분할 줄 모른다. 하지만 기에 예민하고 눈썰미가 좋은 그가 그냥 넙죽 넘어갈 리도 없다. 그는 세 말을 각각의 생명체로 놓고 서로 비교했다.

'기운이나 움직임으로 봐서는 셋 다 비슷한 말인데 뭔 소리야? 우리 집 짐말보다도 못한 녀석들이네. 단지 하나는 더럽게 하고 다른 둘은 잘 씻겼다 그거지? 이 작자가 나를 속여먹으려고 들어?

세상 몇 번 나와봤다고 어느새 이런 눈치가 꽤 늘었다. 밍밍의 눈물에 속던 순진한 주유성은 더 이상 없다.

주유성의 눈에 그 옆에서 놀고 있는 노새 한 마리가 눈에 보였다. 그의 입가에 작은 미소가 맺혔다.

주유성이 은자 주머니를 쩔렁거려 소리를 들려준 후 한혈보마 사분의 일을 가리키며 말했다.

"이 말 사면 저 노새 혹시 덤으로 끼워줘요?"

말 장사에게 노새 한 마리야 아무것도 아니다. 주유성이 살 것처럼 말하자 상인은 반색을 했다.

"물론이지요. 노새에 딸린 작은 수레도 하나 끼워 드리겠습니다."

주유성이 일부러 의심스러운 눈초리로 말했다.

"저 말도 손해 보고 파신다고 했는데 노새를 그냥 끼워준다고요? 너무 손해가 크지 않아요?"

상인은 조금 당황했다. 이제 노새의 값어치를 깎아야 할 판이다.

"사실 저 노새는 하도 게을러서 일을 하지 않습니다. 그래서 겨우 은자 한 냥짜리랍니다. 제가 그 정도도 못 드리겠습니까? 저 양심적인 상인입니다."

주유성이 고개를 끄덕거리며 말했다.

"저 노새랑 수레로 주세요. 은자 한 냥 낼 테니."

상인의 웃는 얼굴이 서서히 굳었다. 그가 당황하며 물었다.

"말 사러 오신 것 아니었습니까?"

"그냥 구경하러 왔어요. 노새가 마음에 드네요. 은자 한 냥이라고 했지요?"

상인은 급히 말 값을 깎았다.

"하지만 우리 가게에서는 주로 말을 취급합니다. 사실 이 한혈보마가 귀한 것이기는 한데 공자가 아무래도 보통 인물이 아닌 것 같아 특별히 사십 냥에 드리겠습니다."

"말은 얼마라도 관심없어요. 노새와 수레. 은자 한 냥. 주세요."

말 장사가 울상을 지었다.

'젠장. 부자인 줄 알고 말을 바가지 씌워서 팔려고 했더니.'

"공자, 미안하지만 저 노새는 따로 팔지는 않습니다."

저 노새는 실제로 게으른 놈이다. 그래도 노새와 수레를 포함하면 은자 한 냥은 훨씬 넘는다.

주유성의 손이 옆의 통나무 탁자를 짚었다. 그의 몸이 비틀거렸다.

"아이고. 이거 나무가 썩었나? 왜 이리 손만 대면 퍽퍽 부서져?"

주유성이 투덜거리면서 통나무 탁자를 손으로 뜯어냈다.

상대가 정상적인 상인이라면 이런 무력시위 따위는 하지 않는다. 하지만 자신에게 사기를 치던 사람이다. 이 정도 대응은 오히려 가볍다.

상인의 얼굴이 경악으로 물들었다. 그리고 즉시 말했다.

"노새는 절대로 따로 팔지 않습니다. 은자 한 냥이면 수레를 끼워서 팔지요. 저 양심적인 놈이라니까요."

그의 얼굴에는 어느새 영업용 미소까지 깔려 있다.

주유성이 떠날 때 상인은 허리가 구부러져라 인사까지 했다. 속으로는 소태를 씹은 기분이다.

'아이고! 바가지 씌우려다가 손해가 얼마냐.'

주유성은 수레 위에 푹신한 짚단을 잔뜩 쌓았다. 그리고 그 위에 싸게 구입한 누더기 천을 덮고 파묻히듯이 드러누웠다. 노새는 알아서 길을 갔고 간혹 딴 길로 샐 때만 주유성이 조금 조정해 줬다. 짐이 워낙 가벼우니 게으른 노새도 잘 움직였다.

"집에까지만 가면 되는데 말은 무슨 말이냐. 바쁜 일도 없는데 노새면 충분하지."

자기 같은 노새를 고른 주유성이 세월아 네월아 노래를 부르며 집으로 향했다.

주유성은 먹는 것에 예민하다. 그의 최대 취미생활이다. 수중에 난생처음 거금을 챙기니 수레가 마을을 들를 때마다 거하게 차려 먹었다.

주유성은 연일 배를 두드렸다.

"하남이 넓은 줄은 알았지만 이렇게 동네마다 다른 맛이 날 줄이야. 이것 참 생각보다 괜찮네."

이미 그의 혀는 투박한 것을 가리지 않는 경지다. 거기다 비싼 집만 골라 들어가니 기본적으로 맛이 나쁠 리가 없다. 그렇게 써대도 은자 백 냥은 워낙 큰 돈이라 쉽게 줄어들지 않았다.

느릿느릿 길을 가던 주유성의 눈에 새로운 마을이 들어왔다.

"어디 보자. 슬슬 밥 때가 됐으니 이번에는 저 마을에서 챙겨먹어 주실까나."

기분 좋게 마을에 들어서던 주유성의 얼굴에서 웃음기가 서서히 사라졌다. 마을의 분위기는 무척 어두웠다. 사람들은 모두 피골이 상접했다.

"왜 이 마을만 이 지경이 된 거야? 지나온 마을들은 다 괜찮았는데."

만약 가뭄이 들거나 병충해 때문이라면 한 마을만 이렇게 될 수는 없다. 탐관오리의 세금 포탈도 마찬가지다. 탐관오리가 한번 작정을 하고 수탈을 했으면 인근 마을들이 모두 거지꼴이 돼야 한다.

"이거 혹시 또 산적이야?"

주유성이 이맛살을 찌푸리며 수레에서 내렸다. 못 봤다면 몰라도 보고서도 그냥 갈 수는 없다.

주유성을 향해서 어린아이들이 우르르 몰려들었다. 씻지도 못해 까매진 손을 내밀며 외쳐 댔다.

"먹을 것을 좀 주세요!"

"먹다 버린 거라도 좋아요!"

"배고파요!"

주유성의 안색이 굳었다. 귀하게 자란 그는 이런 꼴을 볼 일이 거의 없었다. 더구나 서현은 이제 먹을 것이 풍족한 동네다.

그는 수레를 뒤져 마른 음식을 잔뜩 꺼냈다. 그건 이 년 전에 무림맹에 갈 때 했던 고생을 거울 삼아 이번에 준비해 둔 비상식량이다.

아이들의 눈빛이 변하며 달려들었다.

주유성은 무림고수다. 그것도 대단한 고수다. 아이들이 아무리 아우성을 쳐도 그 손에 잡힐 리가 없다. 빠르게 빠져나오며 손에 든 음식을 골고루 나눠주었다.

먹을 것에 눈이 돌아간 아이들은 그것이 무슨 의미인지 모른다. 하지만 멀리서 지켜보기만 하던 어른들은 알아볼 수 있었다.

"헛! 무림인이다!"

놀란 소리와 함께 어른 몇이 다가와 급히 아이들을 잡고 물러섰다.

이 반응 역시 주유성에게 익숙하지 않은 것이다.

주유성이 먼 곳에서 혼자 구경하던 남자 한 명에게 다가갔다. 남자는 깜짝 놀라 도망가려고 했지만 주유성의 영역을 벗어날 수는 없다.

주유성이 남자의 옆에 달라붙으며 말했다.

"이 마을에 무슨 일인가 일어난 거죠?"

남자는 주유성이 귀신처럼 옆에 달라붙어 있으니 공포에 질렸다. 덜덜 떨면서 도망가려고만 했다. 주유성이 그의 뒷덜미를 잡았다. 그가 일단 손을 쓰면 일반인은 빠져나갈 수 없다. 완전히 잡혀서 팔다리를 버둥거렸다.

"진정 좀 하세요. 누가 해친데요? 그냥 물어보는 거란 말입니다."

남자는 그 말을 듣고서야 뒤흔들던 몸을 정지했다.

"저, 정말입니까?"

"속고만 사셨나? 그냥 마을이 왜 이 지경이 됐나 해서 물어보는 거예요. 이 분위기는 정상이 아니잖아요."

남자는 주유성을 빤히 쳐다보다가 고개를 꾸벅 숙였다.

"죄송합니다. 하도 험한 일을 겪다 보니 그렇게 됐습니다."

"아 답답하네. 도대체 무슨 일인데 애들이 저렇게 굶고 있어요? 흉년이 든 것도 아닐 텐데."

남자가 곰곰이 생각해 보니 주유성은 무림고수가 틀림없어 보인다.

'설사 고수가 아니더라도 대단한 실력자일 거야. 일류무사 정도는 될 게 틀림없어. 그동안 지나쳐 간 다른 무림인들과 다르게 관심있어하는군. 혹시 우리 문제를 해결해 줄지도 모른다.'

결론을 내린 남자가 즉시 주유성을 이끌었다.

"일단 우리 촌장님 댁에 가서 이야기를 좀 들어주시겠습니까?"

촌장은 손님 접대를 위해서 먹을 것을 아무것도 내놓지 않았다. 내놓을 것이 없다. 마을에는 이미 낱알 한 톨 없다. 그저 한숨을 쉬었다.

"휴우. 고수님께 이런 말씀드려서 죄송합니다만, 좀 도와주십시오. 우리 아이들이 굶고 있습니다."

주유성은 답답하다.

"그러니까 무슨 일인지 알아야 도와드리지요."

"마을에 곡식이 떨어졌습니다."

"그러니까 이 마을만 곡식이 왜 떨어졌냐니까요? 도와줄 테니까 말을 좀 해보세요."

촌장이 그때서야 불쌍한 표정을 거두고 말했다.

"한 달 전부터의 일입니다. 우리 마을에 도둑놈들이 들끓기 시작했습니다."

"도둑놈?"

"예. 처음에는 집집마다 패물을 잃어버리기 시작했습니다. 이런 가난한 마을에 무슨 패물이 있겠습니까마는, 그래도 금가락지 한두 개나 은자 몇 개 정도는 가지고들 있습니다. 그것을 몽땅 도둑맞았습니다. 얼마 지나지 않아 돈 가진 집이 하나도 없을 지경이 됐지요."

주유성은 어이가 없었다.

"누군지 거 지독한 도둑놈이네요. 마을 하나를 다 털어먹다니."

"더 지독한 놈입니다. 더 이상 훔칠 것이 없자 이 도둑놈은 모든 집의 식량을 훔치기 시작했습니다. 쌀이나 보리, 콩 할 것 없이 먹을 수 있는 것은 전부 다 훔쳐 갔습니다. 집집마다 키우던 소나 돼지, 닭은 전부 죽여 버렸고요."

"이런 개자식을 봤나."

촌장도 이제 흥분해서 열을 냈다.

“개자식. 아주 개자식이지요. 불과 한 달도 되지 않아 우리 마을은 먹을 것이 완전히 떨어졌습니다.”

“관청에 신고는 하지 않았나요?”

“했지요. 했지만 아무 소용 없었습니다. 포쾌가 몇 번 왔다 갔지만 도둑놈이 얼마나 신출귀몰한지 흔적도 잡지 못했습니다. 아무래도 무림인 같습니다. 지금 마을 사람들은 무림인만 보면 혹시나 하고 겁을 먹고 있습니다. 이제 우리는 이 마을을 포기하고 다른 곳으로 갈 궁리를 하고 있습니다.”

“이사 가면 뭘 먹고사시려고요?”

“그러게 말입니다. 우리의 논밭은 전부 이 마을에 있으니, 다른 곳에 간다고 해도 뾰족한 수가 생기는 것은 아닙니다. 다른 곳에 우리 마을의 논밭을 팔다가는 머지않아 전부 거지가 돼서 떠돌겠지요. 그나마도 이런 상황의 땅을 누가 사줄지…….”

주유성은 독한 놈 이야기를 듣자 기분이 상했다.

“어떤 놈인지 꼭 잡아야겠습니다.”

주유성의 말에 촌장이 고개를 번쩍 들었다.

‘이 무림인은 다른 놈들과 다르게 정말로 도와주려나 보다.’

“그렇습니다. 그래서 고수님에게 부탁드리는 겁니다. 그 도둑놈을 좀 잡아주십시오. 어찌나 신출귀몰한지 우리 힘으로는 도저히 되지 않습니다. 하지만 고수님의 무공이라면 어떻게 방도가 나지 않겠습니까?"

주유성은 원래 게으르다. 하지만 좋은 책을 읽고 자랐다. 이런 꼴을 보고 그냥 지나칠 만큼 매정하지는 못하다.

주유성이 큰소리를 쳤다.

"걱정 마십시오. 그런 놈은 제가 꼭 잡아다가 아주 박살을 내놓겠습니다."

주유성의 시원한 반응에 촌장이 감격의 눈물을 흘리며 말했다.

"감사합니다. 감사합니다. 역시 정파의 협객이셨군요. 감사합니다."

주유성이 주변에 엿듣는 자가 없는지 확인했다. 그리고 촌장에게 조용히 말했다.

"그런데 최근까지, 그러니까 어젯밤이나 오늘도 도둑놈이 날뛰었습니까?"

촌장은 두 손을 크게 흔들었다.

"훔쳐 갈 게 있어야 도둑맞지요. 이미 며칠 전부터 모든 것이 똑 떨어졌습니다. 지금은 풀뿌리나 파먹으면서 버티고 있습니다."

주유성이 잠시 생각했다.

"도둑놈을 꾀어야 잡을 수 있습니다. 그런데 어째 들어보니 그냥 도둑놈과는 좀 다르단 말입니다. 돈이야 그렇다고 쳐도 식량까지 전부라니. 마치 이 마을에 원한이 있는 사람 같군요.”

“그러게 말입니다. 무슨 원한이 있어서 이러는지.”

주유성이 탁자를 탁 쳤다.

“좋습니다. 일단 미끼를 걸어야 놈이 꾀이겠지요.”

“미끼요?”

“식량을 잔뜩 사들이는 겁니다. 식량은 부피가 크니 한번에 훔쳐 가지 못합니다. 또 마을 분들도 좀 먹어야 힘이 나지요. 이러다가 병나시겠어요.”

촌장이 난처한 얼굴로 말했다.

“식량을 살 돈이 있으면 우리가 이리 굶을 리가 있겠습니까?”

“식량은 제가 사드리겠습니다.”

“네?”

“마침 수중에 돈이 넘칩니다. 어디 써야 할지 고민이었는데 잘됐군요. 하하하.”

돈이야 많지만 넘치지는 않는다. 부담 갖지 말라고 하는 소리다.

원래는 이걸 가지고 한두 해는 놀고먹을 궁리였다. 하지만 당장 주변에 이런 꼴을 보고 그럴 수는 없다.

‘어차피 손쉽게 번 돈이니까.’

촌장이 크게 놀라는 얼굴을 하다가 상황을 이해하고는 주유성의 앞에 넙죽 엎드렸다.

"감사합니다. 협객님의 은혜는 우리 마을 사람 전부가 잊지 않겠습니다."

일은 일사천리로 진행되었다.

주유성은 마을의 장정 몇 사람과 함께 옆 마을로 이동했다.

주유성은 쓰고 남은 은자 구십 냥 중에 오십 냥까지 풀 생각이었다. 하지만 막상 사다 보니 필요한 것이 많았다. 돈을 아끼자니 자꾸 아이들이 눈에 밟혔다.

"에라. 모르겠다. 범인만 잡으면 일부라도 회수가 되겠지."

결국 주유성은 주머니를 탈탈 털어버렸다.

은자 구십 냥으로 밀과 쌀, 그리고 다른 곡식들을 사면 그 양이 엄청나다. 그리 크지 않은 옆 마을은 팔려고 내놓은 식량의 대부분을 주유성 일행에게 넘겼다.

소달구지도 몇 개 빌린 일행은 거기에 식량을 가득 담아 마을로 돌아왔다.

돌아오는 내내 마을의 장정들은 주유성을 존경의 눈빛으로 쳐다보았다. 주유성은 그 눈빛이 부담스러웠다.

'그렇게 보지 말라고요.'

마을에 돌아온 시간은 어느새 저녁때였다.

며칠을 굶다시피 한 마을 사람들은 곡식 포대에 미친 듯이 달려들었다. 주유성은 그들에게 빠르게 포대를 나눠주며 외쳤다.

"서두르지 마세요! 아주 많아요! 다 나눠 드릴 만큼 많다고
요."

확실히 많은 양이다. 고급 식재료는 전혀 사지 않았다. 철
저히 질보다 양을 따졌다. 그렇게 사들인 식량은 크지 않은
이 마을이 얼마 동안 버틸 만큼은 된다.

오랜만에 집집마다 연기가 피어올랐다. 죽어가던 마을에
활기가 넘쳤다. 다들 웃음꽃이 피었다.

주유성에 대한 칭송이 자자했다. 이름을 가르쳐 주지 않으
니 알아서 불렀다.

"협객님은 하늘이 내리셨을 거야."

"협객님이 뭐야. 성자님이지. 노새를 탄 성자님이야."

어찌 됐든 이 식량들은 사람들의 목숨을 건짐과 동시에 미
끼 역할을 했다.

밤이 깊었다. 공복 후의 포만은 수면을 부른다. 오랜만에
포식한 사람들은 모두 깊은 잠에 빠져들었다. 마을 사람들 중
에 예외는 단 하나도 없었다.

그 마을에 복면을 한 사람이 하나 나타났다. 그 사람이 투
덜댔다.

"젠장! 어떤 미친 새끼가 이딴 시골 마을에 돈을 풀고 난리
야? 한 달이나 작업을 했는데 헛수고가 됐잖아."

복면인은 툴툴거렸다. 집집마다 힐끗거려 보니 모두 식량 자루를 몸에 묶은 채 잠들어 있었다.

"쳇. 단단히 준비했군. 그래 봐야 조금 귀찮기만 하지. 설마 내가 못 훔치겠어? 난 하남신투라고."

복면인은 촌장의 집에 조용히 스며들었다. 촌장의 몸에 묶인 끈은 작은 단검으로 가볍게 끊어버리고 식량 자루를 살며시 빼냈다. 그리고 조용히 빠져나왔다. 자루를 흔들어보며 말했다.

"오늘 밤새도록 훔쳐도 반의반도 못하겠네. 어떤 새긴지 걸리기만 하면 박살을 내버릴 테다."

"기회를 줄 테니 박살 내봐."

갑자기 들린 소리에 복면인이 손에 든 자루를 던져 버렸다. 몸을 풀쩍 띄우며 돌아섰다. 그의 손에는 어느새 단검 두 자루가 들려 있었다.

"누구냐?"

주유성이 어둠 속에서 걸어나왔다.

"누구게?"

복면인이 떨리는 소리로 말했다.

"내, 내가 먼저 물었다!"

그의 목소리에는 사람들이 깰까 봐 조심성이 가득했다.

주유성이 복면인에게 다가섰다.

"네가 하남신투라고? 하남신투가 천하제일포쾌 진고불 대협에게 잡혀서 죽은 지가 십 년이 넘었는데 이제 와서 무슨 헛소리야?"

복면인이 계속 주춤주춤 물러섰다.

"우리 아버지가 하남신투다. 난 아들이니 당연히 나도 하남신투다."

"오호라. 대를 이어 도둑질이라? 아주 쌍놈의 집안이구나."

복면인은 잠시 발끈했다. 하지만 아주 틀린 말도 아니다. 그는 주유성의 눈치를 힐끗 살폈다.

'내가 눈치 채지 못할 정도로 기척을 숨겼으니 틀림없이 고수다. 오늘은 일단 피해야겠군. 경공술은 신투의 필수 무공이지.'

복면인은 재빨리 몸을 날리며 외쳤다.

"으하하하! 애송아, 다음 기회에 보자!"

복면인의 경공은 보통 수준을 넘었다. 집집마다 지붕을 밟으며 껑충껑충 뛰었다. 잠깐 사이에 빠르게 멀어졌다.

주유성의 눈에 이채가 비쳤다.

"도둑놈이라 그런지 경공이 장난이 아니구만. 에구. 그냥 잡아버릴걸."

주유성이 내공을 끌어올렸다. 그의 몸이 하남신투를 향해 쏜살같이 날아갔다. 그러나 위쪽으로 뛰어다니는 하남신투와는 달리 그의 몸은 건물 그림자 속에 스며들며 움직였다.

언뜻 보면 누가 달리는지 보이지도 않았다.

하남신투는 뒤를 힐끗거렸다.
"휴. 쫓아오지는 않나 보구나."
마교가 심혈을 기울여 키운 백칠십사호도 주유성이 일부러 드러내기 전까지는 추격당한다는 사실을 감지하지 못했다. 진짜도 아니고 가짜 하남신투 따위가 알아챌 수는 없다.
그는 안도의 한숨을 쉬며 자신이 마련해 둔 임시 거처로 숨어들어 갔다. 가까운 산에 굴을 깊게 파고 잘 위장한 거처의 입구는 그냥 봐서는 단순히 넝쿨더미로 보였다.
안으로 들어서면 입구에 천으로 장막을 쳐놓아 속의 빛이 바깥으로 새나가지 않도록 만들었다. 하남신투가 구석에 흐릿한 호롱불을 하나 켜고 다리를 두드렸다.
"아이고, 힘들다. 젠장. 고수가 나타났네. 다른 놈들은 그냥 보고 지나갔는데 그놈은 왜 남아가지고. 그럼 그 고수가 떠날 때까지 기다렸다가 다시 작업을 해야 하나?"
"작업 같은 소리 하고 자빠졌네."
하남신투가 깜짝 놀라 굴 안쪽으로 급히 물러섰다.
입구를 막아둔 넝쿨이 치워지고 장막도 확 젖히며 주유성이 걸어 들어왔다.
호롱불이 밝지는 않지만 주유성의 눈에는 모든 것이 명확히 보인다.

“역시 마을에서 훔친 것을 숨겨둔 데가 있구나. 은자나 패물은 물론이고 식량까지. 야 이 지독한 놈아. 도둑질을 해도 정도껏 해야지. 이게 뭐냐? 마을 하나를 다 털어먹어?”

주유성의 말에 하남신투가 잠시 눈알을 굴렸다. 두 손의 단검을 꼭 쥐고 주유성을 향해 몸을 날렸다.

“비켜라!”

무공으로 이길 자신이 없는 그는 주유성을 위협한 후 그 틈에 도망갈 생각이다.

사천나찰 당소소의 최후결전병기 중 하나가 단검 두 자루다. 쌍칼의 외동아들인 주유성에게 하남신투의 공격은 애들 장난처럼 보인다.

주유성은 순순히 몸을 비키다가 도망가는 하남신투의 뒷덜미를 잡았다.

“으헥!”

하남신투가 놀랄 틈도 없이 던져 버렸다. 동굴 밖으로 빠져나가려던 하남신투의 몸이 다시 안쪽으로 처박혔다.

주유성의 눈이 반짝였다.

“왜 이런 짓을 했냐? 네놈 실력을 보건대 이건 정상이 아니거든. 도둑놈이 거머리도 아닌데 한 마을을 다 빨아먹을 리 없잖아. 마치 마을 사람들을 쫓아내려는 듯한 짓을 왜 했어?”

하남신투가 눈에 띄게 당황했다.

“그, 그냥 그게 도둑질에 편해서 그랬소.”

주유성의 흰 이가 드러났다.

"그런 싸가지없는 생각으로 저지른 짓이면 좀 맞자."

하남신투가 뭐라고 하기도 전에 주유성의 발이 날아들었다. 그의 발에는 내기가 슬쩍 운용되고 있다.

먼저 툭 걸어찼다.

하남신투는 주유성의 발에 한 대 얻어맞고 나자 정신이 다 빠지는 느낌이었다. 발길질 자체도 아픈데 그 발을 타고 공력이 흘러들어 왔다. 그것이 혈도 한줄기를 찢었다. 혈도가 찢기는 고통은 살이 찢기는 것과는 비교도 할 수 없다.

"으아악! 말, 말하겠소."

하남신투는 단숨에 포기했다. 하지만 주유성의 발길질은 멈추지 않았다. 그는 정말 화났다.

"이 새끼야! 도둑질을 하려고 해도 적당히 해야지! 애들 삐쩍 마른 것 못 봤어? 니가 그러고도 도둑놈이야? 넌 사람이 아니야! 거머리야, 거머리!"

"으악! 커억! 죄송합니다! 거머리 살려주세요!"

"거머리가 말도 하냐?"

"아아악, 말한다고요! 다 말하겠어요!"

"필요없어. 말하지 마. 안 들어도 돼!"

"커어억! 제발, 제발 말하게 해주세요! 제바알!"

마침내 하남신투가 사정을 했다. 하남신투는 어떻게든 사실을 이야기해 주고 싶었다. 그래서 이 고통에서 벗어나는 것

외에는 아무 생각도 들지 않았다.

주유성은 분이 좀 풀렸는지 발길질을 멈추었다. 그의 발아래에서 하남신투가 꿈틀거렸다. 주유성이 숨을 크게 몰아쉬었다.

"휴우. 거머리새끼. 이제 넌 무공 못 쓰니까 착한 일 하고 살아. 다시 도둑질한다는 소리가 들리면 아주 쫓아가서 잘게 썰어버릴 테니까."

하남신투는 고통 때문에 대답도 하지 못했다.

"근데 너 말하고 싶다며? 아무 말도 안 하면 다시 시작할까?"

주유성의 말에 하남신투는 정신이 번쩍 들었다. 이제 몸의 고통 따위에 신경 쓰지 못했다.

"사실은, 사실은 아버지가 평생 동안 훔친 보물이 그 마을에 숨겨져 있습니다."

주유성이 의외의 말에 조금 놀랐다.

"뭐? 진짜 하남신투의 보물?"

"그렇습니다. 아버지가 훔친 것 중 보물이라고 할 만한 것들은 모두 그 마을에 숨겨져 있습니다. 저는 그걸 찾아가려고 사람들을 쫓아내려고 했습니다. 마을 사람들을 해칠 마음은 전혀 없었습니다."

주유성의 눈꼬리가 다시 올라갔다.

"이 새끼가 날 바보로 아나. 그럼 그거나 곱게 훔쳐 가지 왜 이딴 짓은 저질렀어?"

하남신투가 깜짝 놀라며 급히 대답했다.

"아버지가 진고불 그 새끼에게 잡힌 후에 결국 관청에서 참형됐습니다. 그래서 자세한 내용은 전해 듣지 못했습니다."

"도둑놈이 감히 포쾌를 보고 새끼라니. 세상이 말세구나."

"어쨌든 저는 저 마을이 그곳인 것만 알지 어디 숨겼는지는 모릅니다. 그래서 사람들을 다 쫓아내고 마을을 모조리 파헤쳐 보려고 했습니다. 정말입니다."

주유성은 이제 상황이 대충 이해가 됐다.

"하남신투가 죽은 지 벌써 몇 년인데 왜 이제 와서 찾아?"

"저도 최근에야 아버지가 남긴 지도를 보고 알았습니다. 틀림없이 저 마을인데 자세한 위치를 알 수가 없어서……."

주유성이 손을 내밀었다.

"내놔."

"네? 뭘요?"

"자료. 네가 봤다는 지도. 일종의 장보도란 말이지?"

"그, 그건……."

"싫으면 다시 맞던가. 어디 죽을 때까지 맞자."

하남신투가 즉시 품속에서 종이 한 장을 꺼내 내밀었다. 돈이 아무리 좋아도 살아야 가치가 있다. 더구나 그 종이는 하남신투도 열심히 조사했지만 마을 위치 이상은 알아내지 못했다.

주유성이 종이를 펼쳐 보고는 피식 웃으며 말했다.

"야, 가짜 하남신투. 너 무지하게 게으른가 보다?"

"네? 그게 무슨 말씀이신지?"

"도둑질이랑 경공만 겨우 배웠지? 글을 알기는 아냐? 아무리 게을러도 그렇지. 이 종이에 남겨진 진법기호들도 못 알아보냐? 진짜 하남신투는 진법도 다룰 줄 알았나 보네?"

"아, 아버지가 도둑질을 위해서 진법을 좀 공부했다는 이야기는 들었습니다. 하지만 도둑질하느라 바빠서 집에는 거의 신경을 쓰지 않은 무책임한 인간인 데다가 제가 워낙 어릴 때 잡히셔서 그것까지는 전수를… 그런데 위치가 어디인지 알아내셨다는 뜻입니까?"

"왜? 알았으면 너도 한몫 챙기게?"

하남신투가 즉시 머리를 숙였다.

"그럴 리가요. 대인 모두 가지십시오. 저는 그저 목숨만 살려주시면 감사하겠습니다."

주유성이 하남신투를 보고 말했다.

"너 운 좋았다. 그래도 네가 마을 사람들을 죽이지 않고 일을 추진해서 네 목숨을 살려주는 줄 알아라. 한 명이라도 죽었으면 넌 아주 고기완자를 만들어 버렸을 거야."

무서운 소리에 하남신투가 침을 꿀꺽 삼켰다.

"가라. 다시 도둑질하지 말고 착하게 살아라. 내공을 다루는 혈도들을 망가뜨렸지만 그냥 사는 데는 지장이 없을 만큼만 손댔으니 일 좀 하고 살아.”

주유성은 당문의 무공과 독, 그리고 여러 지식을 당소소에게 조금 전수받았다. 덕분에 인체 혈도에 대해 해박하다. 더구나 기감이 예술적 경지에 있는 그에게 이 정도는 일도 아니다.

주유성이 한 일을 들은 하남신투는 자기가 얼마나 고수의 손에 걸렸는지 깨달았다.

‘그 상황에 발로 그걸 조절할 수 있었다면 이 사람은 초고수다. 나 오늘 정말 죽다 살아났구나.’

하남신투에게 이제 본 적도 없는 보물 같은 것에는 관심도 없다. 가라니 인사나 꾸벅 하고 즉시 도망쳤다. 이제 경공은 못 펼치지만 도둑놈이라 원래 잘 뛴다. 죽어라고 밤길을 달렸다.

하남신투를 쫓아낸 주유성은 동굴의 입구를 다시 잘 막았다. 해가 뜨면 해제되는 간단한 진까지 설치했다.

“이건 마을 사람들보고 아침에 찾아가라고 하면 문제 해결이군. 그럼 이 지도가 문제인데.”

지도에 적힌 것은 진법을 계산할 때 쓰는 수식들이다. 수식을 간단히 계산하면 거리와 방위가 나오도록 되어 있으니 위치를 찾는 것은 일도 아니다.

사람들이 잠든 마을을 주유성이 거리를 재며 걸어다녔다.

"여기란 말이군."

그의 앞에는 오래전에 말라 버려 폐쇄시킨 우물이 있었다.

"좀 편한 데 숨겨놓지 우물이 뭐냐, 우물이. 못 쓰는 우물이니 나쁜 생각은 아니지만 꺼내기 불편하잖아."

주유성이 투덜거리면서 우물 속으로 들어갔다. 중간쯤 들어간 후 벽을 더듬었다.

"어디 보자. 이 돌이구나."

큼지막한 돌을 하나 빼내자 그 뒤로 공간이 보였다. 돌 몇 개를 더 걷어냈다.

"이야아. 공간이 크기가 장난이 아니네."

주유성이 손을 넣어 가장 가까이 있던 물건을 꺼냈다.

"주먹만 한 황금불상? 좀 작네. 그런데 이런 건 얼마나 하려나?"

주유성 기준에서는 큰 감흥이 없는 물건이지만 본래는 상당한 고가품이다.

주유성이 안력을 집중하고 안쪽을 살폈다. 그 안에는 다른 금붙이와 보석들이 잔뜩 쌓여 있었다. 주유성의 입이 벌어졌다.

"하남 최고의 도둑놈이라던 하남신투가 따로 챙겨둔 장물이 전부 여기 있다는 말이지? 이거 오늘 돈 되네."

마을은 여전히 잠들어 있다.

주유성은 모든 보물을 다 꺼낸 후 그 양을 가늠하자 어이가 없었다.

"하남신투 그 자식. 진짜로 도둑놈이네. 양이 이게 장난이 아닌데?"

단순한 금덩어리는 아예 없다. 전부 금으로 세공된 예술품이나 보석으로 된 장신구 등이다.

"아이고. 내가 시세를 모르니 이거 얼마나 하는지 감도 안 잡힌다."

주유성이 보물들을 쓰다듬으며 말했다.

"하지만 어차피 내 돈도 아닌데 뭐. 이걸 언제 다 주인을 찾아주지. 젠장."

주진한은 신용 좋은 상인이다. 당소소는 당문에서 제대로 배운 사람이다. 주유성은 좋은 책을 읽어 남의 물건에 손대는 짓은 하지 않는다. 더구나 평생을 돈에 욕심이 없이 자랐다.

요새 들어 돈 귀한 줄은 알게 됐지만 자기 것일 때뿐이다. 남의 돈에는 관심이 없다.

자기 돈이란 직접 번 것을 말한다. 어려서부터 용돈의 대부분을 초식을 익힌 후에야 받았다. 돈은 당연히 일을 해서 벌어야 한다는 생각이 박혀 있다. 물론 일해서 버느니 안 하고 안 번다는 생각이 더 강하다.

이 보물들이 무슨 수백 년 전에 없어진 왕실에서 나온 그런 것이라면 차라리 낫다. 주인이 없다면 날름 먹어치울 수 있다. 하지만 이건 모두 지난 십 년에서 삼십 년 사이에 도난당한 것들이다. 잘 찾아보면 전부 다 주인이 있는 물건이다.

"전부 장물이니까 내가 먹을 수도 없고. 직접 돌려주러 가기는 너무 귀찮고. 그렇다고 이 마을에 맡길 수도 없고."

견물생심이다. 이걸 대신 돌려주라고 마을에 맡겨놓으면 어떻게 될지 알 수 없다. 주유성처럼 돈 문제가 확실한 사람은 그런 무책임한 짓을 할 수 없다.

"그렇다고 관청에 맡길 수도 없고."

세상에 그렇게까지 착한 관리는 많지 않다. 관리에게 넘겼다간 절반이라도 제대로 주인을 찾아가면 다행이다. 잘못 걸리면 모조리 관리들의 배만 불린다.

"에라. 일단 무림맹으로 가지고 가자. 거기 맡기면 어떻게 되겠지."

주유성은 보물들을 전부 수레의 짚단 속에 숨겼다. 그 위에는 어차피 천이 덮여져 있다.

"이제 이 마을에는 못 있겠네."

이 마을에서 보물이 잔뜩 나왔다. 그 사실이 알려지면 마을 사람들이 지분을 요구할지도 모른다. 그렇게 되면 대화로는 설득이 되지 않는다. 무척 귀찮은 상황이다.

주유성은 증거를 없애기 위해서 폐우물을 원래대로 고쳐놓았다. 그리고 촌장 집에 가서 편지를 하나 남겼다.

모든 일을 처리한 주유성이 콧노래를 부르며 마을을 떠났다.

"에헤라디야. 내 것은 아니지만 보물을 깔고 누웠네. 돈방석 돈방석 하지만 나는 보물 방석에 올라 있다네."

다음날 아침 촌장은 자리에서 일어나다가 깜짝 놀랐다. 자신의 몸에 묶어놓은 식량 자루가 없어졌다.
"도, 도둑놈이구나! 도둑놈이 나타났다!"
촌장이 집 밖으로 뛰쳐나가 소리쳤다. 그의 곡식 자루는 바로 집 앞에 놓여 있었다. 촌장은 그것을 꽉 움켜쥐었다.
"휴우. 다행이다."
곡식 자루를 가지고 집으로 들어간 그는 이제 자신에게 남겨진 편지를 볼 정신이 들었다.
그는 아무 생각 없이 편지를 주워서 읽다가 손을 덜덜 떨었다.
"협객님이 성공하셨구나!"

마을 사람들이 일제히 산으로 몰려갔다. 시한부로 설치된 진은 이미 해제되어 있었고 사람들은 쉽게 동굴을 찾을 수 있었다.
사람들이 동굴로 뛰어들어 갔다. 별로 깊지 않은 동굴은 햇빛에 그 안을 드러냈다.
"만세! 곡식과 돈이다!"
"우리 마누라가 잃어버린 금가락지도 있어!"

"이건 전부 우리가 잃어버린 거다. 우린 이제 살았어!"
사람들이 환성을 질렀다.
누군가가 소리쳤다.
"협객님 만세!"
"그렇지. 협객님 만세!"
사람들의 환성을 지르며 주유성을 찾았다. 그러나 이미 사라진 그가 보일 리 없다.
"역시 하늘이 내리신 분이었어."
"암. 그렇고말고. 하늘이 내리셨지."

하늘이 실수로 내린 게으름뱅이 주유성은 달구지를 몰고 가면서 투덜댔다.
"결국 내 돈을 챙겨놓지 못했네."
가진 돈은 전부 마을의 식량을 사는 데 소모했다. 비상식량은 아이들에게 나눠준 지 오래다. 등 뒤에 황금과 보석이 쌓여 있지만 자기 것이 아니다.
원래는 도둑놈에게서 모든 것을 회수하면 자기가 낸 돈을 돌려받으려고 했다. 하지만 그걸 먼저 챙겨갈 수는 없다. 그래서 마을 사람들과 만나 돌려달라고 말하고 받을 생각이었다. 하지만 야반도주하느라 사람들을 만나지 못했고 돈도 못 받았다.
"난 왜 이렇게 미련하지? 이제 무림맹에 돌아갈 때까지는 어떻게 때울지 걱정이네."

머칠을 노숙에 사냥으로 때운 주유성은 슬슬 한계에 도달
했다.

"안 되겠다. 일단 마을에 들러서 일단 돈 벌 방법을 궁리해
보자."

하기는 싫지만 하려고 하면 못할 것도 없다. 이 년 전에 굶
어가면서 무림맹에 갈 때는 장사석 일행의 방해와 납품 일정
에 쫓겼지만 이번에는 그런 제한이 없다.

"그렇다고 그림을 잘못 남기면 무림맹의 청허자 할아버지가
추적을 들어오겠지? 그게 내가 한 것이라고 밝혀지면 도저히
뒷감당이 안 돼. 편안한 삶은 끝이라고. 하지만 간단한 나무그
릇 같은 것을 만들어 팔면 되잖아. 누가 그걸 알아보겠어?"

그림은 청허자의 눈이 무서워서 팔아먹을 수 없다. 물론 나
무그릇 만드는 일도 하기 싫다. 하지만 굶는 것보다는 낫다.
딱 밥값과 객잔 비용만 벌고 말 생각이다. 나름대로 머리를
굴린 주유성이 편한 마음으로 마을에 들어섰다. 사람들이 많
이 다니는 곳에 자리까지 잡았다.

하지만 막상 자리를 잡고 나자 나무그릇을 만들어 팔 수가
없었다. 장사 경험이 없어서가 아니다.

바로 옆에 같은 업종에 종사하는 사람이 나무로 그릇과 수
저 등을 만들어 팔고 있었다. 품질은 딱 보기에도 투박했다.

그릇 장수는 조금도 부유해 보이지 않았다. 오히려 그 옆에 꼬질꼬질한 아이까지 하나 붙어 있다.

주유성은 이런 모습에 약하다. 어린 시절의 꼬치 가게 밍밍이 생각났다.

"내가 만들면 아마 경쟁이 안 될 거야. 사람들이 내 것만 살 거야."

그건 못할 짓이다. 자기가 아무리 조금 팔아도 그만큼 그릇 장수는 손해를 본다. 더구나 물건의 차이가 심하면 그릇 장수는 욕을 먹을지도 모른다. 하지만 방법이 없는 것도 아니다.

주유성이 웃으며 그릇 장수에게 다가갔다.

"아저씨, 장사 잘되세요?"

그릇 장수가 혹시 손님인가 싶어 환히 웃으며 말했다.

"그저 그렇지요. 그릇 사시게요?"

주유성의 목적은 그게 아니다.

"아저씨, 그릇이 조금 거치네요? 조금만 더 다듬으면 훨씬 좋을 텐데."

그릇 장수가 발끈했다.

"어허. 내 솜씨가 부족하다는 뜻입니까? 사지 않으려면 그냥 가시오."

이야기가 이렇게 진행되면 곤란하다. 주유성은 그릇 장수 옆에 달라붙었다.

"내가 보여줄게요. 그릇 깎던 칼 어디 있어요? 여기 있네.

잘 보시라고요. 이렇게. 이렇게. 이렇게."

주유성이 그릇 하나를 잡고 칼로 빠르게 다듬었다. 그릇 장수의 안목으로는 알아보지 못했지만 조각칼에는 흐릿한 검기가 맺혔다. 그릇의 거친 표면들이 깨끗이 깎여 나가며 윤기가 자르르 흘렀다.

그릇 장수로서는 난생처음 보는 품질의 그릇이 순식간에 만들어졌다.

"허억. 이럴 수가!"

기대한 반응에 만족한 주유성이 협상을 제시했다.

"아저씨, 내가 그릇들을 좀 다듬어줄 테니까 품삯 좀 주세요."

"푸, 품삯요?"

엄청난 그릇 다듬는 실력을 본 그릇 장수의 말은 이미 많이 공손해졌다.

'이 사람. 틀림없이 그릇의 명인이다.'

"네. 많이는 필요없고요, 그냥 조금만 챙겨주시면 돼요. 여비에나 보태게요."

그의 수레에는 거금이 실려 있지만 자기 돈이 아니다. 여기는 아직 무림맹의 영향권이다. 예술품을 잘못 만들었다가 청허자에게 걸리면 골치 아프다. 잠깐 깎아주고 한 끼 때우는 것이 적당해 보였다.

그릇 장수가 즉시 동의했다.

“알겠습니다. 내가 충분히 드릴 테니 어서, 어서 그릇을 깎아주십시오.”

주유성은 게으르다. 하지만 손이 빠르다. 뭐든지 빨리 해치우고 논다. 그릇 깎는 것은 일도 아니다. 더구나 이미 만들어져 있는 그릇들을 다듬기만 하면 되는 일이다.

처음에는 몇 개만 다듬어줄 생각이었다.

그런데 땟국이 흐르는 아이가 주유성이 하는 모양을 신기한 듯이 쳐다보고 있다.

주유성은 그릇을 깎으며 생각했다.

‘조금만 더 하자. 이 아이도 좀 배불리 먹게.’

하다 보니 익숙해졌다.

‘조금만 더 하지 뭐. 꼬맹이 새 옷이라도 사 입게.’

‘하는 김에 조금만 더. 동생이 있을지도 모르잖아.’

그런 생각에 손을 놀리다 보니 어느새 잔뜩 늘어서 있던 그릇들이 모조리 반들반들하게 변했다. 상당수의 그릇에는 문양까지 새겨 넣었다.

그릇 장수가 침을 꿀꺽 삼켰다. 그는 시장에서 물건을 판 세월이 길다. 음식 맛이나 정하고 다닌 주유성과는 경험이 다르다.

‘시장에서 팔 물건이 아니다. 부잣집에 납품하자. 그럼 대박난다.’

“다 깎으셨군요.”

주유성이 손을 내밀었다.

"철전 열 개. 그 정도로 하자고요."

이제 사회 경험 조금 생긴 주유성은 그 많던 그릇을 모조리 다 깎았고 덤으로 문양까지 새겼으니 철전 열 개는 훨씬 넘을 거라고 생각했다. 하지만 당장은 열 개면 충분하다. 그 돈이면 국수나마 배부르게 먹고 다음 마을에 갈 때까지 씹을 건량도 살 수 있다. 비상금으로 철전 몇 개 챙겨둘 수도 있다.

남는 돈은 아이 몫이다.

그릇 장수도 돈을 더 줘야 한다는 것을 안다. 하지만 당장 수중에 가진 돈은 마침 철전 열 개가 고작이다. 더구나 그는 가난하다. 돈이 좀 모여야 작은 가게라도 내서 식구들을 배부르게 먹일 수 있다.

'그래. 이런 실력자니까 언제든지 돈을 쉽게 벌 거야. 미안하지만 할 수 없지.'

그는 옷 속 깊은 곳에 숨겨둔 철전 열 개를 꺼내서 주유성에게 내밀었다. 죄송함과 고마움이 그의 양심을 누르자 허리가 절로 숙여졌다.

"감사합니다. 여기 철전 열 개 있습니다."

주유성이 손해 보는 가격이었지만 그래도 두 사람 모두 만족하는 거래였다.

주유성은 오랜만에 거하게 먹었다. 가판에서 철전 세 개로 국수 세 그릇을 사서 배가 터지도록 먹었다. 나머지 철전 일곱 개로 마른 음식을 넉넉히 구입했다.

"다음 동네에 가서도 이런 일거리 찾으면 간단히 되겠다."

이제 그는 여행 중에 문제를 일으키지 않고 돈을 벌 방법을 찾았다.

만족한 주유성이 배를 두드리는데 옆에서 국수를 먹던 사람들이 떠드는 소리가 들렸다.

"이번에 황하가 범람해서 우리 하남이 아주 난리가 아니라며?"

"그렇지. 지금 정주 인근에는 수재민이 셀 수 없이 나왔다더라고. 하도 숫자가 많아서 관에서도 어떻게 못하고 있나 보더군."

"그렇지. 이대로 가면 굶어 죽는 사람이 최소한 십만 명은 넘을 거라는 소문이야. 누가 좀 도와줬으면 좋겠는데."

"그럴 사람이 어디 있겠나? 돈을 좀 보내는 곳이 있는 모양이지만 턱도 없어. 언 발에 오줌 누기야. 이제 거기는 큰일났지 뭐."

"쳇. 항상 죽어나는 건 불쌍한 사람들이군. 그놈의 황하는 왜 해마다 넘치는 건지."

배를 두드리던 주유성의 손이 멎었다.

사람들과의 접촉이 별로 없으니 세상에서 무슨 일이 일어나는지 별로 알고 지내지 않는다. 하지만 강이 범람하면 수재민이 나고, 그 과정에서 수없이 죽는다는 것은 잘 안다.

주유성이 노새 달구지를 끌고 조용히 마을을 벗어났다.

"아주 미치겠네."

주유성이 초조한 얼굴로 말했다. 달구지의 짚더미를 치우고 보물들을 확인했다. 황금 예술품과 보석들이 찬란한 빛을 뿌렸다.

"이거 내 게 아닌데. 다 주인이 있는데. 무림맹에 가져가서 전부 주인 찾아줘야 하는데. 이거 내가 쓰면 도둑질인데."

당장 그의 손에 엄청난 돈이 있다는 것이 문제다. 이게 자기 돈이면 고민도 안 한다. 게으름 피우는데 이런 큰돈은 필요없다. 더구나 주가장에서 지내는 동안은 돈이 따로 들지 않는다.

하지만 이건 남의 것이다. 네 돈 내 돈에 대해 철저한 그의 개념이 양심을 괴롭혔다.

"젠장. 그래도 십만 명이 죽는다잖아. 십만 명이."

어차피 고민해 봐야 승패는 결정된 싸움이다. 주유성은 눈을 꼭 감았다.

"그래. 내가 지옥에 가지 않으면 누가 지옥에 가리. 나 하나 도둑놈 되는 것으로 끝내자."

주유성이 결심을 굳혔다.

"이건 평생 비밀이다. 무덤까지 가지고 가야지. 내가 도둑질을 하는 날이 올 거라고는 상상도 못했는데 인간 주유성 많이 타락하는구나."

주유성이 노새 달구지의 방향을 정반대로 돌렸다.

＊　　　＊　　　＊

정주 인근에 살던 왕지삼은 이번 홍수로 집을 잃었다. 더 큰 문제는 당장 먹을 식량이 떨어졌다는 것이다. 아이들이 굶는 거라도 피해볼 요량으로 그는 풀뿌리라도 찾아볼까 하고 길을 나섰다.

그런 그의 눈에 사람들이 잔뜩 몰려 있는 것이 보였다. 그는 혹시 일거리라도 있을까 싶어 그 사이에 끼어들었다.

병사 몇 명과 관리 하나가 수레에 포대 자루를 잔뜩 쌓아놓고 나눠주고 있었다. 관리가 호통을 쳤다.

"이 사람들아! 나눠줄 곡식은 충분하니까 그렇게 달려들지 마! 다 먹을 만큼 있다고!"

왕지삼의 귀가 곡식이라는 말에 쫑긋했다. 그는 사람들 틈을 비집고 들어가며 소리쳤다.

"곡식을 나눠준다고? 나도 주시오! 우리 애들이 굶고 있소!"

관리가 왕지삼을 돌아보았다.

"아, 글쎄 준다니까. 그러니까 좀 진정들 해. 곡식은 이것 말고도 아주 많아!"

왕지삼은 그 말을 믿지 않았다. 황하의 범람에 악덕 상인들의 매점매석까지 겹쳐 인근에서 곡식이 씨가 말라 버렸다는 소문을 들었다. 그는 악바리처럼 달려들어 끝내 곡식 포대 하나를 받아냈다.

그것을 어깨에 짊어지고서도 그는 믿어지지 않았다. 마음의 여유가 생긴 그가 포대를 꽉 잡은 채 옆 사람에게 질문했다.

"이보시오. 이 귀한 곡식을 왜 나눠주는 거요? 혹시 황제 폐하께서 군량미라도 푸셨소?"

포대 자루를 멘 남자가 대답했다.

"황제가 무슨."

말을 하던 사람이 빈손으로 입을 막았다.

"이크. 관리가 가까이 있었지."

그가 왕지삼을 보고 웃어주며 말했다.

"이건 황제 폐하께서 주신 것이 아니지요. 노새 성자께서 주신 것이지."

왕지삼으로서는 금시초문인 인물이다.

"노새 성자요?"

"그렇지요. 소문도 못 들었나 보네. 얼마 전에 성자 한 분이 노새를 몰고 이 근방 관청으로 오셨소. 노새는 달구지를 끌고 있었고. 그 달구지에는 글쎄, 보물이 한 가득 있었다고 하지요."

"보, 보물요?"

"그 성자께서 노새를 끌고 다니면서 수해를 당한 지역 관청에 보물을 뿌리고 다니셨지요. 그것으로 곡식을 사서 백성들을 구휼하라 명령하시니 관리들이 감히 거부하지 못하고 두 손으로 공손히 받았다고 하지요.”

왕지삼은 진심으로 고마웠다.

“허어. 대단하군요. 정말 성자라고 해도 부족함이 없겠습니다.”

“그렇지요. 노새를 끌고 다닌다고 해서 사람들은 그분을 노새 성자라고 부른다오.”

“그분은 어떻게 생기셨답니까? 혹시 선풍도골의 신선 같은 분 아니시랍니까?”

왕지삼이 성자라면 당연히 그리 생겨야 한다는 듯이 말했다.

“노새 성자께서 어디 자랑하려고 이런 일을 하셨겠소? 삿갓을 깊게 쓰고 다니셔서 아무도 그 얼굴을 본 자가 없다고 하지요. 역시 성자시라고 하면 그런 신비한 맛이 있어야지요. 암.”

왕지삼도 감탄을 했다.

“그렇지요. 역시 진짜 성자시군요. 그런데 성자께서는 그러셨다고 치고. 관리들이 그 돈을 꿀꺽하지 않은 것이 신기하군요. 그 작자들이 정신을 차렸나?”

남자가 통쾌하게 웃었다.

“하하하, 노새 성자의 보물을 먹다니. 감히 그런 간 큰 자가 있을 리 있나. 왜 그런지 아시오?”

"왜 그렇습니까?"

"성자께서는 각 관청에 들를 때마다 무공을 보이셨다고 하오. 자세히는 모르지만 엄청난 무공을 보이신 후에, 만약 철전 하나라도 사사로이 빼돌리는 자가 있으면 꼭 찾아내서 벌하겠다고 하셨다지요."

"오오!"

"하남성의 도독께서 그 소문을 들으시고 돈을 빼돌려 노새 성자께 발각되는 관리가 있으면 직접 목을 치겠다고 선언하셨지요. 그런 분위기에서 어느 관리가 돈을 빼돌리겠소?"

"아아, 진정 성자시군요. 성자께서 그렇게까지 하셨으니 감히 어느 관리가 돈을 빼돌리겠습니까?"

왕지삼은 자기 가족의 목숨을 살린 성자에게 진심으로 감사했다.

　주유성은 노새를 몰고 집으로 돌아가고 있었다. 그도 귀가 있으니 자기가 노새 성자라 불리고 있다는 것은 잘 안다.

　주유성은 일반인과 생각하는 구조가 다르다. 그는 유명해지는 것을 질색한다. 유명해지는 만큼 귀찮아지고 할 일도 늘어난다는 것을 어린 시절 학문 자랑 잘못했다가 뼈저리게 느꼈다.

　더구나 주유성은 주가장이라고 하는 부잣집 아들이다. 어차피 평생 먹을 재산은 있고 명예에 욕심이 없으니 유명세가 필요하지도 않다. 오히려 성인들의 책을 보고 배운 조금 특이한 도덕관이 그를 괴롭혔다.

“난 도둑놈이야. 쳇.”

사람들을 살렸다는 생각이 있으니 남의 돈을 쓴 것에 대해 죄책감까지 들지는 않는다. 하지만 상인의 적 중 하나가 도둑놈이라고 평생을 배워온 주유성이다. 자기가 베푼 일은 관심 없고 잘못한 것이 미안하다.

“보물 주인들 속 쓰리겠다.”

보물들이 팔렸으니 그것이 돌고 돌면 결국 출처가 파악되게 마련이다. 하지만 그때쯤에는 이미 그 돈은 모두 구휼미로 사용되고도 남는다. 보물이 밥이 되어 소화까지 끝났으니 도로 찾을 방법은 없다.

“노새야, 너 성자 됐더라? 그래도 그런 엉뚱한 이야기 하나 있는 것이 사건이 무마되는 데 좋겠지. 어쨌든 이제 나는 모르는 일이야. 신경 *끄자.*”

성자 이야기가 나도는 일에 자기 보물이 사용됐다고 돌려달라고 나설 간 큰 부자는 별로 없다.

가끔은 욕심없는 게으름뱅이가 꼭 나쁜 것만은 아니다.

주유성이 돌아다닌 곳은 정주 인근의 황하다. 그 위치가 숭산에서 멀지 않은 북쪽이다. 결국 주유성의 복귀 경로는 다시 무림맹 근처를 통해서 주가장으로 향하는 방향이 되었다. 주유성은 무림맹을 비껴 지나갔다. 하지만 얼마 가지 않아 그는 무림맹에서 출발하면 거쳐야 하는 길들을 지나게 되었다.

무림맹과 서현의 중간쯤 되는 곳에 제법 큰 마을이 하나 있다. 지나가다 보면 한번쯤 들러볼 만한 좋은 객잔이 있는 마을이다. 주유성도 결국은 이 마을을 들렀다.

마을에는 독원동이 먼저 와서 진을 치고 있었다. 그는 무림맹에서 당한 설사 사건을 잊지 않았다. 독의 종류를 파악했으니 누구 짓인지도 짐작했다.

본래 그는 주유성을 상대하기 위해서 만반의 준비를 갖추고 있었다. 가장 화려한 객잔에 부잣집 아들인 주유성이 들를 거라고 생각하고 그곳에 장기 투숙했다. 객잔의 곳곳에 독을 이용한 덫을 여러 개 설치한 후 단단히 밀봉해 두었다. 주유성이 나타나기만 하면 즉시 개봉하여 발동시킬 계획이다.

하지만 주유성이 예상보다 훨씬 오랜 시간이 지나도 나타나지 않았다. 주유성은 황하를 돌며 수재민 구호에 애쓰느라 시간 소모가 많았다. 더구나 그의 노새는 느려도 한참 느렸다.

독원동은 점점 초조해졌다.

"이 새끼, 이거 내가 기다리고 있는 줄 알고 미리 도망간 거 아냐?"

독원동이 이를 갈았지만 확인할 방법은 없다. 그의 인내심은 그리 길지 못하다. 기다리고 기다리다가 주유성이 끝내 오지 않자 마침내 포기하고 설치해 놓은 덫을 모두 회수했다.

사람들이 중독되지 말라고 회수한 것이 아니다. 그가 쓰는 독 자체가 워낙 비싼 것들이라 함부로 낭비하지 않기 위함이다.

독원동이 자기 짐을 다 챙겨 객잔을 나서다가 후다닥 뛰어 들어 왔다. 그리고 창문가에 붙어서 바깥을 조심스럽게 살폈다.

'주유성이다. 드디어 왔구나. 그런데 저 새끼가 객잔에는 안 오고 길거리에서 뭘 하는 거야?'

곳간에서 인심난다는 말이 있다. 주유성이 딱 그 짝이다.

그는 이십여 년을 아주 부유한 집에서 개념없이 편히 살았다. 그런 경우에 곧잘 나오는 돈 개념이 두 가지가 있다. 하나는 쉽게 베푸는 것이고 다른 하나는 더 돈독이 오르는 것이다.

주유성은 베푸는 쪽이다. 돈에 대한 개념도 별로 없고, 돈 많이 벌고 싶은 욕심도 없다. 자기가 편하니 남도 편해야 한다고 생각한다. 더구나 머리가 지나치게 똑똑하고 가진 재주가 많아 남의 어려운 처지를 쉽게 눈치 챈다. 원래 큰 돈 가져 본 적이 없으니 나눠주다가 망한 적도 없어 그런 쪽으로 경계심도 없다.

그래서 그 많은 보물을 손에 쥐었었지만 수재민들에게 탈

탈 털어주고 지금은 가진 돈이 없다. 그래도 이제는 요령이 생겨 돈이 떨어지면 마을에 들러 용돈벌이를 하면서 여행을 계속했다.

주유성은 여비가 또 떨어지자 이 시장에서 뭔가 용돈벌이라도 할 것이 없나 두리번거렸다. 그런 그의 눈에 안색이 심히 나쁜 사람이 눈에 띄었다.

사천당가의 독을 조금 배운 주유성은 단숨에 알아봤다.

'잉? 중독이잖아?'

차려입은 옷이 고급품인 것으로 보아 돈푼깨나 있는 사람이다. 주유성은 이제 슬슬 돈 냄새 맡는 법을 배워가고 있다. 그래서 지나가는 말처럼, 그러나 내공을 써서 확실히 전해지도록 중얼거렸다.

"시체가 걸어다니고 있군."

판에 박힌 수법이다. 하지만 금 연주를 할 때 기를 담던 요령을 이용해서 확실히 들리도록 떠든 말이다. 가뜩이나 요새 들어 몸이 안 좋은 중년 남자가 관심을 갖지 않을 리가 없다.

"이보게, 청년. 나를 보고 한 소리요?"

주유성은 속으로 회심의 미소를 지었다.

'걸렸구나. 한동안 여비 해결이다.'

"요사이 몸이 허하고 자고 일어나도 편안하지 않으며, 밥을 먹으면 소화가 안 되고 변을 보아도 시원하지 않고, 밤일도 수월치 않죠?"

건강이 나빠지면 당연히 나타나는 증상들이다. 더구나 중독이 됐다면 그것이 무슨 최음제가 아닌 다음에야 지금 말한 증상들의 대부분을 피할 수 없다. 하지만 정작 당사자들은 이런 말을 들으면 족집게가 다름없다고 생각한다. 설사 한두 개 어긋나도 상관없다.

중년 남자가 주유성 앞에 쭈그리고 앉으며 말했다.

"허, 젊은 사람이 대단하군. 내가 바로 그렇소. 말을 걸었다면 대책도 있을 터."

주유성이 뒤쪽을 가리켰다.

"제 노새에게 먹일 여물이 부족하니 몇 푼 쓰시지요?"

노새야 길가의 풀을 뜯어 먹여도 된다. 답을 듣고 싶으면 돈 내놓으라는 소리다.

중년 남자가 그런 노새와 주유성을 보더니 무릎을 탁 쳤다.

"아하. 청년은 노새 성자를 흉내 내는군."

황하에서 시작된 노새 성자의 이야기는 중원 천지에 안 퍼진 곳이 없다. 황제마저도 누군지 찾아서 치하하겠다고 하는 상황이다. 어느새 유행이 되어 꽤 많은 여행자들이 삿갓을 쓴 채 노새를 몬다.

주유성이 웃었다. 진짜가 가짜 노새 성자인 척하며 돌아다니고 있다. 이러고 다니면 사람들이 호의적으로 대해서 편하다. 세상에 나온 지 얼마 되지도 않아서 그는 처세술까지 익혀 나가고 있었다.

“보물을 모두 수재민 구호에 썼더니 여비가 떨어졌네요.”

정말이다. 하지만 아무도 그 말을 믿지 않는다.

“하하. 그렇지. 당연히 그랬겠지. 그러니 어서 내 몸에 대한 해결법을 말하게나. 내가 성자께 한몫 줌세.”

“자, 일단 여기 앉으시지요.”

주유성은 중년 남자를 옆에 앉히고 본격적으로 맥을 만졌다.

기를 다루는 것에 적수가 없는 주유성이다. 당소소가 취미 삼아 가르친 독에 대한 지식은 이미 그녀를 뛰어넘었다.

진기를 흘리며 남자의 몸을 점검한 주유성이 한숨을 쉬었다.

“휴우. 어디 원한이라도 진 곳이 있으십니까?”

중년 남자가 고개를 갸웃거렸다.

“원한? 시비 붙은 적은 가끔 있지만 원한이라고 할 것까지야 없다네.”

“그런데 왜 독에 중독되셨습니까?”

주유성의 말에 중년 남자가 깜짝 놀라며 몸을 떨었다.

“주, 중독? 정말인가? 나를 놀리려는 것은 아니지?”

“물론입니다. 중독이 틀림없습니다. 상당히 독한 독입니다.”

“도, 독한 독? 그럼 해독제는? 값이 얼마라도 내가……．”

신나게 떨던 중년 남자가 갑자기 의심스러운 눈으로 주유성을 보았다.

"내가 독에 중독됐다는 증거가 어디 있나? 혹시 나를 속여 이익을 취하려는 것 아닌가?"

정상적인 사람이라면 당연히 해야 하는 의심이다. 길거리에서 만난 사람이 자기보고 중독이 됐다고 하면 사기꾼일 가능성이 높다.

주유성이 피식 웃었다.

"증거를 보이고 해독을 하면 돈을 얼마나 내시겠습니까?"

중년 남자가 잠시 생각했다. 정말로 중독이 됐고 또 해독까지 한다면 돈은 얼마를 내도 아깝지 않다. 만약 가짜라면 낼 돈이 없으니 손해 볼 것 없다.

"좋네. 은자 열 냥을 내겠네."

일반인에게는 상당히 큰 돈이다. 하지만 중년 남자의 재력에 그 정도는 별 부담이 아니다.

주유성의 얼굴이 눈에 띄게 밝아졌다.

'열 냥이나? 아싸. 돈 벌기 쉽구나. 이거 괜찮네.'

돈 소리를 듣고 주유성의 안색이 대번에 밝아지는 것을 본 중년 남자는 더 의심스러운 눈초리로 쳐다보았다. 주유성은 중년 남자의 손목 혈을 잡으며 말했다.

"독한 독임에는 틀림없으나 중독 정도가 약합니다. 아마도 만성적으로 조금씩 투입된 듯합니다. 이대로 시간이 지났다면 독살되겠지만 아직은 별 피해가 없습니다."

"마, 만성적? 설마 아내가? 그럴 리가 없는데?"

"비전문가가 하독하려 했다가는 벌써 중독되어 죽었을 만큼 독한 독입니다. 그러니 아닐 겁니다. 주로 다니시는 곳 어딘가에 독이 좀 풀려 있나 봅니다. 어떤 바보 자식이 독을 흘렸을 수도 있고, 독물이 둥지를 틀었을 수도 있습니다. 이제 시작할 테니 입을 열지 마십시오."

입 정도야 열어도 얼마든지 처리할 수 있지만 자세히 설명하기 귀찮아서 한 소리다. 덤으로 긴장감을 부여하는 효과도 있다.

주유성이 중년 남자의 몸에 진기를 집어넣었다. 진기는 그의 의도대로 중년 남자의 혈도를 돌아다녔다.

무공이라고는 전혀 익혀본 적도 없는 남자다. 기름진 음식을 잘 먹고 지내서 혈도에 탁기가 잔뜩 끼어 있다. 주유성의 진기는 그런 것들을 비집고 지나가며 독기들을 한군데로 몰았다.

중년 남자는 몸이 찌릿찌릿했다. 내공이 몸을 타고 돌아다니는 느낌은 난생처음이다. 이제야 주유성이 평범한 사람이 아님을 깨달았다.

'무림인이었구나.'

입을 열지 말라 했으니 속으로만 감탄했다.

자기 내공을 남의 몸속 혈도에 마음대로 움직이게 하는 것은 쉬운 일이 아니다. 처음 만나는 남의 몸의 혈도를 내 몸처럼 다룰 수는 없다. 무공이 높아야 흉내나 겨우 낼 수 있는 수법이다.

일반인이 대상이라면 좀 낫지만 만약 상대가 다른 심법의 무공을 익힌 무림인이라면 그 난이도는 말할 것도 없이 올라간다. 시전자가 자기 내공의 순도를 유지하기 어렵기 때문이다. 실수하면 두 사람의 내공이 섞여 대상자가 주화입마에 빠진다. 최악의 경우 반발력에 의해 둘 다 죽을 수도 있다.

하지만 주유성은 다른 건 몰라도 기를 제어하는 감각에 있어서는 타고난 놈이다. 그리고 이 남자는 무공이라고는 익힌 적이 없어 더 수월하다.

주유성이 진기를 그물처럼 뿌려 중년 남자의 몸속에 있던 독기운을 모조리 모았다. 독기운은 순순히 끌려 나왔다. 그는 그것을 검지 끝으로 끌어당겼다. 중년 남자의 손가락 끝이 검게 물들었다.

주유성이 다른 손으로 그 손가락 끝을 슬쩍 건드렸다. 보이지도 않을 만큼 작고 날카로운 기가 손가락 끝에 조그마한 상처를 냈다.

따끔함에 놀란 중년 남자가 소리를 냈다.

"아얏!"

입을 열었다는 사실에 놀라 눈이 동그래졌다.

중년 남자의 손가락 끝에서 검은 물이 뚝뚝 떨어졌다.

독의 양이 물이 되어 떨어질 만큼 많았다면 중년 남자는 벌써 죽었어야 한다. 하지만 중독 상태가 그 정도는 아니다. 주유성은 기왕 하는 김에 시각 효과를 높이기 위해서 남자의 몸에 있던 악성 탁기까지 끌고 왔다.

혈도를 뚫어주거나 한 것은 당연히 아니다. 그래도 잘못된 식습관에서 쌓인 독한 탁기는 상당했다. 혈도에 달라붙은 탁기는 그 정도 시도로는 꼼짝도 하지 않았다. 하지만 엉성하게 걸려 있던 일부 탁기가 수월하게 끌려 나왔다. 그것이 검은 물로 변해 떨어져 내렸다.

물이 떨어지는 것이 끝나고 붉은 피가 나오기 시작하자 주유성이 손을 떼었다.

"끝났습니다."

중년 남자의 얼굴은 놀라움으로 물들어 있다. 그의 손에서 빠져나온 검은 물은 지독한 악취를 풍기고 있었다. 썩는 듯한 냄새를 내는 것이 전부 독으로 보였다. 그 많은 양이 몸에 있었다고 생각하자 덜덜 떨릴 지경이다.

더구나 몸이 가뿐해졌다.

"마치 날아갈 것 같군. 소협은 정말 대단한 사람이군요."

중년 남자는 진심으로 감탄했다. 마치 몇 년은 젊어진 듯한 느낌이다. 흐린 하늘이 활짝 갠 것처럼 상쾌한 기운이 몸에 넘쳤다.

이제 돈이 문제가 아니다.

"여기 있습니다. 내 마침 가진 것이 이것뿐이라 더 드리지 못함이 미안합니다."

이미 말투도 변했다. 주유성이 작은 은자 주머니를 받아보니 열 냥의 무게다.

"별말씀을. 독을 잘 아는 사람을 데려다가 자주 다니시는 곳을 확인해 보세요. 한군데쯤은 독이 있을 거니까."

"소협이 해주시면 안 되겠소이까?"

"저는 좀 바빠서."

좀 귀찮아서다.

"허어. 그렇다면 할 수 없지요. 신세를 또 질 수는 없으니."

못내 아쉬워하는 표정이 가득하다.

이미 그들의 주변에는 구경꾼이 잔뜩 모여 있었다. 그중 한 사람이 질문했다.

"나도 요새 소협이 말한 증상이 온몸에 나타나오. 혹시 나도 중독된 것이 아니오?"

주유성이 질문한 사람을 보았다. 확실히 중독 증상이 보였다. 주유성이 구경꾼들을 두루 둘러보았다.

'잉? 뭐 이리 중독당한 사람이 많아?'

가만히 보니 중독 증상을 보이는 사람은 모두 특색이 있다.

'다들 좋은 옷에 잘 먹은 사람들이군. 부자들만 중독된다? 어떤 놈이 부자에게 원한이 있나?'

주유성이 주변을 빠르게 훑었다. 그의 눈에 부자도 아니면서 중독 증상이 보이는 사람이 보였다.

“당신. 잠깐 와보세요!”

주유성이 가리킨 것은 바로 근처 객잔의 점소이다. 점소이는 사람들이 모이자 무슨 일인지 알아보러 왔다가 주유성에게 지목을 당했다.

“저, 저요? 전 점소인데요?”

점소이가 겁을 먹고 머뭇거렸다. 그는 은자 열 냥이 없다. 주유성의 진단을 받았다가 중독됐다는 말을 들을까 봐 두렵다.

주유성이 점소이에게 달려들었다. 점소이 실력에 도망갈 수는 없다. 어느새 주유성에게 완맥을 잡혔다.

주유성이 간단하게 기를 돌려보고 심각한 얼굴로 말했다.

“여기 중독당한 사람들이 잔뜩 있는데 그중 당신이 가장 심각하군. 하지만 남들은 다 부자들인데 당신 혼자만 보통 사람이란 말이지. 당신 일하는 곳에 요새 아픈 사람 많지요?”

“그야 장씨 아저씨도 그렇고, 주방장님도 그렇고, 몇 명이 쓰러졌지만 주인 아저씨가 고뿔 때문이니 걱정하지 말라고…….”

더 생각할 것도 없다. 독이 풀린 곳을 찾았다.

“고뿔? 이건 독이야.”

주유성과 점소이의 말에 사람들이 깜짝 놀랐다. 몸이 좀 안 좋은 사람들은 가슴을 졸였다.

“주인은 뭔가 눈치를 챘다는 말이군.”

주유성이 하고자 하면 이 사람들을 다 치료 못할 것도 없다. 하지만 더 쉬운 방법이 있는데 그런 번잡한 일을 할 놈이 아니다.

"원인을 찾으면 간단한 해법도 나오는 법. 갑시다. 당신 일 하는 곳이 어디예요?"

주유성의 말에 점소이가 바로 뒤의 객잔을 가리켰다.

"저, 저기……."

말 떨어지기가 무섭게 주유성이 객잔으로 성큼성큼 걸어갔다.

'아까부터 객잔에서 날 보는 시선. 상당한 고수의 기운이란 말이지. 이자가 범인이군.'

오래 생각할 것도 없다. 결론 내린 주유성이 객잔 문을 거세게 열고 들어섰다.

독원동은 당황했다. 이렇게 일이 급하게 진행될 줄은 몰랐다. 그는 급히 자리를 찾아 앉으며 말했다.

"허풍대협 아닌가? 여긴 무슨 일인가?"

나름대로 의외라는 듯한 표정을 지었다.

주유성이 소리쳤다.

"이 객잔은 독에 오염되어 있다! 전부 나가!"

독은 누구나 두려워한다. 객잔에 있던 사람들은 그 말에 깜짝 놀라며 일제히 뛰쳐나갔다.

이제 객잔에는 주유성과 독원동만이 남았다. 독원동이 이를 갈며 일어섰다.

"으드득. 허풍대협아. 감히 네가 나에게 도전한다는 거냐? 쉽게 처리하려고 했는데 이리되면 한 줌 독수로 만들어주겠다."

주유성이 코웃음 쳤다.

"역시 여기에 독을 풀어 넣은 것은 너구나."

"난 풀지 않았다. 독으로 만든 덫은 모두 잘 밀봉해 뒀어."

"밀봉 하나 제대로 하지 못해서 샜군. 독원동 이 바보 자식. 너 같은 놈이 독곡의 후기지수라니. 독곡의 미래가 보이는구나."

독곡이 직접 욕을 먹자 독원동의 눈에 녹광이 어렸다. 그를 더 화나가 하는 것은 객잔 바깥의 사람들이다.

사람들이 웅성거렸다.

"들었어? 독곡이래. 독곡이면 그 남만의 세외문파 아냐?"

"그렇지. 무서운 곳이라더군. 하지만 아무리 그렇다고 우리들이 다니는 식당을 중독시키다니. 너무하잖아."

"독원동? 이름이 독원동이라고 했어. 들어본 적 있어?"

"모르는 놈이야."

"잊지 않겠다."

독곡은 세외문파다. 그렇다고 해서 중원에서 욕을 먹어 좋을 것 없다. 이렇게 독 관리를 제대로 못해서 욕먹게 하면 독곡에 돌아가서 어느 정도 처벌을 받을 수도 있다.

"이 일의 원인은 네놈이다. 네놈을 독수로 만들면 어떻게든 무마되겠지."

독원동이 정말로 주유성을 죽일 생각을 했다. 독곡과 당문은 경쟁 관계다. 특히 독곡의 곡주는 독왕은 물론이고 전대 당문주에게까지 심한 경쟁심과 열등감을 느끼고 있다. 그러니 자신이 독왕의 외손자를 합리적인 시비를 붙여 죽이면 독곡 내에서 호의적인 반응을 얻을 수 있다고 생각했다.

'사실 우리 독곡이 문제 하나만 해결하면 당문 정도는 상대가 안 되지. 그러니까 이놈만 없애고 내 혀로 변명을 그럴싸하게 하면 처벌 역시 피할 수 있겠지.'

그리고 그는 주유성의 실력을 믿었다.

"허풍대협이 독을 배워야 얼마나 배웠겠냐? 그냥 순순히 죽어라."

독원동이 독장을 준비하며 말했다. 그의 손바닥이 점차 검게 물들어갔다.

"능력 되면 해보던가."

주가장 사람들은 독에 제법 강하다. 화나면 수시로 독을 뿌려대는 당소소의 손에서 견디기 위해 배운 기술이다. 주유성도 예외는 아니다.

독원동은 독장의 준비가 끝나자 손바닥을 쭉 뻗으며 소리쳤다.

"이제 네놈에게는 기회가 없다!"

비릿한 독기운이 주유성에게 뿜어져 나왔다. 그 기운만 봐도 보통 절독이 아니다.

독을 하독하는 방법은 여러 가지가 있다. 독공을 쓰는 것도 여러 가지다.

독원동이 사용한 독장은 그 자체의 물리적인 파괴력은 별로 없다. 장력은 독을 좀 더 빠르고 확실하게 전달하기 위해 사용될 뿐이다. 하지만 그 독 자체는 중독되면 어지간한 사람은 순식간에 피를 토하고 죽는 절독이다.

주유성이 두 손을 들어 빠르게 작은 원을 그렸다. 그의 손을 따라 주변의 기운이 같이 소용돌이쳤다. 약한 힘으로 날아오던 독장이 그 속에 말려들었다. 독장은 힘없이 항복하며 소용돌이에 포함되었다.

주유성의 앞 허공에 독기운이 둥글게 뭉쳐졌다. 주유성이 두 손을 와락 뿌렸다.

독기운이 그대로 튕겨 나갔다. 구의 형태를 띤 그것은 독원동의 몸통을 향해 느리게 날아갔다.

독원동은 이런 식의 반격은 상상도 하지 못했다. 자기가 뿌린 독을 이렇게 쉽게 도로 날려 버릴 줄 몰랐다. 그는 허풍대협의 실력이 보잘것없음을 지나치게 믿고 있었다.

그래도 명색이 고수라고 몸을 급히 허공으로 띄웠다. 피해 보고자 함이다.

주유성의 몸이 빠르게 솟아올라 독원동의 바로 앞으로 달

라붙었다. 독원동이 기겁을 하며 팔을 뻗어 주유성을 치려고
했다.

주유성의 손이 훨씬 빨랐다. 두 손을 뻗어 한번 끊어 치자
독원동의 두 팔이 쫙 펴졌다.

그대로 독원동의 머리를 잡고 아래로 콱 눌러 버렸다. 허공
의 독원동은 조금도 버티지 못하고 바닥에 처박혔다. 떨어지
는 그의 몸 한복판으로 주유성이 날려놓은 독기가 날아왔다.

"안 돼!"

독원동이 비명을 질렀다. 그러나 주유성에게 맞은 두 팔은
아직도 충격 때문에 머리의 통제를 따르지 않는다. 텅 빈 가
슴으로 독기가 충돌했다.

"컥!"

독원동이 신음 소리와 함께 무릎을 꿇었다. 작정하고 날린
독장이다. 몸속을 타고 도는 독의 힘이 장난이 아니다. 급히
내공을 끌어올려 독을 제압해 나가기 시작했다.

'이 정도는 해독할 수 있다. 나는 독원동이다.'

운기를 시작한 그의 뒤통수를 주유성이 후려쳤다.

"야 이 자식아. 사람 목숨 쉽게 좀 보지 마라."

독원동의 머리가 휘청거렸다. 충격에 내공이 흐트러졌다.
독이 더 날뛰었다.

독원동은 반격할 수가 없다. 지금은 독의 제압이 우선이
다.

“잠, 잠시만!”

급히 다시 내공을 진정시켜 독과 싸웠다. 뒤통수를 다시 얻어맞았다.

“해독제 어디다 뒀냐?”

독원동의 내공이 다시 흐트러졌다. 잠시 제압됐던 독이 더 발광했다.

“크윽, 먼저 진정을 시켜야 해독제를 쓸 수 있다.”

대답하며 다시 독과 싸웠다. 뒤통수를 또 맞았다.

“니 독 말고. 사람들 중독시킨 독!”

이제 그의 몸속의 독이 아주 지랄발광을 했다. 독원동은 중독 현상으로 안색까지 새까매졌다. 독과 싸우는 고통에 몸을 덜덜 떨면서도 손을 뻗어 자신이 챙겨놓은 짐을 가리켰다.

“저, 저기…….”

주유성이 독원동의 짐을 풀어헤쳤다.

“우와! 이놈 이거. 아주 약장사구나. 약장사. 약이 몇 개야?”

주유성은 약병들을 하나씩 열어보며 그 종류를 확인했다. 이미 중년 남자를 치료하면서 독의 특성에 대해서는 알아보았다. 같은 독을 찾는 것은 쉬웠다. 자기 병에는 독의 이름까지 친절하게 써져 있었다.

해독제는 더 찾기 쉬웠다. 그 독의 해독제라고 아예 새겨져 있으니 모를 수가 없다.

주유성은 해독제를 들고 객잔 바깥으로 나갔다.

사람들의 함성이 터졌다.

"우와아!"

그들은 주유성과 독원동의 싸움을 창문 너머로 보았다. 자기들에게 독을 퍼뜨린 자를 주유성이 제압하고 해독제를 빼앗아 나오는 것을 똑똑히 봤다.

주유성이 해독제 병을 들어 보이며 씩 웃었다.

"애들은 가라, 애들은 가. 이 약으로 말씀드릴 것 같으면! 만병통치약은 아니고, 정력에 좋은 것도 아니고, 말 안 해도 아시죠?"

약장사 흉내에 사람들이 웃음을 터뜨렸다.

"하하하!"

"이건 콩알 크기의 환약입니다. 중독당한 분들에게 하나씩 드리겠습니다. 독에 중독되지 않은 분들은 먹었다가는 오히려 몸에 해로우니 받지 마세요. 중독이 누가 됐냐 하면, 아저씨, 아저씨, 거기 아가씨도. 꼬맹아, 너는 아니다. 그리고 저분, 저분, 저분."

주유성이 사람들을 쭉 짚었다. 모두 옷을 잘 입은 사람들이다.

이 객잔 자체가 꽤나 고급 객잔이다. 돈이 없으면 여기서 요리를 먹을 일이 없다. 중독당한 사람들은 모두 특정한 고급 요리를 먹은 사람들이다. 새어 나온 독이 그 요리 재료에 흘러들어 간 때문이다. 그 고급 요리를 먹은 사람들은 예외없이 한재산씩 가진 사람들이다.

부자들은 자기들이 죽다 살아났다는 것을 깨달았다. 지목당한 사람들은 앞 다투어 주유성에게 달려들었다. 그들은 다들 은자를 내밀었다.

"여기 열 냥 있소. 어서 약을 주시오."

그들은 처음 중년 남자의 치료비가 은자 열 냥이었다는 것을 기억했다. 그래서 돈 이야기는 꺼내지도 않았는데 다들 은자를 내밀었다.

이런 돈까지 마다할 주유성은 절대로 아니다. 오히려 먹고 살 만한 사람들이 내놓는 것이라 기쁜 마음에 받았다.

"으하하하, 여기 있습니다. 으흐흐, 이거 자꾸 웃으면 안 되는데 웃음이 나오네. 아이고, 감사합니다. 여기 해독제가 있습니다. 해독제가 있어요! 어서 소문내세요. 이 객잔에 들렀던 모든 사람들은 오늘 중에 한번씩 들르라고 하세요. 해독제가 쌉니다. 해독제가 싸요! 으하하하!"

주유성의 입이 쭉 찢어졌다.

처음에 지목된 사람들에게 약을 판 주유성은 다른 사람들도 불러달라고 말했다. 부자들과의 친목을 늘리고 싶은 사람들이 앞 다투어 자기가 아는 사람들을 찾아 달려갔다.

돈을 세는 주유성의 앞에 처음 점소이가 머뭇거렸다.

"저, 저기."

“자, 당신도 해독제.”

하도 비싼 약이라 말도 제대로 못 꺼내는 점소이에게 주유성이 약을 내밀었다.

“저는 돈이…….”

“돈은 무슨 돈. 나도 공짜로 얻었는데.”

약값은 부자들에게 받는 것만으로도 충분하다. 주유성은 보통 사람들의 등골이나 뽑아먹는 놈이 아니다.

점소이의 얼굴이 환해졌다. 그는 얼른 약을 받아 들더니 꿀꺽 삼켰다.

“객잔 점원들 다 데려와요. 중독당한 사람이 더 있을 거예요. 고뿔 걸린 것 같다던 사람들도 물론이고요. 객잔 주인도 좀 불러주고요.”

점소이가 허리까지 굽히며 대답했다.

“알겠습니다, 대인!”

주유성은 대인이 됐다.

자기 객잔에서 생긴 문제라 주인은 금방 달려왔다. 그는 주유성의 앞에서 접대용 미소를 지으며 말했다.

“하하하! 큰일을 하셨습니다, 소협.”

주유성이 객잔 주인을 걷어찼다.

“케엑!”

객잔 주인이 나뒹굴었다. 무슨 일인지 모르겠다는 표정이었다. 주유성이 호통을 쳤다.

"야 이 새끼야! 너 니네 가게에 뭔가 문제가 있다는 거 알았
지?"

객잔 주인의 얼굴이 새파래졌다. 그는 급히 변명했다.

"사람들이 탈나는 것을 보고 의원을 데려다 조사하고 고수
도 초빙해서 알아봤습니다. 아무것도 알아내지 못했습니다.
전 정말 최선을 다했습니다."

"알아내지 못했으면 알아낼 때까지 문을 닫았어야지. 사람
들이 죽을 뻔했잖아!"

객잔 주인이 넙죽 엎드렸다.

"죄송합니다. 그저 목구멍이 포도청이라. 산 입에 거미줄
치지 않으려는 욕심에 그만."

이런 객잔을 운영하는 사람의 목구멍에 포도청이 자리잡
을 리 없다. 거미도 이런 목은 싫어한다.

주유성이 한마디 던졌다.

"어차피 여기 이제 장사 안 될 텐데 참 꼴좋네."

객잔 주인의 얼굴이 이번에는 흙빛으로 변했다. 확실히 밥
먹는 객잔이 중독 사건에 휘말렸다. 그것도 일반 식당도 아니
고 이런 고급 식당에서 사건이 터졌다.

주유성이 객잔으로 걸어 들어갔다.

"이제 독원동 이놈을 좀 다져 줄까?"

독원동은 아직도 해독에 한창이다. 그래도 거의 독을 제압
했는지 얼굴이 많이 밝아져 있었다.

주유성이 독원동의 뒤통수를 후려쳤다.

"잘되고 있냐?"

"컥!"

독원동이 신음 소리를 냈다. 겨우 눌러놓던 독이 다시 발작했다.

"형님, 살려주십시오!"

이제 독원동은 죽는 소리를 했다 주유성이 계속 뒤통수를 치고 앉아 있으면 해독은 물 건너간다. 아까의 겨룸으로 무공 실력이 자기보다 뛰어남은 이미 확실히 깨달았다.

'이대로 가면 난 죽는다.'

주유성을 죽이려고 하던 독원동이지만 그 자신은 살고 싶다.

"내가 왜 니 형이냐?"

"형님은 무조건 형님이십니다. 살려주십시오."

주유성이 피식 웃었다.

"싫다."

"혀, 형님. 목숨만. 제발."

"니 형님 되기 싫다고. 너처럼 독사 같은 동생을 미쳤다고 두냐?"

"대인, 목숨만."

"살려는 줄게."

독원동의 얼굴이 환해졌다.

“형님, 감사합니다.”

“형님 소리 한 번만 더 하면 죽인다.”

독원동이 즉시 입을 닫았다.

“살려는 주는데, 네놈의 독한 심성을 보니 그냥 놔두면 앞으로도 여러 사람 죽이겠다. 그래서 내가 네놈의 독공을 없애버리려고 하는데 어떠냐? 너도 동의하지?”

독원동의 얼굴이 꺼멓게 죽었다.

“독공을, 독공을 잃으면 저는…….”

“싫으면 그냥 죽던가.”

“독공을 없애주십시오.”

‘살아만 남으면 다시 독공을 수련할 수 있겠지. 죽으면 아무것도 못하니까.’

독원동은 독한 마음을 먹었다.

주유성이 독원동의 약병들 중에서 몇 개를 골라냈다.

“형니, 아니, 대인. 왜 그걸?”

“아가리 벌려라. 배 터지게 한번 먹어보자.”

주유성의 말에 독원동의 얼굴이 창백해졌다.

“사, 살려주신다고 하셨잖습니까?”

“살려준다니까.”

주유성은 독원동의 혈도를 짚어 움직이지 못하게 만들었다. 그리고 강제로 입을 벌려 몇 개의 독을 쏟아 부었다.

“컥! 컥!”

마구 들이부어진 독은 그의 몸에서 폭발하듯 휘몰아쳤다. 독원동의 독공 수련이 작지 않아 즉사는 면했지만 독에 예민한 혈도 몇 곳이 망가졌다.

그 모습을 잠시 보며 기다린 주유성이 이번에는 해독제 병들을 챙겼다. 방금 부은 독들에 대한 해독제만 골라 다시 독원동의 입에 들이부었다.

독원동은 이번에 들어오는 것이 해독제임을 깨달았다. 그는 급히 그것을 흡수하기 위해서 발악했다. 살기 위해서 필사적이었다.

해독제들이 서서히 위력을 발휘했다. 독의 양보다 압도적으로 많은 해독제들은 자기의 목표물들을 빠르게 중화시켰다.

그렇게 한참이 지나자 주유성이 독원동의 혈도를 풀어주었다.

독원동이 엎어지면서 신음 소리를 냈다.

"크윽!"

독원동은 자기가 죽다 살아났음을 깨달았다. 몇 개의 독은 그의 몸을 확실히 망가뜨렸다. 특히 독을 다루는 혈도들은 독에 더 잘 반응한 덕분에 심하게 망가졌다.

"이, 이건!"

주유성도 조금 불쌍한 마음이 들자 설명을 했다.

'어라? 이놈 결국 살아났네? 독 분량 계산이 맞았나 보다.

운 좋은 놈.’

“혈도 몇 개가 아주 아작이 났을 거야. 사는 데는 지장이 없지만 앞으로 독공은 못 익힐걸? 정 불편하면 일반 무공이나 익혀보던가. 내공은 남아 있잖아?”

독원동이 덜덜 떨었다. 자신이 독을 익히지 못하게 된 것이 슬퍼서가 아니다. 그렇게 만든 주유성의 독 다루는 실력이 두려워서다.

“설마 그 독을 들이부은 것이 다 계산하고 하신 일입니까?”

“양 조절까지 했다. 그러니까 니가 살아났지.”

사실은 지은 죄가 있으니 실패해서 죽어도 상관없다 생각하고 먹였다. 양이야 대충 조절했지만 이론일 뿐이다. 확신까지는 없었다.

독원동은 주유성의 속을 짐작도 못했다.

독원동은 여러 개의 독을 쓸 때 그 사이의 반응을 조절하는 것이 얼마나 힘든 일인지 잘 안다. 죽이려고 하면 쉽지만 살리려고 독을 쓸 때의 계산은 엄청나게 복잡하다. 해독제가 있어도 마찬가지다.

그는 이제 주유성이 얼마나 무서운 놈인지 깨달았다.

‘장차 독성이 될지도 모르는 분이다.’

주유성이 부지런하기만 하다면 그렇게 될지도 모르지만 독원동은 그걸 모른다. 진실은 언제나 저 너머에 있다.

독원동이 즉시 넙죽 엎드렸다.

"제가 미처 몰라봤습니다. 자애로운 처분 감사드립니다."

"닥치고 집에나 가라. 독곡이 무림맹에 붙지만 않았어도 넌 벌써 죽었어."

주유성이 단숨에 박살 내지 않고 살 기회를 준 것은 나름대로 신경 쓴 일이다. 마교가 무림맹의 행사에 손을 댄 것을 알고 있다. 독곡은 무림맹에 협조적 관계이지만 구파일방처럼 아예 가입한 것은 아니다.

독원동을 죽이면 독곡을 적으로 만들 가능성이 조금은 있다. 그런 일은 하기 싫다. 하지만 이 정도 징계도 하지 않고 넘어가기에는 주유성이 너무 좋은 것만 보고 자랐다. 그래서 모든 것을 독원동의 운에 넘기고 이론으로만 알던 수를 썼다.

자신에 대한 복수는 걱정하지 않는다. 독원동 개인은 이미 충분히 겁먹었다. 당문의 배경이 있는 한 독곡이 이 정도 일로 주가장에 손대지는 못한다.

주유성은 남은 독을 모조리 챙겼다. 독원동이 뜨끔한 마음에 물었다.

"그건 뭐 하시려고……."

"없애 버려야지. 너 같은 놈 손에 남겨둘 리가 있냐?"

이제 독원동의 얼굴은 다른 의미로 까매졌다.

'저게 얼마나 고급 독과 약인데. 저거 다 날려먹으면 돌아가서 난 죽겠다. 독공도 다 깨진 판에 손해까지 저만큼 보면 어떻게 살라고. 확 돌아가지 말아버릴까?

감히 주유성에게 돌려달라고 말도 못하는 독원동이 가슴만 쳤다.

주유성은 사람들에게 해독약을 팔아 은자 삼백 냥을 벌었다. 주유성 평생에 가져보지 못한 거금이다. 주유성의 얼굴에 웃음꽃이 피었다.

"이히히히. 난 이제 부자다. 삼 년. 이 돈이면 삼 년은 놀고 먹을 수 있다."

주유성에게 치료받은 객잔 직원들이 인사를 하러 찾아왔다. 그들은 주유성에 대한 고마움에 연신 고개를 숙였다.

"뭘 그 정도 가지고 그러세요? 누이 좋고 매부 좋았는데."

주유성은 한몫 단단히 잡아서 기분이 대단히 좋다.

하지만 고마워하는 직원들 몇 명의 얼굴이 어둡다. 주유성이 그 안색을 눈치 챘다.

"무슨 일 있어요?"

점소이가 머뭇거리다가 말했다.

"독을 치료한 것은 다행인데 이제 일자리를 잃었으니 어찌해야 할지 고민입니다. 휴우."

모두 그 객잔의 직원이다. 고급 객잔에 독에 뿌려졌고 실제로 부자 수십 명이 중독됐다는 소문이 돌았으니 이제 그곳은 영업 끝이다. 망할 일만 남았다. 직원을 둘 리가 없다.

주유성의 얼굴이 난처해졌다. 일을 크게 벌인 것은 그다. 세상 경험이 부족해 여기까지는 생각하지 못했다.

'내 책임이다. 책임을 져야 한다. 사람들이 굶어 죽게 생겼는데 지금 돈이 문제냐.'

주유성이 잠시 방법을 생각했다. 이번에는 자기 돈이다. 오래 걸리지 않았다.

"객잔 주인은 돈 좀 있어요?"

"주인 어른이야 제법 부자이지요. 다른 가게도 많아서 객잔 안 해도 배 두드리고 살아요."

주유성이 노새를 끌며 말했다.

"갑시다."

"가다니요?"

"객잔 주인과 협상하러 가자고요."

주유성의 말을 들은 객잔 주인은 얼빠진 표정이 되었다.

"내 객잔을 겨우 은자 삼백 냥에 사겠다고요?"

주유성은 자신이 이번에 번 돈을 모조리 털었다. 좀 빼놓고 싶지만 제법 고급이던 객잔의 가치에 비하면 턱없이 작은 돈이다. 수중에 돈을 남겨두면 협상할 수 없다.

"삼백 냥이면 과하지. 어차피 이젠 장사 못해먹을 텐데."

"무슨 소리. 시간이 지나면 사람들이 다 잊고 결국 돌아올 거요. 손님들이란 그런 존재니까."

주유성이 피식 웃었다.

"진심으로 그렇게 생각해? 당신이 독이 풀린 사실을 숨기고 장사 계속한 걸 사람들이 다 알아. 목숨이 위험할 뻔했는데 계속 올 거라고 생각해? 거긴 틀림없이 망해."

객잔 주인도 그 사실은 잘 안다.

"하지만 겨우 삼백 냥은……."

"만약 싫으면 내가 그 객잔 직원들을 전부 고용해서 그 앞에 하나 새로 차리겠어. 직원들도 당신에게 불만 많은 거 알지? 그 사람들은 진짜로 목구멍에 포도청 세우고 거미 키우느라 힘들어서 그동안 일한 거야. 내가 차린다면 당장 모두 넘어올걸?"

"설마 그런 일이……."

"설마는 무슨. 준 대로 돌려받는 거지. 당신이 그렇게 객잔을 운영했잖아. 그러니 삼백 냥에 넘겨. 싫으면 말든지."

마침내 객잔 주인도 현실적인 생각을 할 수 있게 됐다. 이대로 경쟁하면 반드시 망한다. 오히려 장사 경험이 꽤 있는 그는 객잔을 쥐고 있는 것이 적자만 늘리는 길임을 깨달았다.

"헤헤. 조, 조금만 더 쓰시지요?"

주유성은 객잔 주인의 이 반응을 예상했기 때문에 삼백 냥을 전부 내놓아야 했다.

"당신도 소문 들었잖아. 오늘 내가 해독제 빼앗아 판 돈이 전부 해서 삼백 냥이야. 중독자 중에 부자는 딱 삼십 명이더라고. 나머진 당신 직원들이라서 돈 못 받았고. 내가 가진 돈 전부 내놓겠다는 거야.”

“그래도 그 객잔 값어치가…….”

“싫어? 그럼 나 그만 갈까? 내가 새로 차릴 객잔에 한번 놀러 와. 한 끼는 공짜로 줄게.”

주유성이 슬쩍 일어섰다. 객잔 주인이 깜짝 놀라며 손을 흔들었다.

“팝니다, 팔아요. 은자 삼백 냥에 넘기겠습니다.”

객잔 주인은 포기하고 말했다. 아예 날려먹을 객잔이다. 어차피 주유성을 졸라봐야 돈이 더 없음을 잘 안다. 그 돈이라도 건져야 손해를 조금이라도 줄일 수 있다.

주유성이 회심의 미소를 지었다. 거래는 성공했다. 삼 년의 게으름을 위한 자금이 날아가서 속이 쓰리기는 했다.

객잔 직원들이 멍하니 서 있었다. 주방장이 더듬거리며 말했다.

“대, 대협. 이 객잔을 우리를 주신다고요?”

주유성이 환히 웃으며 말했다.

“다들 여기서 일해오셨잖아요. 저 때문에 쫓겨나면 안 되죠. 앞으로도 쭉 일하실 수 있게 준비했어요.”

직원들에게는 꿈같은 일이다.

“아, 그러니까 대협께서 이 객잔을 인수하셨다는 그런 말씀이시지요? 대협이 잘 운영하실 테니 우리는 이제 대협만 믿고 일하면 되는 거고요?"

"제가 귀찮게 왜 이걸 운영해요? 전 집에 갈 거예요. 그러니까 이건 여러분 거라니까요. 그냥 열심히 일해서 이익이 남으면 가지세요. 손해가 나면 안 되니까 열심히 하셔야 해요."

자기는 못하는 열심을 남에게는 잘도 요구한다.

직원들은 이제 무슨 일인지 이해했다. 믿어지지 않지만 사실이다. 그들 중 누구도 이런 대접은 받아본 적이 없다.

마침내 직원들이 눈물을 뚝뚝 떨어뜨렸다.

"대, 대협. 감사합니다. 크윽."

이제 꼼짝없이 실업자가 됐다고 생각하던 사람들이 허리를 숙였다.

주유성이 급히 옆으로 움직여 그 인사를 피하며 말했다.

"이러지 마세요. 제가 저지른 일, 제가 복구시킨 거예요. 그냥 이자 조금 얹었다 생각하세요."

주방장이 눈물을 닦으며 말했다.

"그런 말도 안 되는 말씀을 하시다니요. 죽을 목숨을 살려주시고 이 객잔까지 주셨으면서. 알겠습니다. 열심히 하겠습니다. 비록 우리 객잔이 중독의 오명을 써서 사람들이 쉽게 오지는 않겠지요. 그래도 열심히 해서 사람들을 설득해 다시 번창하는 객잔으로 만들겠습니다."

주유성이 자신있게 말했다.

"사람들이 왜 안 와요? 아주 미어터지도록 만들어줄게요."

주방장의 말에 주유성이 자기병을 꺼내 흔들었다. 아직 남은 해독제가 그 속에서 소리를 냈다.

"소문을 내세요. 혹시 이 근처에 독기운이 조금이라도 남아 있을지 모른다고. 그 정도로 죽지는 않지만 혹시 몰라서 제가 남은 해독제를 모두 내놓았다고. 해독제를 잘 갈아서 음식에 조금씩 섞었으니 여기서 한 끼만 먹어도 이제 그 독 걱정은 하지 않아도 된다고 하세요."

"헛. 그 귀한 해독제를요?"

"귀하기는 무슨. 이제 쓸데도 없는데요. 여하튼 다들 한 번씩 와서 밥을 먹으면 우려는 사라질 거예요. 잘 하면 여기서 밥 한 번은 먹어야 나쁜 기운을 쫓는다는 소문이라도 날지 모르지요."

주방장이 환한 얼굴로 큰소리를 쳤다.

"감사합니다. 말씀을 들으니 이제 걱정거리가 완전히 없어졌습니다. 오히려 이전보다 더 장사가 잘될 것 같습니다."

옆에서 점소이가 망설이다가 질문했다.

"저, 그런데 독기운은 얼마나 남아 있습니까?"

"에이. 그게 왜 남아요? 그게 얼마나 비싼 독인데 함부로 뿌려지겠어요? 독은 완전히 다 폐기했으니 걱정 마세요."

"그, 그럼 혹시 사기를?"

주유성이 머쓱하게 웃었다.

"아, 아하하. 그냥 적당한 홍보라고 생각하자고요."

세상 물정 모르던 주유성이 요새 혼자 돌아다니면서 돈 버느라 고생 조금 해봤다고 이런 수법 늘어나는 속도가 일취월장이고 괄목상대다.

"그러니까 이건 오늘 딱 하루만 해요. 그리고 오늘은 그냥 공짜로 팔아요. 부자들한테나 제값 받고."

주방장이 자신감 넘치는 목소리로 대답했다.

"물론이지요. 걱정 마십시오. 앞으로도 베푸는 객잔이 되도록 하겠습니다! 모두 그렇지?"

직원들이 일제히 대답했다.

"그럼요. 우리 객잔인데요. 대협께서 주신 것인데 욕먹을 수 있나요!"

해독제 소식에 객잔은 손님들로 폭발했다. 식재료가 엄청나게 소모됐지만 원래 보유하고 있던 것들로 어떻게든 해결이 가능했다. 어차피 거의 공짜라 사람들은 주는 대로 잘 먹었다.

그날 방문한 부자들에게는 제값 받고 팔았다. 그 돈으로 다음날부터의 재료비는 어떻게 마련이 되었다.

주유성은 일이 잘 돌아가는 것을 보고 편해진 마음으로 노새를 타고 마을을 떠났다. 객잔의 직원 전부가 나와 주유성을 배웅했다.

멀어지는 주유성을 보며 잠시 손을 놓고 나온 주방장이 말했다.

"정말 대협이시다. 하늘이 내린 대협이셔. 거기다가 노새가 끄는 수레까지 타고 다니시네."

다른 점소이가 맞장구를 쳤다.

"마치 노새 성자 같지요?"

"그래. 정말 노새 성자 같아. 가짜 노새 성자님이 저 정도로 대단하신데 진짜 노새 성자는 얼마나 엄청날까? 궁금하군."

"우리한테는 가짜 노새 성자로도 충분해요. 저는 진짜 노새 성자보다 우리 가짜 노새 성자님을 더 존경한다고요. 앞으로 노새를 타고 오는 사람은 무조건 음식을 할인해 주자고요."

주방장이 동의했다.

"기왕이면 우리 객잔 이름도 노새로 바꾸자. 객잔 노새. 어때?"

"마치 놀자는 소리로 들려요. 노세. 노세. 젊어서 노세."

"아하하하. 이 녀석아. 저 부지런하신 가짜 노새 성자님께서 들으시면 서운해하시겠다. 지금도 일정이 너무 바빠서 쉬지도 못하고 가시잖냐?"

가끔은 진실을 모르는 편이 더 행복하다.

第八章

마해일과 제갈화운은 원한을 잊지 않았다. 그러나 그들은 직접적으로 주유성에게 위해를 가하기 곤란하다.

마해일이 투덜댔다.

"주유성 그 새끼. 내 손에 걸리면 단숨에 박살을 낼 수 있는데 아쉽소."

'내 사제들을 이긴 놈을 이겼단 말이지. 아무리 주화입마라고 해도 그 비무 때의 움직임은 간단한 건 아녔으니까. 필승을 장담하기는 어려울지도 모르지.'

제갈화운이 마해일을 달랬다.

"마 형이 직접 손을 쓰면 뒤처리가 곤란해지니까 참으서야지."

'네놈이 걸려들면 나도 엮이니까.'

마해일이 갑자기 목소리를 낮췄다.

"그런데 파무준이 잘할 것 같소?"

"물론. 이건 내가 세운 계획이잖소. 바보라도 성공할 수 있어."

"하지만 주가 그 새끼는 간교함이 극에 달해서 빠져나갈지도 모르는데."

"홍! 못 빠져나간다니까. 나를 믿으시오."

파무준은 서현에서 하루가 채 안 되는 거리의 마을의 객잔에서 장기투숙하고 있었다. 무림맹이 있는 숭산 인근에서 서현으로 가려면 어지간해서는 이 마을을 지나는 것이 정상이다.

이 마을의 규모가 꽤 크고, 이 객잔의 이름이 유명하다. 그래서 제갈화운은 주유성이 여기를 들를 것을 믿어 의심하지 않았다.

파무준이 이 객잔에서 터를 잡은 지 이미 여러 날이 지났다. 그동안 하는 일 없이 시간을 보내도 주유성은 오지 않았다. 파무준은 주유성이 다른 길을 통해 서현에 간 것은 아닌지 걱정했다.

"마가 놈이 자주 확인하고 있으니 설마 아니겠지. 그런데

이 새끼는 왜 이리 느려?'

파무준의 목표는 주유성이 아니다. 주유성에게도 불만이 있기는 하다. 하지만 주유성이란 인간에게 이런 공을 들일 만큼의 가치를 두지 않았다.

그의 목표는 어디까지나 검옥월이다. 검옥월을 직접 치기 힘드니 주유성을 치는 것이다. 그리고 혹시 그녀가 주유성이 망가졌다는 사실에 타격을 입으면 그 틈을 노려서 무공으로 이겨볼까 하는 것이 계획이다.

그런데 정작 주유성이 오지 않는다. 점점 짜증이 늘어났다.

밥을 먹던 파무준이 갑자기 호통을 쳤다.

"야, 점소이! 이거 맛이 왜 이래?"

파무준이 음식을 가지고 트집을 잡았다. 점소이가 즉시 달려와서 사과했다.

"죄, 죄송합니다. 다시 만들어 드리겠습니다."

이미 파무준에게 얻어맞아 다친 점소이가 하나둘이 아니다. 점소이는 이유도 묻지 못했다.

"무슨 놈의 생선이 이렇게 밋밋해? 똑바로 못하겠어?"

파무준은 남해검문에서 왔다. 바다가 멀지 않은 곳에서 살아 신선한 해산물로 만든 요리를 좋아한다.

하지만 하남 한복판에서 만드는 해산물 요리에 신선한 재료를 쓸 수는 없다.

그나마 생선은 신선하다. 그러나 그건 인근 강에서 잡아온 놈이다. 민물고기가 바닷물고기와 같은 맛이 나면 그게 더 정상이 아니다. 파무준이 해물이나 생선 요리만 시키면 주방은 바짝 긴장한다. 그리고 파무준은 그렇게 만들어진 요리에 만족해 본 적이 없다.

"됐다. 입맛 버렸어. 나갔다 올 테니 술이나 좋은 것으로 준비해 놔라."

이미 돈을 내지 않은 지 오래됐다. 제법 고급 객잔에서 예상보다 오래 숙박한 결과로 파무준이 가진 돈이 눈에 띄게 줄어들었다. 그게 없어지면 남해로 돌아갈 때 문제가 된다.

남해검문은 정파의 일종이기는 하다. 하지만 세외 세력이다. 중원무림은 분명히 남의 동네다. 무림맹과도 협조 관계지 정식으로 소속된 것은 아니다.

더구나 파무준이 정신이 제대로 박힌 놈이었으면 마해일이나 제갈화운의 꾐에 빠지지도 않았다. 그런 놈이라 중원의 이름 모를 객잔에서 무전취식하는 것 정도는 별로 거리끼지도 않는다.

파무준이 그냥 나가는데도 점소이는 연신 고개만 숙였다. 그리고 파무준이 객잔을 나서고 나서 멀리 간 것까지 확인한 후 침을 뱉었다.

"에이. 퉤! 더러운 새끼."

객잔 주인이 와서 점소이의 어깨를 두드렸다.

“아삼아, 니가 이해해라. 저놈은 너무 고수라서 우리 힘으로는 어쩔 수 없다.”

“주인 어른, 억울합니다. 돈도 안 내는 놈이 상전이 돼서 불평이란 불평은 다 하고, 툭하면 때리고, 부수고. 뭡니까? 이게.”

“어쩔 수 있냐? 포쾌들도 저자를 잡는 것을 꺼려하는데. 그리고 그 유명한 남해검문 사람이라잖냐. 공연히 잘못했다가는 우리 객잔 망한다.”

“지가 명색이 정파 놈인데 우리를 죽이지는 못할 거 아녜요? 그냥 쫓아내죠?”

객잔 주인이 점소이를 불쌍한 표정으로 보면서 말했다.

“아삼아, 그래서 너는 아직 점소이밖에 못하는 거다.”

“네?”

“사파였다면 벌써 우리 객잔의 사람 한둘은 죽었을지도 모른다. 그나마 저자는 정파의 똥이라도 묻히고 다니니까 지역 유지인 나를 대놓고 죽이지는 못하겠지. 하지만 남들이 보지 않을 때 어떻게 할지는 모르겠다. 나는 등이 불안하다.”

“남자가 무슨 용기가 그렇게 없습니까?”

“그리고 지역 유지조차 되지 못하는 네 녀석은 아마 사람들이 보는 데서 때려죽이고도 남을 거다. 우리 객잔은 덤으로 박살을 내겠지. 정파라고 해서 무림인을 쉽게 보지 마라.”

점소이 아삼이 갑자기 입을 다물었다.

"아삼아, 그냥 쫓아낼까?"
"참아야죠. 객잔이 부서지면 안 되잖습니까? 참겠습니다."

파무준의 인내심이 마침내 한계에 도달해서 오만 가지 깽판을 부리고 있을 때, 주유성이 드디어 노새를 타고 이 마을에 도착했다.
"이야아. 한나절만 더 가면 집이구나."
주유성이 신이 나서 말했다.
"그럼 서두르지 말고 이 마을에서 좀 쉬어줘야지."
주유성은 객잔에 삼백 냥을 모조리 털어준 후, 그 다음에 지나간 몇 마을에서 돈을 몇 푼 벌었다. 이제 남의 일을 거들어주며 푼돈 버는 재주는 상당히 발전했다. 그의 수중에는 잠깐의 노동으로 챙긴 은자가 두 개나 들어 있었다.
"제일 좋은 객잔에서 은자 한 냥짜리 최고로 좋은 방을 얻어다가 잠도 자고 밥도 먹어야지. 다른 한 냥으로 이 동네 돌아다니면서 잘 먹고, 내일은 우리 동네 도착하고. 그럼 이 마을에서는 일 안 하고 놀기만 해도 되는구나. 돈이 아주 딱이군, 딱이야."
주유성은 혼자 여행한 경험이 조금 생겼다. 이 마을의 객잔 규모라면 어느 정도의 비용이 필요한지 계산은 이미 끝났다.
주유성이 기분 좋게 객잔 문을 열고 들어섰다. 한쪽 눈이 멍든 점소이가 달려왔다.

“어서 오십시오.”

주유성이 걸음을 멈추었다.

탁자 하나에 앉아서 씩씩거리던 파무준도 얼굴을 굳혔다. 주유성을 발견한 그는 낭패한 표정이었다.

‘젠장. 이놈과 마주쳤다. 제갈화운 그 자식은 미리 감시해주기로 해놓고 어떻게 된 거야?

제갈화운은 주유성이 늦어지자 이미 손 놓고 구경만 한 지 오래다. 그는 주유성이 결국은 이곳을 거칠 거라고 믿었기 때문에 크게 신경 쓰지 않았다.

파무준이 벌떡 일어서서 자기 방으로 가버렸다. 찬바람이 씽씽 불었다. 그러면서 내심 생각했다.

‘저놈이 머리는 제법 좋다는 소문이 있지. 공연히 지금 아는 체라도 했다가는 일이 틀어질지도 모르니까.’

주유성도 어차피 파무준이라는 인간에게는 관심이 없다. 그러나 파무준이 여기 있었던 사실은 중요했다.

주유성이 자리를 잡고 앉아 점소이에게 질문했다.

“그 눈, 방금 그자에게 맞은 건가요?”

점소이가 급히 허리를 숙이고 소곤거렸다.

“쉿. 조용히 하십시오. 저놈은 무림고수입니다. 그 소리를 듣고 오면 손님도 봉변을 당하십니다.”

주유성도 똑같이 소곤거렸다.

“저놈, 여기 있은 지 오래됐어요?”

“질리도록 오래 있었습니다. 하는 일도 없이 붙어 있으면
서 시비만 걸어대는데 아주 지겨워 죽겠습니다.”

주유성의 눈이 반짝였다.

‘요놈 봐라.’

주유성이 점소이에게 은자 하나를 내놓으며 말했다.

“은자 하나로 하룻밤 묵을 수 있는 방 있습니까?”

점소이의 얼굴이 굳었다.

“손님, 권하고 싶지 않습니다. 그런 비싼 방은 딱 두 개가
있는데 그중 하나를 아까 그놈이 차지하고 있습니다. 물론 돈
도 안 내고요. 다른 방은 저놈 방의 옆방이라 위험합니다.”

주유성이 회심의 미소를 지었다.

“괜찮으니까 그 방을 주세요.”

주유성의 가전무공은 분광검법이다. 하지만 게으른 그는
귀찮아서 검을 가지고 다니지는 않는다. 더구나 곱상한 외모
만 봐서는 무림인 냄새가 전혀 나지 않는다. 그래서 점소이는
걱정스러운 얼굴이었다. 주유성이 안심시켰다.

“조심하면 되니까 걱정 말아요.”

점소이의 안내로 방에 들어서 주유성은 방 안을 둘러보았
다.

그는 이 년 전에 사냥을 할 줄 몰라 고생한 적이 있다. 그
후에 사냥에 관한 책을 한 권 구해 뒤져 본 적은 있다.

‘미끼는 잘 보이는 곳에 둬야 효과가 있는 법이라지?’

주유성은 만족하며 침대에 털썩 드러누웠다.

“이야아. 이런 편한 침대 오랜만이네!”

그는 옆방에 들리라고 큰 소리까지 내며 침대의 감촉을 즐겼다.

파무준은 귀를 쫑긋거렸다.

‘이 새끼가 내 옆방에 자리를 잡았구나. 역시 집이 부자이니 이런 방을 쓰겠지. 제갈화운 그놈의 말이 딱 맞는구나. 부주의한 놈 같으니라고. 감히 내 옆방을 잡아?’

파무준이 속으로 이를 갈았다.

주유성은 자신의 존재감을 한껏 드러낸 후 방을 나섰다. 문을 여닫는 소리를 확실히 내서 파무준이 그 사실을 알도록 하는 친절을 베풀었다.

아직 수중에는 한 냥의 은자가 남아 있다. 그는 곧바로 시장으로 향했다.

“어디. 이 동네에 몇 분 있을 텐데.”

주유성이 주머니의 철전들을 짤랑거리며 시장을 돌아다녔다. 이 집 저 집에서 하나씩 맛을 보는데 귀에 익숙한 소리가 들렸다.

“주 공자 아니신가요?”

주유성은 자신을 알아보는 소리에 누군가 하고 고개를 돌렸다. 제법 큼지막한 음식점 한 군데에서 사람이 나와 주유성을 반갑게 불렀다.

"세상에. 주 공자가 이 동네까지 오다니. 이거 정말 놀랠 노자군요."

주유성도 상대가 누구인지 알아보았다.

"만두집 강씨 아저씨. 오랜만이네요. 장사는 잘돼요?"

그는 외지에서 서현으로 들어왔다가 시련을 거치고 끝내 살아남은 사람이었다. 그리고 실력을 갖추자 서현을 다시 떠난 사람이기도 했다. 그는 좀 더 큰 수익을 위해서 경쟁이 별로 없는 이 동네로 거처를 옮겼다. 그리고 주유성이 지금 찾던 부류의 사람이다.

만두 가게 주인 강만역이 크게 웃었다.

"으하하하! 당연하지요. 이 동네 만두는 내가 꽉 잡고 있어요. 어서 들어와요. 주 공자가 다 움직였는데 내가 가만있을 수 있나. 만두 한번 제대로 대접해 드리지요. 겸사겸사 요새는 내 만두 맛이 얼마짜리인지 확인도 좀 해주고."

"하하. 그럴게요. 오랜만에 강씨 아저씨 만두 맛 좀 봐야겠어요."

그들의 대화를 들은 시장 상인들 몇 명이 다가왔다.

"강 대인, 이야기를 들어보니 혹시 저 사람이……."

"저 공자가 바로 서현의 신이 내린 혀. 주유성 공자입니다.

서현의 시장은 저분이 만든 거나 다름없지요.”

상인들이 그 이야기를 듣고 반색을 했다.

“이야아. 직접 뵙기는 처음이군요.”

“그러고 보니 몇 년 전에 서현에 음식 맛 확인한다고 가서 먼발치에서 한번 뵌 적은 있네요.”

“반갑습니다. 오신 김에 우리 가게 음식 맛도 좀 봐주세요.”

이 동네의 음식점들도 주유성에 대한 인식이 매우 좋다. 서현의 맛있는 요리를 찾아가는 사람들은 이동 중에 이 마을에서 끼니를 때우거나 하룻밤 숙박까지 한다. 주유성은 본의 아니게 이 동네 지역 경제에 꽤나 긍정적인 영향을 끼쳤다.

“저야 고맙지요.”

주유성이 자기 돈주머니를 슬쩍 품속에 챙겨 넣었다.

‘분위기 보니 오늘은 잘 하면 공짜로 때우겠다.’

서현이야 돈을 내고 먹는 것이 몇 년에 걸쳐서 이루어진 일이라 무전취식은 어림도 없다. 하지만 돈 귀한 줄 알게 된 주유성은 잘 하면 이 동네에서는 거저 얻어먹을 수 있겠다는 판단을 했다.

‘한 번쯤이야 뭐 괜찮겠지.’

더구나 덫을 설치한 지금은 시장 사람들에게 최대한 자신의 존재를 알려야 한다.

객잔의 주인은 불심이 무척 깊다. 서현 인근에 위치했다는 지리적인 이점 때문에 객잔의 수입은 좋은 편이다. 돈이 모인 그는 어느 날 큰마음 먹고 손바닥만 한 금불상을 하나 장만했다.

그는 그것을 애지중지했다. 그것이 부처라도 되는 양 불공을 열심히 드렸다. 그리고 도난을 방지하기 위해서 평소에는 품에 넣고 다니거나 아니면 단단히 보관했다.

파무준은 불상이 보관되는 위치가 어디인지 이미 파악하고 있었다. 무공고수인 그가 객잔 주인 몰래 그 기척을 살피는 것은 일도 아니다.

그는 조용히 불상이 보관된 장소로 이동했다.

객잔 주인의 방을 잠그는 문고리는 그의 가벼운 칼질에 두 조각이 났다. 떨어지는 쇳조각은 간단한 금나수법을 펼쳐 잡아챘다.

조용히 문을 열고 들어가자 실내가 보였다. 그는 벽 한곳으로 성큼성큼 다가갔다. 벽에는 간단한 장식이 붙어 있었다. 그는 그것을 잡고 거칠게 뽑았다.

나무 지지대 몇 개가 부러지는 소리가 나면서 장식이 떨어져 나왔다. 그리고 그 뒤에는 작은 금불상이 누런 빛을 반짝였다. 파무준이 이빨을 드러내고 웃었다.

"다행히 오늘은 여기에 뒀구나. 수고를 덜었어."

만약 이곳에서 찾아내지 못했다면 객잔 주인의 몸에서 소매치기로 훔쳐 내야 했다. 못할 것은 없지만 그래도 이게 훨씬 쉬운 일이다.

불상을 챙긴 그는 조용히 방을 나서며 중얼거렸다.

"두고 보자. 너도 두고 보고 검옥월 그년도 두고 보자."

주유성이 객잔으로 돌아온 것은 방을 나서고부터 두 시진이나 지난 다음이었다. 이미 해는 저물어가고 객잔은 저녁 준비로 바쁠 시간이다.

하지만 주유성이 도착했을 때의 객잔은 밥 준비는 생각도 못하고 있었다. 오히려 싸늘한 분위기가 감돌았다. 심지어 포쾌까지 와 있었다.

'옳지. 예상대로 이놈이 뭔가 수작을 부렸구나. 방을 비워뒀으니 거기 뭔가 손을 썼겠지?

이 정도 일은 얼마든지 예상이 가능하다. 주유성인 당당히 들어서며 말했다.

"무슨 일인데 분위기가 이렇습니까?"

점소이가 재빨리 다가왔다.

"공자, 큰일났습니다. 우리 주인 어른이 글쎄 금불상을 도둑맞았습니다."

금불상이라는 말에 주유성은 사태를 짐작했다.

'비싼 걸 훔쳤군. 그걸 내 방에 두려고?

"저런! 그래서 어떻게 됐습니까?"

“객잔을 전부 뒤졌지만 나오지 않았습니다.”

주유성은 자기의 생각과는 조금 다른 대답에 멈칫했다.

“전부 뒤져요? 혹시 객실까지 다?”

점소이가 미안한 표정으로 말했다.

“죄송합니다. 워낙 비싼 물건이라 공자의 방도 함부로 뒤졌습니다.”

주유성은 고개를 갸웃거렸다.

‘내 방을 뒤졌는데 나온 것이 없어? 거기다 숨기라고 방까지 비워줬는데? 이놈 무슨 생각이지?’

그런 주유성을 보며 파무준이 회심의 미소를 지었다.

‘역시 제갈화운 그 작자의 말이 맞군. 객실에 숨기는 정도로는 빠져나갈 거라더니. 지금 보니 왜 거기 없냐는 듯한 기색이잖아.’

그가 주유성에게 다가가며 말했다.

“꼭 너를 의심해서는 아니었다. 보다시피 내 방을 뒤지는 것도 허락했으니까.”

주유성이 눈을 가늘게 뜨고 말했다.

“무슨 꿍꿍이냐?”

“꿍꿍이는 무슨. 그런데 이건 뭐지?”

파무준이 주유성의 몸에 손을 슬쩍 대며 말했다. 주유성이 살짝 움직여 그 손을 피했다.

파무준은 헛손질을 했지만 크게 개의치 않았다.

'움직임이 제법이다. 그런데 일반인은 못 알아볼 동작이지. 그 효율적인 움직임이 네 발목을 잡을 것이다.'

파무준이 손을 높이 들며 소리쳤다.

"이자의 몸에서 불상이 나왔다!"

어느새 그의 손에는 손바닥만 한 황금 불상이 들려 있었다. 그는 머리 좋다는 주유성이 도망갈 구멍을 없애기 위해서 그의 몸에서 직접 불상을 찾는 시늉을 했다. 수많은 증인들 앞에서 직접 증거물을 찾아내는 것이 제갈화운이 세운 계략이다.

객잔의 분위기가 소란스러워졌다. 객잔 주인이 다급히 달려와서 황금 불상을 받아 들었다. 그리고 외쳤다.

"내 황금 불상이 틀림없다. 이 도둑놈!"

포쾌가 주유성을 잡기 위해서 다가왔다.

그런 것은 파무준이 원하는 일이 아니다. 파무준이 포쾌에게 한마디 던졌다.

"그자는 무림고수이지. 당신 실력으로 될지 모르겠군."

무림고수라는 말에 포쾌의 걸음이 멎었다. 그리고 슬금슬금 뒤로 물러섰다.

다른 사람들도 마찬가지였다.

'도둑질을 하는 무림고수라면 틀림없이 사파겠지. 잘못하면 죽는다.'

파무준이 포쾌를 불러 말했다.

"나는 남해검문의 파무준이다. 내가 대신 잡아줄까?"

명분을 만들기 위한 제의다.

그 포쾌의 무공은 그래도 삼류무사 수준은 된다. 무공에 발끝이라도 담갔다면 파무준은 몰라도 남해검문까지 모를 수는 없다. 포쾌가 반색을 했다.

"남해검문! 대협은 남해검문의 고수이시군요. 어서 저 간악한 사파의 도둑놈을 잡아주십시오."

파무준이 검을 스륵 뽑으며 주유성을 향해 돌아섰다.

"네 이놈! 냉큼 무릎을 꿇고 포박을 받아라. 아니면 내 칼이 매정하다고 하게 될 거다."

파무준은 주유성이 순순히 항복하기를 바라지 않는다. 그의 예상대로 주유성은 코웃음을 쳤다.

"흥. 내가 왜?"

파무준은 쾌재를 불렀다.

'역시 집이 가깝다고 배짱을 부리는군.'

파무준이 검을 든 채로 주유성에게 다가갔다. 그리고 조그마한 목소리로 속삭였다.

"내가 너의 오른팔을 잘라 다시는 검을 들지 못하도록 해주마. 이 모든 것은 천 소저에게 무례하고 검옥월을 선택했던 네 잘못된 판단을 탓해라."

주유성은 이제 파무준이 왜 이러는지 확실히 알았다.

“미친 새끼.”

욕을 먹은 파무준의 눈이 꿈틀거렸다.

“그 한마디로 너는 용서받을 기회를 놓쳤다. 일단 그 기생 오라비 같은 얼굴부터 벌하마.”

파무준이 일검을 매섭게 떨쳤다. 칼끝이 직선을 그리며 주유성의 뺨을 향해 날아갔다.

주유성이 고개를 까닥였다. 검은 허공을 찍고 돌아갔다.

기습에 실패한 파무준의 눈이 살기를 띠었다. 그의 검이 즉시 화려하게 펼쳐졌다.

남해검문의 자랑인 남해삼십육검이 주유성을 향해 펼쳐졌다. 서른여섯 개의 치명적인 초식 중 첫 번째 것이 주유성을 향해 꿈틀거리며 날아갔다.

주유성이 첫 초식을 피하며 손으로 곁에 있던 의자를 잡았다. 그 즉시 파무준에게 집어 던졌다.

파무준이 이를 드러내며 웃었다.

“겨우 그 정도로?”

남해삼십육검의 두 번째 초식이 의자를 쳤다. 의자는 검에 맺힌 검기에 의해서 박살이 나며 흩어졌다.

파무준은 뭔가 잘못된 것을 깨달았다. 의자를 베어 없앨 생각이었는데 박살이 났다. 검의 위력이 특별히 강해질 리는 없으니 의자가 약했다고 보는 것이 옳았다.

‘왜?’

이미 산산이 부서진 파편이 시야를 가리고 있었다. 뭔가 깨달은 파무준이 즉시 뒤로 한 걸음 물러섰다.

그의 귓가에 주유성의 목소리가 들렸다.

"죽을래?"

곧바로 주유성의 발이 파무준의 등짝을 걷어찼다.

"크악!"

무방비 상태로 얻어맞은 파무준이 비명을 지르며 앞으로 엎어졌다. 그러나 그는 쓰러짐과 동시에 발딱 일어섰다.

'크윽. 그 짧은 시간에 내공을 이용해서 의자의 속을 부쉈음이 틀림없다. 그러니 검기에 맞은 것만으로 저렇게 박살이 나지. 겨우 저 나이에 내공의 수발이 그 정도로 자유롭단 말인가?'

파무준은 잘 믿어지지 않았다. 하지만 다른 이유는 생각나지 않았다.

이제 파무준은 기가 좀 죽었다. 그가 주유성을 겨누는 검에는 더 이상 방심 따위는 없었다.

"역시 제법이구나. 하지만 넌 네가 이길 유일한 기회를 낭비했다."

파무준의 큰소리에 주유성이 피식 웃으며 말했다.

"이놈이나 저놈이나 입만 살아가지고."

'감히 내 앞에서 입만 산 걸 자랑하다니.'

파무준이 내공을 끌어올렸다. 그의 검이 바르르 떨렸다.

검기가 줄줄 흘렀다.

"이제 팔 하나로는 끝내지 않아. 다 네가 너무 강해서 그런 거니 영광으로 생각해라!"

파무준이 앞으로 한 걸음 내디뎠다. 발이 객잔 바닥을 슬쩍 파고들었다. 그의 검을 따라 매서운 기세가 일어났다.

주유성이 바로 옆의 젓가락통에서 나무젓가락 한 움큼을 쥐었다. 그리고 그것을 파무준에게 가볍게 뿌렸다.

제갈화운은 이미 주유성의 가계에 대한 조사를 해서 파무준에게 넘겨주었다. 파무준은 주유성이 당문주의 외손자임을 안다. 더구나 조금 전의 패배로 인해서 주유성의 실력에 잔뜩 경계를 하고 있던 참이다.

'암기다. 수가 많으니 만천화우나 뭐 그런 것임에 틀림없다.'

바짝 긴장한 그는 공격을 위해서 들었던 검을 흩뿌렸다. 화려한 검영이 만들어졌다. 그의 검에 걸려든 젓가락들이 박살이 났다.

"네 암기술도 별것 아니구나. 으하하하!"

파무준이 자신감을 회복하며 소리쳤다. 그러나 그의 얼굴은 금방 낭패로 변했다.

주유성은 그의 앞에 없었다. 암기라고 생각한 젓가락들에 정신을 집중했던 그는 잠시 주유성을 놓쳤다.

'그런 큰 초식을 펼치면서 동시에 이동이 가능했다고?'

주유성은 파무준이 젓가락을 처리하느라 만든 빈틈을 잡았다.

파무준의 귓가에 주유성의 목소리가 다시 들렸다.

"넌 좀 맞아야겠다."

파무준의 눈이 크게 떠졌다. 그는 반사적으로 검을 뒤집어 뒤를 찔렀다. 적당히 하기로 계획한 것 같은 건 더 이상 머릿속에 없었다.

검이 뒤로 날아가다가 어딘가에 걸린 것처럼 꼼짝도 하지 않았다. 파무준의 얼굴이 파래졌다. 즉시 몸을 뒤집으려고 했다. 그러나 그의 뒤통수를 때리는 주유성의 주먹이 더 빨랐다.

"으악!"

파무준이 앞으로 고꾸라지며 비명을 질렀다. 그런 그의 엉덩이를 주유성이 걷어찼다.

"컥!"

엉덩이를 차는 힘이 너무 강해 파무준은 더 이상 검을 쥐고 있을 수 없었다. 그는 검을 놓치며 앞으로 엎어졌다.

주유성이 손에 쥐고 있던 파무준의 칼을 던져 버렸다. 그리고 발을 들어 파무준을 밟기 시작했다.

"실력도 없는 놈이 어디서 칼 쥐는 법만 겨우 배워가지고 함부로 휘둘러? 니네 집에서 그렇게 가르치든?"

"컥! 이놈이. 케엑! 도둑놈아. 으악!"

파무준은 막아보려고 팔다리를 열심히 움직였다. 그러나 주유성은 막으려는 동작을 재빨리 차단하며 열심히 밟았다. 파무준의 얼굴은 순식간에 피멍으로 뒤덮였고 그의 몸에서 먼지가 나기 시작했다.

그 모습에 객잔 안에 있던 사람들은 떨기 시작했다. 믿었던 무림고수가 오히려 당하는 모습에 그들은 절망했다.

파무준은 연신 짓밟히면서도 그 기색을 눈치 챘다. 그래서 힘을 짜내 고함을 질렀다.

"이 도둑놈이 주유성이다! 으악!"

사람들의 떨림이 멈췄다.

포쾌가 침을 꿀꺽 삼킨 후 파무준을 밟느라 신이 난 주유성에게 조심스럽게 물었다.

"혹시 이 아랫동네 주가장의 주유성 공자이십니까?"

주유성이 손을 흔들었다.

"맞아요. 잠깐만요. 이놈 조금만 더 밟고요."

포쾌가 크게 반가운 얼굴로 말했다.

"알겠습니다. 더 밟으십시오. 당연히 제가 기다려야지요."

파무준은 무림고수다. 그 덕분에 그는 밟히면서도 객잔 안의 분위기가 예상과는 다르게 흘러가는 것을 깨달았다.

'뭐, 뭐냐. 이게. 으악. 그만 좀 밟아라. 이러다 나 죽겠다. 이 새끼야.'

"잠깐. 잠깐만!"

열심히 발길질을 하던 주유성의 동작이 멈췄다. 파무준은 잠시 여유가 생기자 즉시 물러서더니 발딱 일어섰다.

그의 얼굴은 이미 팅팅 부어 있었다. 얼굴 전체에 피멍이 들지 않은 곳이 없었다. 얼마나 맞았는지 옷이 서서히 찢어지고 있었다. 찢어진 틈사이로 피멍이 곳곳에 보였다.

더구나 그는 내기가 심각하게 뒤틀리고 있음을 느꼈다.

'이 새끼. 걷어차는 발길질에 내가중수법을 썼다.'

그 모습을 본 사람들은 동정심이 조금 들었다.

파무준이 잠시 숨을 고르더니 말했다.

"일단 좀 묻자. 네가 던진 젓가락들. 암기술 아니지?"

"말이라고 하냐? 그냥 대충 뿌린 거지. 참 정성스럽게도 하나하나 다 쳐내더라."

예상이 맞자 파무준이 이를 갈았다.

"으드득! 이 도둑놈. 그리고 금불상도 네놈이 훔쳤지?"

주유성이 피식 웃었다.

"여러분, 이놈이 금불상을 제가 훔쳤을 거라네요?"

사람들이 웃었다.

"하하하. 설마 주가장의 주 공자가 그랬을 리가 있나."

"그럼그럼. 주 공자는 황금을 검 대신 휘두른다는 금검 주진한 대협의 아들 아닌가?"

"평소에도 돈이 많아 주체를 못하고 살았을 텐데 겨우 금불상 하나를 훔칠 리가 없지."

이 마을은 서현 덕에 꽤 풍족하게 살고 있다. 그들은 주유성 본인의 얼굴은 몰라도 그에게 상당한 호감을 가지고 있다.

파무준은 예상외의 사태에 얼굴이 일그러졌다.

"그럼 저놈의 몸에서 금불상이 나온 것은 어떻게 설명할 텐가? 포쾌가 하는 일이 뭐야? 포쾌는 도둑놈을 잡아야 할 것 아냐?"

그 호통에 포쾌는 할 말이 없다. 주유성이 도둑이 아니란 확신은 있는데 그 몸에서 금불상이 나온 것은 설명할 수 없다.

주유성이 방긋 웃었다. 이런 상황을 위해서 두 시진이나 사람들과 어울려 다녔다.

"파무준. 그거 알아? 여기 시장에 나 아는 사람 많거든?"

파무준의 얼굴이 굳었다.

"거짓말 마라. 네놈은 서현의 죽돌이였다. 이 동네에 아는 사람이 있을 리가 없다."

"나야 안 움직였지. 서현의 아는 사람들이 이 마을에 진출했다고. 이 마을 사람들이 서현으로 놀러 오기도 했고. 난 그 사람들과 두 시진이나 놀다가 왔어."

"거, 거짓말."

"금불상은 아마 지난 두 시진 이내에 없어졌겠지. 그런데 내 두 시진은 증명해 줄 사람이 수십 명은 되지. 파무준 네 두 시진은 누가 증명하지?"

파무준이 약간 떨리는 목소리로 말했다.

"적어도 한 시진은 이 객잔을 수색하느라 다른 사람들과 함께 있었다!"

"아니. 그 앞의 한 시진. 네 실력이면 일각만 있어도 도둑질하고 남잖아."

파무준은 더 이상 주유성을 얽어매는 것이 불가능함을 깨닫고 이를 갈았다.

"으드득! 네놈이 빠져나갈 구멍을 만들어뒀구나. 알았다. 네 혐의는 없는 것으로 하마. 하지만 다음에는 이렇게 쉽지만은 않을 것이다."

주유성이 피식거렸다.

"너한테 다음이 있어?"

"무슨 말이냐? 내 입을 막겠다는 소리냐?"

"막기는 뭘 막아? 불상이 나타났는데 내가 훔친 것은 아냐. 그럼 누가 훔쳤겠어? 불상은 지금 누구 손에 들려 있지?"

사람들의 얼굴이 험악해졌다. 몇 명의 사람이 파무준이 무슨 수작을 부렸는지 깨달았다. 그들은 그 이야기를 주변 사람들과 공유했다.

"세상에. 남해검문 출신이라면서 도둑질을."

"도둑질만이 아니지. 신이 내린 혀에게 누명도 씌웠잖아."

그들의 대화에 파무준은 당황했다. 도둑놈이 되어야 하는 것은 주유성이다. 하지만 오히려 자신이 당하고 있다. 더구나 그의 사문까지 욕을 먹이고 있다.

파무준이 조용히 하라는 뜻으로 인상을 썼다. 하지만 사람들은 이미 그가 주유성에게 밟히는 모습을 봤다. 더 이상 겁먹지 않은 그들은 파무준에 대한 비난을 멈추지 않았다.

그리고 이제는 목격자들까지 나타났다.

"그러고 보니 저 사람이 후원 쪽에서 나오는 것을 봤지. 그게 아마 대충 한 시진 반 전쯤이지?"

"나도 그때쯤에 누군가 후원으로 들어가는 것을 봤지. 얼굴을 못 봐서 몰랐지만 지금 생각하니 옷이 바로 저 옷이네."

"생각해 보면 주유성 공자가 나타나기 전까지는 우리를 부려먹으면서 오만 가지 성질만 부리던 자야. 그런데 이번 일이 일어나고 나니까 먼저 나서서 객잔을 뒤지는 데 도움을 줬다고."

"그것참 수상하군. 마치 노렸던 것 같지?"

파무준이 더 이상 참지 못하고 버럭 소리를 질렀다.

"이놈들이 감히 나 파무준을 의심해? 나는 남해검문의 파무준이다. 내가 네놈들 입에 오르내릴 정도로 한심해 보이나?"

주유성이 번개같이 달려들어 파무준을 걷어찼다. 파무준은 그 모습을 봤지만 이미 내기가 흔들린 상황에서 주유성의 각법을 막아낼 재주가 없었다.

"케엑!"

파무준이 비명을 지르며 나뒹굴었다. 주유성이 그런 파무준을 다시 짓밟았다.

"이 도둑놈 새끼. 누명이나 씌우려고 하더니 협박까지 해? 너 오늘 아주 내 손에 죽어봐라."

분노한 주유성의 발길질이 점점 빨라졌다.

파무준은 연타에 당하느라 비명도 제대로 못 질렀다.

"케, 케, 케, 케, 켁!"

한참 동안 발길질을 한 주유성이 한 걸음 물러섰다.

"휴우. 이제 속이 좀 풀리네."

주유성이 포쾌를 돌아보고 말했다.

"이 도둑놈. 잡아갈 거죠?"

포쾌가 난처한 얼굴로 말했다.

"저… 주 공자님. 그자는 남해검문의 고수입니다."

"그래도 도둑놈이잖아요."

"그게… 명확한 물증이 없어놔서."

힘없는 자가 같은 경우에 빠졌다면 당장 체포해 갈 만한 일이다. 하지만 남해검문은 유명한 무림 세외문파고 일개 포쾌는 약하다. 정말 확실한 물증이 없으면 체포하기 부담스럽다.

주유성이 혀를 찼다.

"쳇. 할 수 없지요."

이미 산적들을 작은 관아에 잘못 넘겼다가 몇 명의 병사가 죽는 것을 경험했다. 또 그러기는 싫다.

주유성이 파무준을 발로 툭툭 찼다.

"야. 너 운 좋다. 포쾌 아저씨한테 고맙다고나 해라."

파무준은 그런 것을 할 수 있는 상태가 아니다. 이미 정신
이 반쯤 나갔다.

겨우 정신을 차린 파무준은 마을에서 쫓겨났다. 돌아오면
죽여 버린다는 주유성의 경고를 우습게보지 못한 그는 다른
마을로 터벅터벅 걸어갔다.

그런 그의 앞에 마해일과 제갈화운이 나타났다.

제갈화운이 파무준에게 다가오며 말했다.

"파 형, 괜찮소? 이것 참 뭐라 위로의 말을 해야 할 텐데."

파무준이 제갈화운을 보더니 낮은 목소리로 말했다.

"일이 진행되면 두 사람이 와서 뒤처리를 해주기로 한 것
으로 기억하는데? 내가 맞는 동안 두 사람은 어디 있었소?"

제갈화운이 미안한 듯한 표정을 만들더니 말했다.

"미안하오. 하지만 일이 이미 글러 버린 상태에서는 나설
수가 없었소. 설마 이 마을에 그자가 아는 사람들이 있을 줄
이야. 그리고 그들과 시간을 보낼 줄이야."

마해일도 한마디 거들었다.

"그 새끼가 우리가 개입된 것을 몰라야 다시 복수의 기회
를 잡을 거 아뇨. 우린 이 기회를 이 년이나 기다렸어. 만약
들킨다면 다시 이 년은 기다려야 하지."

'그러게 누가 그렇게 일방적으로 박살이 나라고 했냐?

파무준이 제갈화운과 마해일을 가만히 보다가 검을 뽑았다.

"파 형, 검은 갑자기 왜?"

파무준이 이를 갈며 말했다.

"그러니까 나를 사냥개로 이용했다 그거지? 도움이 안 되니까 팽해 버리고? 이 새끼들. 다 죽었어!"

화풀이할 대상을 찾은 파무준이 길길이 날뛰기 시작했다.

주유성은 나귀를 타고 마을을 떠났다. 그를 배웅하는 사람들이 수군거렸다.

"노새 성자 때문에 요새 노새가 모자라다더니 주 공자님은 어떻게 한 마리 구했네."

"주 공자님은 상인 집안 아니신가. 재주껏 한 마리 챙기셨나 보지. 그런데 노새랑 너무 잘 어울려."

第九章

주유성은 마침내 게으른 여정을 마치고 주가장에 도착했다. 주가장의 문을 지키던 무사는 주유성이 오는 것을 보고는 크게 소리쳤다.

"소장주가 오셨다아!"

뜻밖의 반응에 주유성은 어리둥절했다. 곧바로 집 안에서 사람들이 뛰쳐나왔다.

가장 먼저 달려나온 것은 당소소다. 그녀는 대문을 열 시간도 아까워 경공을 발휘해서 담을 타고 넘었다. 몸에 붙는 치마가 펄럭일 정도로 날아온 그녀가 주유성의 얼굴을 잡았다.

"우리 잘난 아들 드디어 왔구나."

주유성은 뭔가 이야기가 이상하게 돌아간다고 생각했다.

"어머니, 소자 돌아왔지만 그게 뭐 그리 대단한 일이라고."

뒤늦게 대문으로 나온 주진한이 말했다.

"이 녀석아, 네가 무림맹에서 출발했다고 소식을 들은 지가 언제인데 이제 도착하냐? 아무리 게으르다고는 하지만 해도 해도 너무하잖아. 소소가 너 기다리느라고 살이 다 빠졌다."

이미 당소소는 주유성의 양 볼을 거세게 꼬집고 있다.

"이 불효자식아. 무림맹에서 네가 진법대회 우승했다고 전서구 날아온 지가 언제인지 알아?"

"으아아! 어, 어머니! 볼이 떨어져요!"

"거지 아저씨가 너 떠났다고 해서 이제나저제나했는데 이제 와? 내가 속 타 죽는 꼴 보려고 그랬지?"

"아악, 어머니, 이것 좀 놓고요!"

"시끄러워. 오늘 우리 오랜만에 독에 대해 교육 좀 하자."

"으악, 어머니, 그것만은 제발!"

"널 미워해서가 아니야. 단련이야!"

주유성은 당소소에게 두 볼을 잡힌 채로 질질 끌려갔다. 당소소가 주유성을 끌고 가면서 질문했다.

"그런데 너 어째 빈손 같다? 상금도 꽤 받았을 텐데 날 위해서 사 온 건 어디 있니?"

"어머니! 돈이 꼭 쓸 곳이 있어서 남은 것이 없습니다."

"뭐야? 은자 백 냥을 타고도 나한테 쓸 돈이 하나도 없어? 더 열심히 단련하자. 오늘은 두 배로 단련시켜 주겠다!"

주진한이 감히 뭐라 말 붙이지도 못하고 구경만 하다가 노새를 보고 말했다.

"노새네? 노새 성자 흉내냐?"

진무경이 옆에서 실실 웃었다.

"요새 노새 타고 다니는 것이 대유행이라더군요. 녀석이 이런 것에는 관심이 없는데 조금 변했나 보네요."

"저 녀석은 어떤 형태로든 변하는 게 이익이지. 설마 더 게을러질 리는 없으니까. 잘됐다. 그나저나 이 녀석. 감히 비무대회가 아니라 진법대회를 나가? 두고 보자."

주유성의 볼은 팅팅 부어 있다. 당소소가 아낌없이 퍼부은 독을 해독하느라 고생해서 온몸은 땀에 젖어 있다.

그리고 그 앞에 주진한이 엄한 얼굴로 말했다.

"약속을 지키지 않았더구나? 결국 네가 사황성을 겪어봐야겠구나."

주유성이 억울하다는 듯이 대답했다.

"약속은 지켰습니다."

처음부터 수작을 부렸으니 별로 억울할 건 없다.

"너는 나와 분명히 무림비무대회에서 팔강 안에 들 것을 약속했다. 하지만 단 한 번 이기고 그만뒀다며? 이것이 어떻게 약속을 지킨 것이냐?"

주유성은 당당했다.

"아니지요. 아버님과의 약속은 그것이 아니었지요."

"틀림없다. 내 기억력을 의심하지 마라. 나도 신동 소리 듣고 큰 놈이다."

"무림대회라고 약속하셨습니다. 무림비무대회가 아니라."

주진한이 멈칫했다. 생각해 보니 틀림없이 그렇게 말했다.

"무림대회라 하면 당연히 무림비무대회를 말함이지."

"무림 진법대회 역시 무림대회의 하나입니다. 비무대회와 동급이지요. 약속대로 팔강에 들었습니다. 아예 우승을 해버렸습니다."

주진한은 당장 대답할 말을 찾지 못했다. 말꼬리 잡은 것은 틀림없다. 하지만 계약이라고 하는 것은 단어 하나를 조심해야 한다. 분명히 틀린 것은 없다.

'쳇. 무림맹에 가서 이름 좀 날리고 오게 하는 것이 목표였는데. 겨우 진법가로 알려지다니. 그래도 그게 어디냐. 안 하는 것보다는 낫지.'

"알았다. 내가 당했구나. 하지만 계약은 계약. 어쩔 수 없지."

주진한은 순순히 포기했다. 어차피 주유성이 나갔다 오는 것만으로 목적의 반 이상을 달성했다.

주유성은 오랜만에 양지바른 곳에 자리를 잡고 드러누웠다.

"에휴. 뭐니 뭐니 해도 집이 최고다. 이번엔 고생했으니 한 일 년 푹 쉬자."

주유성은 평소처럼 쭉 놀 생각이다.

하지만 더 이상 세상은 그리 만만하게 돌아가지 않는다. 주유성은 평소처럼 게으름을 피우기에 너무 많은 일을 저질렀다. 무림이 돌아가는 분위기 역시 심각해졌다.

＊　　　＊　　　＊

마교 교주 천마 사꿩도는 기분이 심하게 상해 있다. 그가 으르렁거렸다.

"마뇌, 내가 잘못 들은 건가? 세 녀석이 다 당했다고? 그것도 끝까지 가보지도 못하고?"

마뇌는 머리를 더 깊숙이 조아렸다. 사람들은 그가 천마를 조종한다고 말한다. 어떤 면에서는 틀린 말도 아니다. 하지만 마뇌는 자신이 언제든지 천마의 일장에 죽을 수 있다는 사실을 잘 안다. 그래서 천마를 대하는 모습은 언제나 정중하다.

"죄송합니다. 의외의 변수가 일어났습니다."

"변수? 겨우 변수 정도에 모조리 쓰러질 정도면 내가 나머지 놈들을 어떻게 믿지? 마뇌, 자네가 이십 년이 넘도록 추진해 온 계획 아닌가? 내가 평소에는 잊고 지낸다고 해서 대충 키운 거 아냐?"

천마는 상당히 기분이 나쁘다. 정규 전력 이외에 그만큼 막대한 힘이 있으면 일이 쉬워진다. 하지만 지금 그 전력이 의외로 쭉정이일지도 모른다는 생각이 들었다. 있다고 생각하는 게 없어지니 마치 손해 본 듯한 느낌이다.

마뇌는 어떻게든 천마의 마음을 돌려야 한다.

"아닙니다. 그 아이들은 충분히 강했습니다. 다만 더 강한 변수가 나타났을 뿐입니다."

"충분히 강한데 어떻게 더 강한 것이 나타나? 검성이라도 직접 나섰다던가?"

"그건 아닙니다. 다만 이백팔십칠호가 가짜 신분을 획득하는 과정에서 문제가 일어났습니다. 일부러 이름없는 곳을 골랐는데 설마 그를 아는 자가 무림비무대회에 참가했을 줄은 몰랐습니다."

"그래서 그놈이 신고했나? 이번 일이 겨우 신고 따위에 쉽게 무너질 계획이었어? 마뇌, 이제 늙은 것 아냐?"

마뇌가 급히 머리로 바닥을 찍었다.

"아닙니다. 하필 그놈이 이백팔십칠호를 꺾어버리는 사태가 벌어진 것이 문제입니다."

"겨우 그딴 놈에게 꺾일 칼을 어따 쓴다는 거야!"

"이백팔십칠호는 그 앞에 청성의 고수들을 몇 상대하는 동안 어떤 부상을 입었을 것으로 추측됩니다. 청성이 아마 단단히 준비하고 내놓은 듯합니다."

"청성? 우리가 청성에 쏟아 부은 돈이 얼만데 아직도 거기에 그런 놈들이 남아 있어?"

"우리는 청성을 타락에 빠뜨리려 할 뿐 직접 참여하는 것은 아닙니다. 그러니 인재가 나타나는 것을 막을 수 없습니다. 더구나 청성에는 아직 위협이 될 만한 놈들이 꽤 남아 있습니다."

"변명은. 그래서?"

"그놈이. 이름은 주유성이라고 파악되었습니다. 그놈이 약해진 이백팔십칠호를 핍박했습니다. 결국 이백팔십칠호가 마공을 드러내고 말았습니다."

천마가 자기가 앉은 의자의 손잡이를 후려쳤다. 돌로 된 손잡이가 산산조각이 나면서 비산했다.

"그것 봐라! 그 정도 공격에 마공을 드러낸다는 것이 말이 되냐고!"

마뇌가 다시 바닥을 머리로 찍었다. 사죄의 표시임과 동시에 천마를 진정시키는 효과가 있는 행동이었다.

"그놈은 당문의 문주인 독왕의 외손자입니다. 사천나찰 당소소라고 하는 무재가 뛰어난 여자와 금검이라는 고수 상인의 아들입니다."

"독왕? 그리고 사천나찰?"

마교 교주씩이나 되면 금검의 이름 따위를 일일이 기억하지는 않는다. 하지만 무림제패를 도모하면서 독왕을 모를 수는 없다.

더구나 사천나찰 당소소는 한때 그 아름다운 외모와는 어울리지 않는 파격적인 말과 행동으로 인해 꽤나 유명했다.

"그러니 보통 놈이 아니다?"

"그렇습니다. 당소소는 외부로 시집간 여자이면서도 강력한 무공을 자랑했습니다. 보통 재능이 아님은 물론이고 무공 수련도 엄청나게 했다는 뜻입니다. 더구나 금검이라는 자는 황금을 검 대신 휘두른다는 소리를 듣는 하남십대상인입니다. 아마 영약을 밥 대신 먹고, 쉴 틈도 없이 무공을 수련했을 겁니다."

천마가 이제 조금 납득했다.

"그래, 그 정도라면 쓸 만한 인재가 됐겠군. 그럼 그놈은 그렇다 치고 나머지 둘은 어떻게 된 거야?"

"예. 나머지 둘은 워낙 조용히 제거되어 내막을 파악할 수가 없습니다. 아마도 무림맹 수뇌부에서 직접 나선 것 같습니다. 우리 마교가 관계된 일입니다. 만에 하나 검성이 직접 움직였다면 아무리 그놈들이라고 해도 일초지적도 되지 못합니다."

천마도 동의할 만한 일이다.

"그래. 검성의 일초를 받지 못했다고 해서 약하다고는 할 수 없지. 그걸 받아내는 자가 지나치게 강한 거니까."

마뇌는 이제 탈출구를 찾았다.

"하지만 그 녀석들은 뒷번호였습니다. 죽어도 상관없는 놈들이었지요. 앞쪽 번호 녀석들은 충분히 한 수 정도는 막을 수 있습니다. 특히 발군의 실력을 보이는 제일 앞의 몇 놈 정도면 합공으로 검성을 상대할 수 있을 겁니다."

천마가 기분이 풀려 웃었다.

"하하하. 마뇌, 설마 그 정도야 되겠어? 검성은 이 나도 금방 제압하지는 못한다고."

혹시나 천마가 의심하는 것이 아닐까 걱정된 마뇌가 덧붙였다.

"물론 백 놈이 동시에 나서도 교주님의 상대는 절대로 되지 못합니다. 이십 년 동안 교주님을 거역하지 못하도록 꾸준히 금제를 걸어놓았습니다."

"좋아. 좋았어. 하여간 이번 일이 실패한 것은 정말 아쉽군. 우승을 한 후에 내 부하라고 정체를 밝히며 도망쳐 오는 것이 계획이었는데."

"삼등까지 모두 그 녀석들이 차지하게 할 계획이었습니다. 정파의 사기를 크게 꺾을 수 있는 기회였는데 저도 안타깝게 생각합니다. 주유성 그놈만 아니었어도 성공할 수 있었습니다. 하지만 자극을 했으니 이제 무림맹은 물론이고 사황성까지 움직임이 있을 겁니다."

"그래. 일이 너무 쉬우면 재미가 없잖아. 어쨌든 그놈들이 이제 뭔가 반응을 보이겠군. 그럼 우리도 슬슬 움직여 볼까? 특히 주유성이라는 그놈. 그놈은 나중에라도 꼭 처벌하자고. 감히 우리 일에 방해가 됐으니까."

마뇌가 모든 정보를 혼자 처리하는 것은 아니다. 그의 밑에 소속된 많은 참모들이 이번 일에 대한 정보를 수집, 분석 처리하느라 여념이 없었다.

천마에게 보고를 마치고 나온 마뇌는 새롭게 나온 결론이 있는지 부하들에게 물었다.

"어떤가? 뭔가 새로운 정보가 잡힌 것이 있는가? 이번 일이 왜 실패했는지 확실히 알아내야 다음 계획에 완벽을 기할 수 있다네."

참모들 중 하나가 잠시 머뭇거리더니 결심한 듯 다가오며 서류를 내밀었다.

"마뇌님, 이번 사건과 직접적인 관련은 없지만 이것을 한 번 봐주시겠습니까?"

마뇌가 서류를 받아 간단히 훑어보았다.

"응? 훈련 중에 실종된 자들의 명단이군. 실종자는 사망처리됐잖아."

“다음 장을 보시면 실종됐다가 살아서 복귀한 경력이 있는 자들의 명단이 있습니다.”

“어디 보자. 그렇군. 복귀한 녀석들 중에 아직까지 살아남은 놈이 십여 명이나 된단 말이지? 그런데 이게 왜?”

“그중에 이백팔십칠호가 있었습니다.”

마뇌의 눈이 조금 가늘어졌다.

“흐음. 열세 살 때 한 달?”

“그렇습니다. 생존 훈련에서 실종됐었는데 한 달 뒤에 살아서 복귀했습니다. 혹시 이번 일과 어떤 관련이 있지는 않을까 하는 우려에서 말씀드립니다.”

마뇌가 잠시 생각을 정리했다. 그리곤 가볍게 웃으며 말했다.

“금제가 확실한지는 항상 확인했을 것 아닌가? 이백팔십칠호가 죽을 때는 목격자가 많았잖은가. 그 정황을 분석해 보면 이백팔십칠호에 대한 금제는 정확하게 작동했어. 그리고 금제가 확실히 작동했다면 실종됐던 것이 무슨 문제가 될 수는 없지. 그러니 이건 무시해도 좋을 거야.”

참모가 즉시 고개를 숙이며 인정했다.

“알겠습니다. 귀찮게 해드려 죄송합니다.”

“원, 사람도. 이런 것을 하는 게 자네 일 아닌가. 검토하는 게 내 일이고. 귀찮기는. 그런 걱정은 말고 이제… 응?”

마뇌가 서류를 덮으려다가 손을 멈췄다.

“사백호도 실종됐던 적이 있군.”

사백호에 대해서 천마가 관심을 가졌던 적이 있다. 그래서 마뇌도 조금은 관심을 가졌다.

사백 명의 갓난아이들을 모아서 어릴 때부터 죽음에 내몰며 키운 이 훈련은 이십 년이 넘게 걸린 장기 계획이다. 할 일 많은 마뇌는 초기 계획을 세웠을 뿐이다.

아이들을 날카롭게 키우는 것은 실무자들의 일이고, 마뇌는 정기적으로 현재의 전력에 대해서 보고를 듣는다. 마뇌에게는 그것으로 충분했다.

자료를 정리했던 참모가 즉시 대답했다.

“그렇습니다. 여덟 살 때의 생존 훈련 당시 약 백 일간 실종됐던 적이 있습니다.”

“백 일이나? 어린 나이에 용케 살아남았군.”

“기록에 의하면 그 후에 잠깐 동안 성적이 좋아졌습니다. 그러나 얼마 지나지 않아서 오히려 예전만도 못한 실력으로 돌아갔습니다.”

“진짜 죽을 뻔한 덕분에 독이 오른 거겠지. 하지만 죽음의 위험에 부딪치는 것은 다른 아이들도 마찬가지. 그게 오래가지는 못하지. 어쨌든 사백호도 금제가 확실히 걸려 있겠지?”

“물론입니다. 절대로 벗어날 수 없습니다.”

“그럼 됐다. 과거의 실종 문제에 대해서는 그것이면 충분하다. 원인 분석에 더 신경을 쓰도록.”

“알겠습니다.”

*　　　*　　　*

　독원동은 겨우겨우 독곡으로 돌아갔다. 이제 독공을 익히는 것 자체가 불가능해졌지만 내공까지 잃지는 않아서 그의 복귀는 빨랐다.

　비참한 표정으로 앉아서 그가 하는 보고를 들은 독곡의 수뇌부는 경악에 빠졌다.

　“네 말이 진정 사실이란 말이냐?”

　“그렇습니다. 단 하나의 거짓도 없습니다. 주유성 그자는 이미 독을 쓰고 거두는 경지가 자유롭습니다. 그 양에 구애받지 않고 사람의 몸에 하독하는 경지입니다. 앞으로 어디까지 성장할지 의심스럽습니다.”

　“네 몸에서 독을 펼치는 혈도만 망가뜨린 것이 그자의 솜씨라고?”

　“예. 정밀한 시술도 아니었습니다. 그저 이 독 저 독을 마구 퍼 먹이고 다시 해독약을 들이부었습니다. 그것만으로 제자는 독을 쓸 수 없게 되었습니다. 하지만 내공은 온전히 보존하였습니다.”

　독곡의 장로 하나가 탁자를 치며 탄식했다.

　“허어. 독왕이 인물을 키웠구나. 장년도 아니고 청년의 나이에 그 경지라니.”

사실 주유성을 게으름뱅이로 키운 것은 당소소다. 독왕은 한 일이 없다.

“그러게 말이오. 미래의 독왕은 어쩌면 당문이 아니라 그 외손자에게 이어지겠군.”

“그리 쉽게 생각할 일이 아니지요. 독왕이 외손자를 그 경지로 만들었다면 자기 직계에서는 무슨 일을 벌였겠습니까?”

장로 하나가 독원동에게 질문했다.

“그래. 무림맹에서 네가 본 당문의 아이들은 수준이 어떻더냐?”

독원동이 잠시 생각해 보고 대답했다.

“당자수라는 자가 꽤 뛰어나 보였습니다. 하지만 제자와 그렇게 많은 차이가 나 보이지는 않았습니다.”

“흥. 네 녀석의 독공이 낮아 알아보지 못한 거겠지.”

“아니지요. 진짜는 당문 내에 숨겨두고 무림맹에는 적당한 아이를 보낸 것일 수도 있지요. 혹시 그들이 이미 독성의 경지에 이른 사람을 키워냈을지도.”

“설마. 주유성이라는 자의 독에 대한 경지가 말해도 되는 수준이라면 당문이 이미 무림을 제패했겠지.”

어차피 모두 추측이다. 하지만 워낙 큰일을 들으니 다들 판단이 흐려졌다.

독곡 곡주가 마침내 선언했다.

“우리가 이제 슬슬 당문을 넘어설 수 있을 거라고 기대했는데 아직은 때가 아닌가 보군. 더욱 독공 수련에 박차를 가합시다. 그리고 무림맹과의 관계도 놓지 말고. 우리가 당문과 문제가 생긴다면 무림맹의 중재가 필요할지도 모르니까.”

“알겠습니다. 하면 무림맹에는 누구를 보내는 것이 적당할지요?”

곡주가 독원동을 힐끗 보았다.

“독곡의 문도가 독을 못 쓰면 어디 쓰겠소? 쓸모없는 놈이 하나 생겼으니 무림맹에 보내서 아부나 떨라고 합시다.”

독원동의 얼굴이 핼쑥해졌다.

“무, 무림맹으로 돌아가라고요? 사부님, 다시 한 번만 고려해 주십시오.”

독원동은 곡주의 제자다. 그동안은 무림맹에 가서 한껏 거드름을 피워도 좋았다. 그런데 이제 무림맹이 무섭다. 정확히 말하면 언제 무림맹에 다시 들를지 모르는 주유성이 무섭다. 무림맹에 있으면 반드시 주유성과 마주칠 것만 같다.

곡주가 탁자를 치며 호통을 쳤다.

“네 이놈! 내가 말을 안 하고 있어서 그렇지 네 죄가 얼마나 큰지 아느냐? 네 녀석 때문에 독곡이 일반인들에게 독을 풀었다는 소문이 퍼졌다. 그걸 무마하기 위해서 쓴 돈이 엄청나다. 더구나 네가 잃어버리고 온 그 독과 해독제. 그게 다 합치면 얼마인지 알기나 해?”

“사, 사부님, 그건 주유성 그놈 때문에.”

“그리고 독왕의 외손자인 주유성에게 깨지고 돌아왔잖느냐. 당문이 그리 강하다며? 그게 사실이라면 앞으로 당문과의 관계가 좋아져야 하는데 네가 그놈과 싸움을 일으켰잖아. 넌 무림맹으로 돌아가서 그자를 만나거든 아부를 떨든 뭘 하든 관계를 회복시켜라. 최대한 가까운 관계가 돼야 한다. 안 그러면 죽을 줄 알아라!”

독원동은 울상을 지었다. 하지만 지엄한 명이 떨어졌다. 안 갈 수도 없다.

독원동을 쫓아내고 독곡의 수뇌부가 기밀을 유지해야 하는 은밀히 이야기를 계속했다.

독곡 곡주가 먼저 말을 꺼냈다.

“그자가 미래에 정말로 독성의 경지에 이를까?”

“두고 봐야지요. 현재 우리 독곡에서 독성이 나오기는 어려우니 그라도 그리되기를 바라야지요.”

“차라리 잘되었습니다. 만약 당문의 직계에서 독성이 나온다면 어떻게 되겠습니까? 우리 일을 부탁하기 더 어려워질 겁니다.”

“그렇지요. 그가 독왕의 손자라고는 하나 외손자. 어차피 외인입니다. 협상하기에 따라서 얼마든지 우리 일을 돕게 할 수 있습니다.”

독곡 곡주가 입맛을 다셨다.

"쩝. 우리 독곡에서 독성이 나오지 않은 것은 아쉽지만, 어디서건 협상이 가능한 곳에서 독성이 나온다면 그것도 다행이지. 만약 마교에서 독성이 나왔다면 아예 부탁도 못해볼 테니까."

"그렇습니다. 이야기를 들어보니 심성이 나쁜 놈 같지도 않습니다."

"다만 문제는 이제 그 나이라면 도대체 언제 독성의 경지를 이루느냐입니다. 혈천의 저주가 언제 시작될지 모릅니다. 이미 시기를 넘어섰습니다."

"그가 정말 방계의 인물인데도 그 정도 수준이라면, 어쩌면 당문에는 이미 독성의 경지에 이른 사람이 있을지 모르지. 현재 독왕의 경지가 우리가 아는 것보다 훨씬 높거나, 아니면 진짜는 바깥으로 드러나지 않고 있을 수 있으니까."

곡주의 말에 장로들 중 하나가 말했다.

"그렇다면 당문에 독성을 빌려달라고 하면 어떨까요?"

"어림도 없지. 독성이 있다고 밝혀도 좋은 상황이라면 벌써 꺼내놓지 않았을까?"

"그러니까 우리가 그 꺼낼 계기를 마련해 주는 거지요."

"그건 너무 우리에게 유리하게 판단하는 것 같군."

정보가 부족하니 대책도 없다.

"할 수 없지. 이건 이미 오랜 세월을 숙원으로 가지고 하는 일이다. 그리고 모두의 생존이 걸린 일이고. 일단 당문과 관계를 좋게 개선하자. 그리고 정보를 알아내자. 만약 당문에 정말 독성의 경지를 이룬 자가 있다면 어떠한 대가를 지불해서라도 도움을 받을 방안을 마련해 보자.”

“그런 의미에서 독원동 저 녀석이 잘해야 할 텐데요. 주유성이라는 자와의 관계 개선이 일의 시작입니다.”

“잘할 거야. 우린 이미 오래 기다렸어. 기다리는 건 익숙하지.”

“마냥 기다릴 수는 없습니다. 혈천의 저주가 몇 년 내에 올 수도 있습니다.”

“어쩔 수 없지. 서두른다 해도 답은 없네. 저주는 이미 오백 년 동안 몇 번이나 반복되어 왔지만 우린 항상 견뎌냈어. 그러니 천천히 당문과의 관계를 좋게 만들자고. 어차피 죽음의 계곡은 독성이 아니면 누구도 그 끝까지는 들어갈 수 없으니까 그것을 잃을 염려는 없잖은가.”

“당문에 독성이 없다면 주유성이라는 자라도 어서 독성이 되었으면 좋겠습니다.”

“지금까지 이룬 것으로 보아 그는 극한의 수련을 한 자임이 분명하네. 그러니 그가 독을 더욱 열심히 익히기를 바라자고.”

그들이 주유성이라는 인간을 알면 울화통이 터져 죽을지도 모른다.

*   *   *

　파무준은 남해검문으로 돌아갔다. 그의 보고를 들은 남해검문 고위층의 얼굴이 굳었다.

　"그러니까 네가 입은 그 부상은 청성과 제갈세가에서 후기지수라 칭해지는 자들의 협공에 의한 것이었다? 네 실력이 겨우 그 정도였냐?"

　파무준이 급히 변명했다.

　"말씀드렸다시피 그전에 주유성이란 놈에게 당한 것이 컸습니다."

　"그럼 그 한 놈에게 당했다는 소리냐?"

　"그놈이 도둑질한 것을 들키자 기습을 하는 바람에 어쩔 수 없었습니다. 더구나 사람들이 있는 곳에서 독을 뿌리는 바람에 대응하기 힘들었습니다. 무림맹에서 안면을 익힌 사이라 설마 그런 짓을 할 줄은 몰랐습니다."

　파무준은 열심히 거짓말을 했다.

　장로 하나가 파무준을 꾸짖었다.

　"네 무공 공부가 낮아서 그런 게야. 무림에서는 보이지 않는 곳에서 날아드는 칼을 특히 조심해야 한다고 하지 않았느냐?"

　"명심 또 명심하겠습니다."

"그나저나 그가 독왕의 외손자라고 했겠다. 나이는 이제 스물이라. 독왕의 친손자도 아니고 외손자가 그만한 실력이라니. 당문의 성세가 심상치 않군."

"그렇지. 비록 독을 썼다고 하지만 무준이 너를 다치게 했다면 실력은 보통이 아니니까. 그래, 그 녀석은 단단히 혼을 내줬고?"

파무준은 진실을 말할 수 없었다.

"예. 반쯤 죽여놓고 왔습니다. 배경이 가벼운 자가 아니라 차마 완전히 죽이지는 못했습니다."

"잘했다. 공연히 당문과 척을 질 필요는 없지. 그럼 네가 다시 무림맹으로 가야겠구나?"

파무준의 얼굴이 핼쑥해졌다.

"무, 무슨 말씀이신지?"

"그자가 이미 무림맹에 들렀다 하면 머잖아 또 오지 않겠느냐? 더구나 너에게 그만큼 맞았다며? 그자를 잡아다가 협박을 해서라도 당문의 실력이 어느 정도나 강해졌는지 알아보도록 해라."

"혀, 협박을 해서요?"

"안 되면 쥐어박아서라도 해라. 어차피 그자는 너를 독으로 기습했던 죄가 있다. 네가 그자를 다시 팬다고 해서 이상하게 볼 사람은 없어. 그러니 네가 최적이지."

"하지만 그자의 독공이 만만치 않습니다."

파무준은 어떻게든 이 임무를 벗어나고 싶었다.

'그 무서운 새끼를 이길 자신 같은 건 없다고.'

장로 하나가 환히 웃으며 말했다.

"녀석, 겸손하기는. 나는 너를 믿는다. 그놈을 네 부하나 다름없게 만들어라."

파무준이 대답도 못하고 고개를 숙였다.

*　　　*　　　*

검옥월은 검각에서 각주 및 장로들과 독대를 했다. 장로들이 심각한 얼굴로 앉아 있었다.

"마교의 움직임이 포착됐다니. 이제 머지않아 무림에 피바람이 불겠군."

검옥월이 공손히 의견을 말했다.

"무림맹에서는 별로 심각하게 생각하지 않는 분위기였습니다."

"흥. 무림맹은 언제나 그렇다. 그곳은 먹어봐야 똥인지 된장인지 알아보는 곳이다."

검옥월의 사부인 이화월백검은 검각의 장로다. 각주는 아니지만 실력은 각주 못지않다고 알려져 있다. 무림에서 잠시 활동할 때 그녀의 미모와 검 실력 모두 대단히 유명했다. 그녀가 검옥월을 따뜻한 눈으로 보면서 말했다.

"그런데 이번 일은 주유성이라는 아이가 개입되었다고 했니?"

검옥월은 주유성의 이름만 들어도 볼이 살며시 붉어졌다.

"예, 사부님. 그가 아니었으면 마교가 침투했음을 알아챌 수 없었습니다."

이화월백검은 검옥월의 안색을 보고 그녀가 무슨 마음을 품고 있는지 조금은 눈치 챘다. 그녀는 항상 제자에게 미안했다. 자신이 검각에서 자랄 때도 뛰어난 검술 실력 때문에 주변의 시기가 많았다. 그러나 그녀는 탁월한 미모를 바탕으로 응원군도 잔뜩 얻어놓았다. 그래서 검각의 생활이 조금도 힘들지 않았다.

하지만 검옥월은 다르다. 실력은 젊었을 때의 이화월백검보다 낮지만 날카로운 눈매 때문에 째려본다는 오해를 많이 산다. 그러니 동년배 중에 친구는 없고 시기하고 질투하는 경쟁자뿐이다.

'다 내가 너무 잘 가르쳐서지.'

그래서 그녀는 검옥월이 누군가를 마음에 두는 기색이 보이자 배려를 해주고 싶어졌다.

"그래, 그 주유성이라는 아이는 누구니? 어느 문파 소속이지?"

"하남 서현의 주가장 출신입니다. 부친이 금검 주진한 대협이라고 했습니다. 모친은 사천당문 출신의 사천나찰 당소소 여협이라고 합니다."

이화월백검이 반색을 했다.

"아, 소소. 그녀와 잠시 일한 적이 있지. 사천제일미이면서 무공도 엄청난 아가씨. 그 당시에도 나와 겨룰 만한 여자였으니까. 성격도 얼마나 화통한지 참 부러웠단다. 호호호."

이화월백검의 유일한 문제라면 그 나이를 먹고도 아직 소녀 분위기를 버리지 못한 것이다. 높은 눈높이 때문에 아직 시집가지 못한 것이 그녀가 소녀 분위기를 버릴 기회를 놓치게 했다.

"그래. 집안은 명문이구나. 그리고 그 아이가 마교의 첩자와 겨뤄서 이겼다고? 마교가 잡배를 보내지는 않았을 테니 그 아이의 실력도 보통은 넘겠구나. 네가 보기에는 어떻더니?"

검옥월이 조심스럽게 대답했다.

"정확한 것은 겨뤄보지 못해 알 수 없으나……."

"겨뤄? 너와 겨뤄볼 수 있어? 그 정도였니?"

"겨뤄본다고 해도 승리를 장담할 수 없습니다."

그 말에 검각의 장로들은 물론이고 각주까지 깜짝 놀랐다.

각주가 직접 검옥월에게 질문했다.

"뭐? 네 나이 정도에 너만한 고수가 있다고? 넌 우리 검각의 네 연배에서 가장 강하잖아! 설마 무림 청년들 중에 그만한 고수가 있다는 뜻이냐?"

각주는 그것 때문에 검옥월을 경계한다. 자신은 이화월백검을 겨우 꺾고 각주 자리를 차지했다. 다음 대의 각주는 가능하면 자기 딸인 첫째 제자에게 물려주고 싶다. 하지만 검옥월이 지금처럼 실력이 늘어난다면 다음 각주 자리는 따놓은 당상이다. 그의 딸도 무공이 뛰어나지만 검각의 젊은이들 중에 검옥월의 상대는 아예 없다.

눈매와는 다르게 마음이 여린 검옥월은 각주가 어렵다. 그래서 공손히 대답했다.

"저는 그에게서 무공을 익힌 흔적을 발견하지 못했습니다. 그런데 그는 마교의 주구를 꺾었습니다."

"그것만으로는 알 수 없다. 그런 일은 얼마든지 있을 수 있어."

"또한 그의 팔을 잡으려고 한 적이 있었습니다. 꼭 잡으려고 했기에 손의 움직임에 별로 사정을 두지 않았습니다. 하지만 저는 그를 잡지 못했습니다. 헛손질을 했습니다."

검옥월의 말에 각주는 잠시 생각에 잠겼다.

'옥월이가 그렇게 판단했다면 그는 확실히 대단하겠군. 그런데 그의 이야기를 하면서 옥월이 저것의 얼굴이 분홍빛으로 변하는구나.'

각주가 회심의 미소를 지었다.

'그만한 인물이라면 검각에 데릴사위로 들어오지는 않겠지. 각주가 되려면 혼자 살거나 데릴사위를 데려오거나 둘 중의 하나란 말이지. 네가 사랑에 빠지는 방법이 있었구나. 잘

하면 각주 자리를 욕심내지 않겠구나.'

각주는 결론을 내리고 말했다.

"무림에 마교의 움직임이 감지됐으니 우리 검각이 가만있을 수는 없다. 그렇다고 본격적으로 활동하기에도 무리가 있으니 이렇게 하자. 옥월이 네가 무림맹으로 가라. 그곳에서 우리와의 연락을 취하며 마교의 움직임에 대한 정보를 모아라."

검옥월로서는 더 이상 반가울 수 없는 말이다. 원래는 사정을 해서라도 무림맹에 돌아가려고 했다.

그녀의 사부인 이화월백검도 마찬가지다. 자기는 노처녀이지만 제자는 제대로 시집보내고 싶다.

검옥월이 각주에게 고개를 숙이며 대답했다.

"각주님의 명령대로 하겠습니다. 임무에 조금의 소홀함도 없이 철저히 수행하겠습니다."

말은 그렇게 하지만 마음은 이미 콩밭에 가 있다.

＊　　　＊　　　＊

천영영은 신녀문에 돌아가지 않았다. 그녀는 당분간 무림맹에 눌러앉기로 했다.

무림맹주가 사람 좋게 웃었다.

"허허. 괜찮지 않고. 신녀문에서 우리 무림맹의 일에 관심을 가져준다면 환영할 일이지. 암.”

천영영이 공손히 머리를 숙였다.

“검성께서 그렇게 말씀해 주시니 우리 문주님께서도 기뻐하실 거예요.”

그 모습이 다소곳하고 예뻐서 검성은 기분이 크게 좋아졌다.

“어허허. 그래그래. 여기가 집이다 생각하고 지내려무나.”

검성은 무공이 워낙 높아 무림을 다 뒤져도 싸움에는 적수가 몇 명 없다. 하지만 그것이 그가 가진 가장 큰 재주다. 그는 사람 속을 들여다보는 재주까지는 없다.

천영영이 다소곳한 자세를 풀지 않으며 속으로 생각했다.

‘쳇. 대진운이 나빴어. 난 너무 일찍 탈락했다고. 그냥 돌아가면 다른 년들이 얼마나 비웃겠어? 그렇다고 그걸 쓸 수는 없었으니까. 조용해지고 나서 가야지. 여기서 한 일 년 놀면서 개기자.’

*　　　*　　　*

북해빙궁으로 돌아간 냉소천을 보고 궁주가 흥미로운 얼굴로 말했다.

“결국 너를 이긴 자를 검각의 여자가 다시 이기고 우승했다는 소리구나.”

냉소천이 당당하게 대답했다.

"예, 아버님. 그녀의 검술은 확실히 대단했습니다. 저라고 해도 극한빙장을 쓰지 않는 한 자신할 수 없는 상대였습니다."

북해빙궁주가 순순히 동의했다.

"원래 검각의 검술이 좀 세기는 하지. 네가 극한빙장을 내놓지 않은 것은 잘했다. 그런데 남해검문은? 남해검문의 검도 그렇게 강하더냐?"

냉소천이 차가운 얼굴로 고개를 저었다.

"그자의 검은 경박하고 살기가 넘쳤습니다. 하지만 제 상대는 아니었습니다. 하려고 했다면 이길 수 있었습니다."

"그런데 어째서 패했느냐?"

"져주었습니다. 그런 자의 검을 검각은 어떻게 상대하는지 보고 싶었습니다."

"잘했다. 우리가 그깟 대회에서 우승한들 무슨 이익이 있겠느냐? 싸움은 냉정해야 이익을 얻는 법이지."

냉소천이 얼굴을 약간 상기시키고 말했다.

"그런데 아버님, 이번에 무림맹에서 진법가를 한 명 발견했습니다."

북해빙궁주가 반색을 했다.

"그것이 네 두 번째 임무였지. 그래, 어떻더냐?"

"이번 무림 진법대회에서 최고의 성적으로 일위를 했습

니다.”

북해빙궁주가 그 말에 조금 실망했다.

“진법대회를 참가했다? 겨우 진법대회 일위 정도가 대단한 것은 아니지 않느냐?”

“알아본 바에 의하면 그는 최단시간에 답안을 제출했으며 그것은 완벽한 정답이었다고 합니다. 그 문제를 풀어내는 속도가 유래가 없을 정도로 빨랐다고 합니다.”

냉소천의 말에 실내의 분위기가 조금 변했다.

“진을 그렇게나 빨리 해석한다면 그가 바로 우리에게 필요한 인재구나. 혹시 무공은 조금이라도 할 줄 알더냐?”

냉소천이 살짝 웃었다.

“말씀드렸다시피 비무대회에 마교의 잔당이 숨어들어 왔습니다.”

“그건 이미 한 이야기지 않느냐? 결국 잡았다며? 왜 그 이야기를 하는 것이냐?”

“그 마교의 잔당을 단숨에 때려잡은 것이 그 진법가입니다. 무림맹의 발표에 의하면 주화입마 상태에 빠진 마교 잔당을 잡은 것이라고 합니다. 그 말을 믿는다면 그리 대단한 실력은 아닐지 모릅니다. 하지만 제가 보기에 약한 무공은 아니었습니다.”

북해빙궁주의 눈이 이글거렸다.

“과연. 무공이 진짜로 강하고 진법을 그렇게 빨리 해독한

다면 정말로 우리가 찾는 사람이군."

"그의 외가는 당문입니다. 독왕의 외손자이고 부모가 모두 고수입니다. 무공이 낮을 리가 없습니다."

북해빙궁주가 탁자를 치며 말했다.

"좋았어. 바로 그다. 우리의 숙원을 해결하려면 그의 도움이 필요해. 무슨 수를 써서라도 끌어들여라. 그런데 그는 혹시 이제 무림맹의 사람이냐?"

"그렇다면 말도 꺼내지 않았습니다. 그는 무림맹의 진법대회에 합격만 했을 뿐입니다. 채용되지 않고 돌아갔습니다."

북해빙궁주는 이제 신이 났다.

"더 좋았어. 그럼 그를 고용하자. 그래, 돈. 돈을 줘야지. 진법가라면 당연히 돈에 움직이겠지."

냉소천이 난처한 얼굴로 말했다.

"그런데 그게 약간 문제가 있습니다."

"문제? 무슨 문제?"

"그자의 집이 꽤나 부자인가 봅니다. 듣기로는 하남십대상인의 아들이라고 합니다."

"하남십대상인도 놀랄 만큼 돈을 주면 돼."

"알아본 바에 의하면 그 게으름이 워낙 엄청나고 돈은 별로 밝히지 않는 자입니다. 돈을 줘서는 북해까지 끌고 오기 불가능할 것 같습니다."

북해빙궁주가 혀를 찼다.

“쯧쯧. 그럼 이를 어쩐다? 강제로 납치하는 것은 하수 중의 하수인데. 그렇게 해서야 어디 전력을 다해 우리 일을 도울 수 있겠느냐? 더구나 독왕의 외손자라며? 당문과 시비가 붙을 일이야.”

“걱정 마십시오. 방법이 하나 있습니다.”

“방법?”

“그자가 아직 총각이라 합니다. 무림맹에서는 꽤 귀여운 시비와 검각의 여자를 동시에 거느리고 있었습니다. 아마 여자를 꽤나 좋아하는 것 같습니다.”

북해빙궁주의 눈이 반짝였다.

“미인계를 쓰자는 거로구나.”

“그렇습니다. 사나이는 사랑에 빠지면 북해가 아니라 남만이라도 가는 법이지요.”

“하하하. 좋은 생각이다. 그래. 누가 적당하려나. 머리가 영특하고 미모가 뛰어난 아이를 골라야겠군.”

냉소천이 북해빙궁주를 쳐다보다가 말했다.

“소미를 데려갔으면 합니다.”

“뭣이? 소미를? 내 귀여운 딸을 중원 놈에게 주자는 말이냐?”

“주다니요. 소미가 항상 노래를 부른 것이 열 남자와 사귀어보고 나서 결혼한다는 것입니다.”

“하긴. 우리 빙궁의 여자가 첫 남자와 결혼하는 경우는 거의 없지. 더구나 소미는 눈이 아주 높지.”

“우리 빙궁 최고의 미인은 소미입니다. 일의 중요성을 생각할 때 소미가 필요합니다. 그냥 소미에게 무림맹 구경이라도 시켜주는 셈치지요.”

“흐음. 그것도 나쁘지 않은 생각이다. 하지만 우리 소미는 남자 얼굴을 많이 따지는데.”

“그자의 얼굴이 워낙 곱상해서 소미도 마음에 들어할 겁니다.”

“좋다. 이 일은 우리 북해빙궁의 미래가 걸린 일. 그자의 도움이 반드시 필요하니 꼭 성사시키도록 해라.”

弟十章

사황성의 지배자 혈마 구제조가 흥미로운 얼굴로 보고를 들었다.

"그러니까 무림맹의 비무대회에 마교의 흔적이 발견되었다?"

이미 장로들의 안색은 상당히 나쁘다.

"큰일입니다. 그들이 하필 이런 시기에 움직이다니."

"마치 우리의 움직임을 미리 알고 한 것 같군요. 그렇지 않다면 어째서 이런 시기에 무림맹을 직접 건드리겠습니까?"

"맞습니다. 이건 평소에 마교가 벌이는 자잘한 싸움과는 다릅니다. 무림맹의 한복판에서 일어난 일입니다."

“그래요. 이건 뭔가가 있어요. 드디어 천하가 마교에게 짓밟히는가.”

장로들의 패배주의적 발언에 기분이 상한 혈마가 회의 탁자를 내려쳤다. 혈마가 내려친 위치에서부터 두터운 파동이 일어났다. 그 파장은 거대한 탁자 전체에 퍼졌다. 각 장로들의 앞에 놓인 찻잔들이 거리순으로 연달아 튀어 올랐다.

그 엄청난 신위에 장로들이 입을 다물었다. 몇 명은 기가 죽어 생각했다.

‘성주의 무공이 그 끝을 알 수 없으니 내가 저 자리를 차지하기는 요원하구나. 아쉽다.’

혈마가 으르렁댔다.

“사람들은 말하지. 혈마 위에 천마 있다고. 너희들도 그렇게 생각하느냐?”

장로들이 급히 부정했다.

“천부당만부당하십니다. 천마 따위가 어찌 성주님 위에 있을 수 있겠습니까?”

“굳이 있다면 성주님의 발아래겠지요.”

장로 하나가 탁자를 치며 호통을 쳤다.

“이 사람들. 아부하지 말게. 냉정하게 현실을 이야기해야지. 천마가 누군가? 마교의 교주란 말이지. 그럼 적어도 성주님의 무릎 어림에는 있는 자라는 말일세.”

혈마가 원한 것은 이런 아부는 아니다. 어쨌든 기분이 나쁘지는 않다.

"내가 바로 그 혈마다. 너희들의 주인이 바로 혈마란 말이다. 그런데 어째서 너희들은 천마 따위를 두려워하느냐?"

장로들은 대답할 말이 없다. 여기서 아무리 말을 해봤자 좋은 소리 못 듣는다.

흥이 돋은 혈마가 계속 말했다.

"나의 목표가 무엇이냐? 바로 무림제패 아니더냐? 무림을 제패하는데 설마 마교를 빼놓고 이야기했겠느냐? 너희들은 무림맹이 바로 무림이라고 생각하는 거냐?"

물론 그렇게 생각한 사람은 없다. 그러나 막연히 자잘한 사건을 일으키는 마교와 무림맹에 직접 손을 대는 마교는 다르다.

이럴 때 그나마 발언권이 있는 사람은 총관이다. 그는 다른 장로들보다 훨씬 더 많은 신임을 받고 있다.

"성주님, 당연히 성주님의 무공이 더 높은 것은 사실입니다. 하지만 저희 아랫것들까지 마교보다 낫다고 할 수는 없습니다."

장로들의 마음속으로 고개를 끄덕였다.

"총관, 내가 너에게 지시한 것은 무림제패다. 너는 그것이 가능하다고 했다. 그런데 이제 와서 무슨 소리냐?"

"물론 무림제패는 가능했습니다. 마교가 하필 지금 발호할 준비를 하지만 않았다면 전혀 문제가 없었습니다. 하지만 시기가 문제입니다."

"그놈들이 언제 나서든 그것이 왜 그리 문제가 되느냐? 결국은 한번 부숴야 하는 놈들이다."

총관은 혈마를 어떻게든 설득해야 한다고 느꼈다. 마교는 무모하게 밀어붙여도 되는 만만한 상대가 아니다.

"성주님, 지금 우리가 무림을 제패하려고 생각한 이유가 무엇입니까? 우리가 무림제패를 위해서 모으고 또 모은 전력, 그 준비가 거의 끝났기 때문입니다. 지금 우리가 가진 힘은 사상 최강입니다."

"그러니까 마교 따위는 우리 적이 아니어야지."

"평소의 마교라면 그렇습니다. 하지만 마교는 지금 무림맹을 직접 찔렀습니다. 그 말은 마교 역시 지금을 적기로 본다는 뜻입니다. 다시 말해 지금 이 순간이 바로 마교의 힘이 최고조에 달한 때입니다."

혈마도 이제 총관의 말을 이해했다.

혈마는 바보가 아니다. 천마는 마뇌에게 두뇌 역할을 맡기지만 혈마는 그 스스로도 충분히 하나의 두뇌다. 총관과는 지략 면에서는 상호 보완적인 입장이다.

무림제패의 욕심을 조금 억누르고 생각하자 총관의 말은 틀린 것이 하나도 없다.

"역시 총관이군. 네 말이 옳다. 너 같은 놈 몇 명만 더 있었다면 무림은 이미 내 손에 들어왔을 텐데."

혈마 입에서 나온 것으로는 극상의 칭찬이다. 다른 장로들은 감히 이런 칭찬을 받아본 적이 없다. 장로들이 질투심에 속으로 욕을 했다.

'저렇게 말을 잘하니 성주의 개라는 소리를 듣지.'

'말만 잘하는 놈 같으니라고.'

혈마가 조금 심각해진 얼굴로 말했다.

"그럼 이제 어떻게 하는 것이 좋겠냐? 힘이 넘치면 터진다. 우린 오래 기다릴 수 없다."

총관은 안도의 한숨을 쉬었다.

"그렇습니다. 우리는 움직여야 합니다. 시간을 끌 수는 없습니다. 예정된 계획대로 무림맹을 먼저 박살 내야 합니다."

"그렇게 하는 동안 마교는 힘을 비축하고 구경만 할 거 아닌가?"

"그러지 못하게 해야지요."

혈마의 눈빛이 가라앉았다.

"이호경식?"

"그렇습니다. 하남에 준비해 둔 것을 사용하면 됩니다. 둘의 양패구상까지야 어렵겠지만 상관없습니다. 우리는 어차피 살아남은 놈들을 치면 되니까."

"하남의 그것에 들어간 돈과 세월이 어마어마했는데 이제야 써먹을 수 있겠군. 그런데 그놈들이 쉽게 넘어올까?"

"싸움만 붙이면 됩니다. 더 이상은 필요없습니다. 일단 붙기 시작하면 쉽게 끝내지는 못하니까.”

“알았네. 이 일은 정말 기밀이니 보안 유지에 각별히 신경 쓰게.”

*　　　*　　　*

오대세가는 무림 곳곳에 지부를 두고 있다. 제갈세가도 지부가 여럿 있다.

제갈세가의 크고 작은 다양한 지부는 여러 가지 일을 한다. 그중에는 기관이나 진법에 관한 것도 있고 고문서 해석이나 기타 여러 가지 무림과 관련한 것들도 있다. 제갈세가의 지부는 그런 일에 머리를 빌려주고 많은 돈을 받았다.

제갈세가의 지부 중 작은 곳 하나에 무사가 찾아왔다.

지부의 접수를 담당하는 사람이 그 무사를 반갑게 맞았다.

“어서 오십시오. 무엇을 도와드릴까요?”

무림인을 상대로 장사하는 곳이다. 무림인이 왔으면 당연히 손님이다.

무사가 주변을 조심스럽게 두리번거리더니 말했다.

“여기서 문서의 진위 여부도 판단해 주오?”

“경우에 따라서 달라지지요. 고문서의 진품 여부 같은 것은 당연히 해줄 수 있습니다. 하지만 요새 만들어진 평범한 문서는 사실 여부를 직접 파악해야 하니 대단히 많은 비용이 들어갑니다."

무사의 얼굴이 밝아졌다.

"그것이면 충분하지. 내가 고문서가 하나 있는데, 이게 진짜인지 가짜인지가 궁금하오."

제갈세가 사람이 환히 웃었다.

"하하, 그런 것이 바로 우리 전문이지요. 하지만 그런 건 사안에 따라서 좀 비싸질 수 있습니다."

돈은 있냐는 소리다.

무사가 돈주머니를 하나 꺼내서 탁자 위에 올려놓았다.

"은자 스무 냥이오. 비밀 유지 비용이 포함이오."

접수 담당자의 얼굴이 이제 보름달처럼 환해졌다.

"당연히 고객의 비밀은 반드시 지켜 드립니다. 제갈세가의 신용으로 보장합니다. 걱정 마십시오."

무사는 못내 망설이다가 품에서 기름종이를 꺼냈다. 종이를 조심스럽게 펴자 그 안에는 잘 보관된 낡은 종이가 나왔다.

"이것이 진짜인지 알고 싶소."

접수 담당자가 종이를 조심스럽게 펴보았다.

"오호. 장보도로군요."

담당자가 난처한 표정으로 말했다.

"이 정도라면 이십 냥이면 알아보는 데 충분합니다. 그런데 미리 말씀드리지만 장보도는 가짜가 워낙 많습니다. 그러나 설사 가짜로 판명되더라도 지불하신 비용은 돌려 드리지 못합니다.”

“알고 있소. 진짜인지만 알려주시오.”

담당자는 즐거운 표정이었다.

‘공돈이 생겼다. 바보 같은 자식. 쓸 만한 장보도가 너 같은 놈 손에 들어갈 리가 있냐?

기분이 좋아진 그는 종이를 들고 일어섰다.

“작업실이 안쪽에 있습니다. 여기서 기다리시면 조사 결과를 통보해 드리겠습니다.”

무사의 안색이 변했다.

“여기서 확인해 주시오. 난 그 장보도가 내 눈에서 벗어나는 것을 원하지 않소.”

담당자는 그 말도 이해했다.

‘이걸 우리가 빼돌릴지 걱정하는구나. 바보 자식. 가짜 장보도를 누가 가진다고. 그래도 은자 이십 냥짜리 손님이니 박대할 수는 없지.’

담당자는 순순히 동의했다.

“그럼 그렇게 하시지요. 사람들을 불러 조사하겠습니다.”

지부까지 파견 나온 사람들이라면 실력이 그다지 좋지는 못하다. 그래도 제갈세가에서 교육받은 사람들이라 문서의 연대를 조사하는 것 정도는 할 수 있다. 이런 장보도는 보통 만들어진 시기가 그것의 유래와 일치하기만 하면 일단 진짜로 판단한다. 덤으로 제작자에 대한 자료를 가지고 있으면 더 정확한 판단을 할 수 있다.

제갈세가 사람들이 무사가 보는 자리에서 장보도를 자세히 보고 조사하기 시작했다.

시작하고 얼마 되지도 않아 한 사람이 어이없다는 듯이 말했다.

"허허, 혹시 이걸 삼백 년 전의 그 검마의 장보도라고 생각하고 있소?"

무사가 손가락을 입에 가져다 대며 말했다.

"쉿. 조용히. 나도 그렇다고 알고 와서 확인하고 싶은 거요."

"어이가 없군. 그런 장보도가 그리 쉬이 돌아다닐 리가 있나."

"돈을 냈으니 확인이나 해주시오."

"알았소. 알았어. 돈 받은 만큼은 확실히 하지."

제갈세가 사람들은 가벼운 마음으로 조사를 계속했다. 그들은 종이의 질을 검사하고 먹의 번짐 상태도 계산했다. 사용된 문장의 유행이나 종이 접힌 부분의 상태 등도 두루 감안했다.

이곳은 검마가 남긴 문서도 한 장 보유하고 있었다.

세상에는 검마와 관련된 가짜가 많이 돌아다닌다. 제갈세가에서는 검마가 쓴 편지를 입수한 후 비교분석용으로 똑같이 위조해 지부에 배포했다.

조사가 진행될수록 그들의 안색은 점점 굳어졌다. 이제는 주변에 무슨 일이 일어나는지도 관심없이 장보도의 조사에 집중했다. 장보도의 각 부분을 크게 그려가면서 연구에 여념이 없었다. 다들 긴장된 눈빛으로 소곤거리며 토론을 했다.

마침내 그중 하나가 한숨을 쉬더니 말했다.

"휴우. 이건 가짜요. 가짜가 틀림없소."

무사가 발끈했다.

"그럴 리가 없소!"

"틀림없는 가짜요. 그냥 버리고 가시오."

무사가 콧방귀를 뀌었다.

"흥! 버리다니! 나는 믿지 못하겠소! 내 장보도를 내놓으시오!"

무사가 손을 뻗어 자기 장보도를 잡으려고 했다. 그 손을 제갈세가 사람이 재빨리 막았다.

"장보도는 가짜인데 문서 자체는 가치가 아주 없는 것은 아니오. 내가 은자 한 냥을 내겠소. 그러니 장보도를 파시오."

"싫소."

무사는 단호하다. 그가 다시 장보도를 집기 위해서 손을 뻗었다. 다른 사람이 그 손을 또 막았다.

“그럼 당신이 준 돈은 돌려주겠소. 그러니 이 가짜 장보도를 넘기시오.”

무사가 사람들을 둘러보더니 호통을 쳤다.

“이 새끼들! 검마의 장보도가 진짜로구나! 어디서 감히 내 것을 빼앗으려고 들어?”

제갈세가의 사람들이 벌떡 일어서며 마주 소리쳤다.

“이 작자가 어디서 행패야? 당장 물러서지 않으면 매운맛을 보여주겠다!”

무사가 눈을 빛냈다. 조금 물러서는 듯하다가 검을 빠르게 뽑았다. 검에 검기가 맺혀 있었다.

제갈세가 사람들이 놀라 소리쳤다.

“헛! 고수!”

놀라기에는 늦었다.

제갈세가는 머리로 먹고사는 곳이다. 무공은 일반 문파보다는 훨씬 강하지만 오대세가보다는 떨어진다. 더구나 이런 지방 지부에 파견된 자들은 대부분 무공이 형편없다.

무사의 검이 빠르게 날아가 제갈세가 사람 하나의 목을 스치고 지나갔다.

“크악!”

한 사람이 목에서 피를 뿌리며 쓰러졌다.

무사는 어느새 자신의 장보도를 잡아챘다. 당황한 다른 사람들이 급히 검을 뽑았다. 그들이 눈을 붉히며 달려들었다.

“이놈! 장보도를 내놓아라!”

“너 같으면 검마의 장보도를 주겠느냐?”

무사가 사람들과 거칠게 싸웠다. 그런 소란은 어느새 사람들의 관심을 끌었다.

이미 검마의 장보도라는 고함 소리를 들은 자들이 잔뜩 있다. 더구나 싸움이 일어난 곳은 작다고는 하지만 그래도 제갈세가의 지부 중 하나다. 상황은 명확하다.

검 좀 쓴다는 사람들은 물론이고 무림에 관심이 있는 사람들이 모조리 싸움터에 끼어들었다.

누군가가 소리쳤다.

“검마의 장보도다! 장보도!”

“내 거야! 내 거!”

제갈세가 사람들은 당황했다.

“물러서라! 이곳은 제갈세가다! 물러서지 않는 자들은 쳐 죽이겠다!”

사람들에게 먹힐 말이 아니다. 다들 욕심에 눈이 돌아가 있다.

이미 무사는 도망가고 보이지도 않는다. 원본 장보도 역시 사라졌다.

쳐들어온 사람들은 지도 비슷한 그림만 보이면 무조건 쥐고 도망쳤다. 몇 명 없는 제갈세가 사람들이 막을 방도는 없었다.

　　　　　*　　　　　*　　　　　*

　주진한이 식사 시간에 밥을 먹다가 자기가 듣고 온 이야깃거리를 꺼냈다.

　"소소, 그 이야기 들었어?"

　"가가, 무슨 이야기를 말씀하시나요?"

　당소소가 모른다는 말에 주진한은 의기양양해졌다.

　"못 들었군. 잘 들어봐. 글쎄 무림에 장보도가 나타나서 지금 난리가 아니야."

　당소소는 그런 이야기는 홍밋거리 이상으로는 듣지 않는다.

　"쳇. 무림에 장보도가 어디 한두 개 나타나나요? 고서점만 잘 뒤져도 몇 장은 구할 수 있어요. 하지만 정말 보물이 나오는 경우는 백에 하나도 안 되고 나머지는 다 별 볼일 없거나 가짜예요. 그런 건 일확천금을 노리는 놈들이나 손대는 거잖아요."

　옆에서 밥을 먹느라 바쁘던 주유성의 손이 멈칫 정지했다.

　'하남신투의 보물 지도도 일종의 장보도겠지? 에고. 내 돈 아닌 걸 함부로 쓴 생각을 하니 이거 또 미안해지네.'

　주유성의 가치관은 당소소와 주진한에게서 물려받았다. 당소소는 그래도 정파라고 정의를 가르쳤고 주진한은 상인이라 돈 거래의 깨끗함을 가르쳤다.

거기에 더해서 주유성에게 영향을 끼친 것은 책이다.

그런데 책들은 보통 옳은 일을 적어놓지 사기 치는 법이나 돈 떼먹는 법을 알려주지는 않는다. 주유성이 읽은 얼마 되지 않는 책들은 그나마도 수준이 아주 높아 도덕적인 완벽함을 요구한다.

그렇게 자란 주유성은 좋은 일에 돈을 쓰는 것은 당연하게 생각한다. 하지만 그 과정에서 남의 돈을 훔치거나 함부로 유용하지 않아야 한다.

그래서 주유성은 노새 성자 이야기만 들으면 개운치 못한 마음에 입맛이 다 떨어진다. 은자 한 무더기 정도면 잊어버리겠는데 그가 쓴 돈은 십만 명의 목숨을 구할 만큼 어마어마했다.

주유성이 조금 조심스럽게 음식을 먹기 시작했다.

주진한이 당소소를 보고 자랑스럽게 말했다.

"이번 장보도는 달라. 이번 장보도는 바로 삼백 년 전 검마의 것이거든."

거칠 것 없는 여장부 당소소의 얼굴이 굳었다.

검마라는 무림명은 시대를 거치며 몇 번이나 나타났다. 무림명이라고 하는 것은 적어도 동시대에 같은 것이 두 개 이상 존재하지만 않으면 된다.

그중 삼백 년 전의 검마는 특히 강했다. 그 당시 검마의 비중은 지금의 검성이나 혈마, 천마와 맞먹었다. 현재 이 세 명이 중원무림의 최강자로 알려져 있다. 검마는 그 당시 적어도 천하삼대고수였다는 뜻이다.

당소소가 이내 고개를 저었다.

"가짜일 거예요. 검마가 비록 조용히 은거했다고는 하지만 그의 장보도가 돌아다닌다니. 믿을 수 없어요."

주진한도 들은 말은 많다.

"아, 이번에는 진짜야. 처음에 장보도가 나타난 곳이 어딘지 알아? 바로 제갈세가야. 어떤 사람이 제갈세가의 한 지부에 그 장보도를 가져와서 진위 여부를 판단해 달라고 했다더군."

당소소가 흥미를 가졌다.

"그래요?"

"그 지부에서는 처음에는 어디서 가짜를 구해왔나 했대. 그런데 조사를 해보고 난리가 났지. 시기적으로 거의 삼백 년 가까이 예전의 물건이더란 말이지. 검마의 은거 시기를 생각하면 장보도의 시간대는 그럴싸하게 맞지. 더구나 필체도 똑같고."

"어쩌면 정말 검마의 것인지도 모르겠네요? 그런데 어떻게 소문이 퍼졌데요? 제갈세가에서 그걸 그냥 돌아다니도록 놔두지 않았을 텐데?"

"역시 우리 소소. 척하면 착이군."

당소소가 미소 지으며 끌끌댔다.

"어디 가가만 하겠어요?"

두 사람의 닭살은 이십 년이 흘러도 사라질 줄을 모른다.

"당연히 제갈세가 지부에서는 매입을 시도했다더군. 그 사람이 팔 리가 없지. 나라도 그런 것이 있으면 안 팔아. 옥신각신하다가 시비가 붙었대. 발표는 그렇게 했지만 아마 제갈세가에서 날로 먹으려고 한 것 같아."

"제갈세가라면 그러고도 남지요. 상당히 간교한 구석이 있는 곳이니까요."

"그런데 결과가 어떻게 났는지 알아?"

"그 사람이 무사히 도망갔나요?"

"그 정도가 아니라 지부에서 싸움이 붙었어. 아주 커졌지. 근처에 있던 사람들도 뛰어들 정도로. 나중에는 지부 자체가 거덜이 날 정도였다고 하더군."

당소소가 조금 생각하더니 말했다.

"그 과정에서 사본이 나왔군요?"

"그래. 조각조각 나눠진 사본들이 어떻게 조합됐는지 몰라도 몇 가지 장보도가 만들어졌다는군. 뭐, 정확한 건 하나도 없지만 대략적인 위치는 나왔나 봐. 그리고 그걸 대량으로 복제해서 팔아먹은 사람들이 있어. 그래서 다들 난리가 났지. 이건 제갈세가에서 진짜라고 선언한 물건이거든."

당소소가 넘겨짚었다.

"제갈세가가 아니라 그 지부겠지요. 그래서요? 제갈세가에 서 가만히 있어요? 그럴 사람들이 아니잖아요."

주진한이 의기양양하게 말했다.

"제갈세가가 아니라 무림맹이 나섰어. 사안이 너무 크니 두고 볼 수가 없었겠지. 무림맹의 정예가 장보도의 위치로 이 동하고 있어. 목표 지점이 이 하남 땅이거든. 무림맹도 하남 에 있으니 가기 더 수월하겠지."

"그럼 일은 끝났네요. 장보도가 진짜든 가짜든 상관없이 무림맹에 작정하고 나서면 나머지는 그저 구경이나 해야죠."

"그래도 그 검마라고. 사람들이 모여드는 양이 장난이 아 니야. 그리고 무림맹도 만약을 대비해서 보유한 진법가들을 출동시켰다는군. 그 외에 중원의 유명 진법가들도 혹시 끼어 들 자리가 있을까 하고 슬슬 움직이고 있다고 하고."

"어머. 진법 하면 우리 유성이도 꽤 하잖아요. 거리도 가깝 다면서요?"

젓가락질을 하던 주유성의 손이 굳었다. 그리고 웃었다.

"어머니, 우리 가문의 분광검법과 단심법은 절학이에요. 군이 검마의 것을 가져와서 뭐 하겠어요?"

가기 귀찮다. 간다고 해서 수많은 경쟁자를 뚫고 필요한 것 을 차지한다는 보장도 없다.

당소소도 그건 마찬가지 생각이다.

"누가 거기 가래니? 그런 덴 위험하니까 가지 말란 소리야."

주진한도 마찬가지다.

"돈이야 장사해서 벌면 돼. 무공은 지금도 충분하고."

주유성은 안도의 한숨을 쉬었다. 집에서 보내지만 않으면 그런 곳에 갈 일은 없다고 믿었다.

*   *   *

무림맹의 장로들 중에서 진법에 특히 관심이 많은 사람이 무당의 청허자다. 그리고 뭘 조사하는 일에는 개방의 취결개가 최고다. 그들 둘이 무림맹의 조사대를 잔뜩 끌고 장보도가 가리키는 곳으로 향했다.

그들만 움직인 것이 아니다. 적명자도 빠지지 않고 나섰음은 물론이고 무림맹의 정예 부대가 엄청나게 움직였다.

취결개가 자기를 따라오는 수많은 무인들을 둘러보며 말했다.

"이야, 이거 마치 사황성이나 마교라도 치러 가는 것 같은 위세군. 우리가 지금 삼천 명이야. 삼천 명."

청허자가 대응했다.

"할 수 없소. 워낙 많은 사람들이 장보도에 욕심을 내면서 달려들고 있으니까. 그들을 견제하려면 이 정도는 돼야 하지 않겠소? 감히 무모한 짓을 하지 못하도록 하려면 말이오."

"그렇지. 늙은 도사 말이 맞지. 이 정도 움직여 줘야 피를 안 보고 해결될 거야. 공연히 소수로 움직이다가는 사람들이 서로 피 터지게 싸운다고."

청성의 적명자가 옆에서 엄한 얼굴로 말했다.

"검마의 무공은 마공. 그런 것이 세상을 돌아다니도록 놔 둘 수는 없소이다. 당연히 우리가 회수해서 처리해야 하는 것 이지요. 감히 마공을 노리다니. 마두가 되려 하는 싹은 내 손 으로 먼저 없애 버리겠소."

청허자는 의견이 다르다.

"어허. 도를 추구하는 사람이 어찌 그리 살생을 쉽게 말하 시는지. 그래도 잘 타일러야지요. 누구나 하기에 따라서 마두 가 되기도 하고 협객이 되기도 하는 것인 법이라오."

"홍. 마두가 될 자가 어찌 협객이 된다는 말이시오? 가당치 도 않소."

그들 셋이 의견 일치가 되는 경우는 별로 없다.

무림맹이 동원한 전력이 너무 거대하니 감히 도전하는 자 는 없었다. 사파 무사나 마두들은 접근도 못했다. 군소정파의 사람들은 그저 뒤를 따르며 구경만 했다.

청허자가 목적지에 다가가면서 말했다.

"그나저나 이런 일에는 그 녀석이 있으면 참 도움이 될 텐 데."

취걸개가 고개를 갸웃거렸다.

“그 녀석?”

“주유성 말이오. 주 소협이 진법대회에서 우승했지 않소? 그의 답안은 정말 완벽했거든. 선발대의 보고에 의하면 장보도가 가리키는 곳에는 진법의 흔적들이 다수 보인다고 하오. 주 소협이 있으면 도움이 되겠지.”

“아하, 그 녀석. 좋지. 지난번엔 잘도 도망갔지. 이번에 아이들을 보내서 끌고 올까나?”

취걸개가 싱글벙글 웃었다. 그는 무림맹에서 도망가 버린 주유성에 대한 유감이 아직 많다. 자신이 직접 나섰음에도 추적에 실패한 것이 더 기분 나쁘다.

“오려고 하겠소?”

취걸개가 콧방귀를 뀌었다.

“흥. 제까짓 것이 안 오면 어쩌려고. 걱정 마시오. 내가 그 녀석과 친한 아이들을 몇 보내서 불러오게 하지. 안 오면 우리가 직접 몰려가서 괴롭혀 주겠다고 하지 뭐. 으흐흐흐.”

취걸개가 남궁서천을 찾았다.

“이보게, 남궁서천. 내 부탁을 좀 들어줄 텐가?”

남궁서천은 남궁세가의 지위 향상을 위해서 몇 년째 무림맹에서 열심히 뛰고 있다. 그런 그가 무림맹 장로 중 하나인 취걸개의 부탁을 거절할 수는 없다.

“부탁이라니요. 그냥 말씀하시지요.”

"별건 아니고. 자네 주유성 알지?"

"잘 아는 것은 아니지만 친분이 조금 있습니다."

"그래, 그래. 그 녀석을 잘 아는 놈이 있으면 그게 더 이상하지. 내가 그 녀석이 좀 필요하다."

남궁서천이 잠시 생각하다 알았다는 듯이 말했다.

"아, 주 소협은 진법대회의 우승자이지요. 그 때문에 그러시는군요?"

"그렇지. 그러니까 자네가 가서 그 아이를 좀 데려와 주게. 아는 사람이 가야 더 쉽지 않겠나?"

남궁서천으로서도 환영할 만한 일이다. 하지만 자신은 없다.

"주 소협은 그 게으름이 극에 달해 좀처럼 움직이지 않는 사람입니다. 제가 간다고 해서 과연 올지 모르겠습니다."

취걸개가 웃었다.

"껄껄. 그래서 자네를 보내는 거지. 그 녀석 내가 보기에 정에 꽤 약하거든. 아는 사람이 부탁하면 차마 거절하지 못할 거야."

남궁서천은 좋은 생각이 들었다.

"그렇다면 아는 사람이 더 많으면 좋겠군요. 여럿이 가서 부탁하면 일이 더 쉽지 않겠습니까?"

취걸개도 반색을 했다.

"내 생각이 바로 그거라네. 그래, 자네 말고 또 친분이 있는 사람이 있는가?”

“예. 일단 제 동생과 친분이 꽤 있습니다. 그리고 이번에 참가한 일행 중에 검각의 검옥월 소저가 주 소협과 가깝습니다.”

목적은 자기 동생을 데려가는 것이고, 검옥월은 덤이다.

“옥월이라. 그렇지. 나도 그 둘이 같이 노닥거리는 꼴을 몇 번 본 기억이 나네. 알았네. 그럼 그렇게 셋이 가도록 하게.”

“꼭 데려오겠습니다.”

“내 자네를 믿겠네. 그런데 시간을 끌면 그 게으름뱅이는 어디서 자빠질지 모르네. 그러니 어떻게든 서둘러 데려와야 하네. 내 말 명심하게.”

취걸개가 제일 걱정하는 것은 주유성이 오기 전에 일이 끝나는 것이다.

‘이놈아, 너를 반드시 부려먹어 주마.’

＊　　　＊　　　＊

천마의 앞에 마뇌가 공손히 서 있었다. 천마가 이맛살을 찌푸렸다.

“검마라면 지금의 나와 비견된다는 고수였지?”

“예. 그러나 그 검마 본인이 온다고 해도 교주님의 상대는 되지 않습니다. 걱정하지 마십시오.”

명백한 아부다. 삼백 년 전 검마의 무공에 대한 명성은 지금의 천마보다 결코 낮지 않았다. 천마도 그걸 알지만 마뇌의 아부를 들으니 저도 모르게 기분이 좋아졌다.

"그래도 무림맹이 저렇게 화려하게 움직이잖아?"

"무림맹은 혈란이 일어나는 것을 방지하기 위해서입니다. 워낙 하는 일이 없는 곳이니 이런 때 뭔가 하는 척 생색을 내기 위해서이기도 하지요. 지금 설사 검마의 무공이 나온다 한들 그걸 누가 언제 다 익히겠습니까? 새로운 검마가 나올 때쯤에는 이미 무림은 교주님 것입니다."

"그래도 아깝군. 검마의 무공이라. 한번 어떤 것인지 읽어 보고는 싶다."

천마는 그냥 호기심에 한 말이다. 하지만 마뇌는 천마의 말을 그냥 흘려듣지 않는다.

"몇 녀석 보내서 조사를 시키겠습니다. 탈취는 어렵겠지만 어떻게 돌아가는지 알아볼 수는 있습니다. 이번 것이 진짜인지도 알아봐야 하니까요."

"응? 제갈세가에서 보증했다며?"

"그렇기는 합니다만 조금 냄새가 납니다. 우리가 무림맹을 건드리고 얼마 되지 않아서 일어난 일입니다."

"알았어. 그런 사소한 일은 마뇌가 알아서 해. 나는 마뇌 자네만 믿겠네."

                    *   *   *

주가장에 취걸개가 보낸 사람들이 도착했다.

주진한과 당소소는 그들을 반갑게 맞았다.

주진한이 기쁘게 말했다.

"오호. 남궁서천 소협이군. 광명검의 명성은 내가 익히 들었소. 그 나이에 단독 무림명이라니. 대단해."

무림명은 스스로 짓는 것이 아니기 때문에 설사 악명이라고 하더라도 소문이 나야 얻을 수 있다. 그런 면에서 악인들은 사고를 많이 치기 때문에 더 쉽게 무림명을 얻는다.

남궁서천은 무림맹에서 몇 년을 활동했다. 남궁서천은 그동안의 활동 덕에 최근에 무림명을 얻는 데 성공했다.

광명검이라고 하는 무림명은 그의 일 처리가 꽤나 공명정대한 데서 얻은 것이다. 당연히 금검 같은 것보다 만 배는 더 영광스러운 무림명이다.

남궁서천이 고개를 숙여 겸양을 표했다.

"금검 대협이 금칠을 해주시니 얼굴을 들 수 없습니다."

딴에는 농담이라고 한 것이지만 재미없다.

당소소가 옆에서 웃으며 나섰다.

"그런데 옆의 아가씨는 누구지요? 처음 보는 얼굴인데?"

검옥월을 보고 한 말이다. 바로 옆의 남궁서린은 이미 아는 얼굴이다. 하지만 사천나찰이라고 불렀다는데서 단단히 삐

쳤기에 아는 체도 안 했다.

검옥월은 몸가짐이 예사롭지 않다. 잘 다듬어진 한 자루 검과 같다. 무공고수인 당소소는 실력 좋은 여고수를 보자 깊은 관심을 가졌다.

검옥월이 정중히 인사했다.

"사천제일미를 뵈어 영광입니다. 저는 검옥월이라고 합니다. 사부님께서 백 자, 소 자, 란 자를 쓰십니다."

검옥월은 남궁서린처럼 경솔하지 않다. 더구나 그녀의 사부인 이화월백검은 젊은 시절 당소소와 교류가 꽤 있었다. 그래서 당소소가 사천나찰이라는 무림명을 얼마나 싫어하는지 잘 안다.

당소소의 얼굴이 환해졌다. 남의 입에서 사천제일미 소리 들어보는 것도 오랜만이다. 더구나 이화월백검의 제자다.

"어머나! 백 언니 제자구나. 잘 왔다. 역시 백 언니네. 제자를 정말 잘 가르쳤어. 너 검술이 보통이 아니지? 얘는. 편하게, 편하게 있어. 날 그냥 이모라고 생각해."

당소소가 친근감까지 표시했다. 옆에서 보는 남궁서린으로서는 부러워 죽을 모습이다.

검옥월이 배시시 웃으며 말했다.

"이모님을 뵈어요."

그녀의 눈은 날카롭다. 웃느라 작아지면 영락없이 째려보는 모습이다. 더구나 얼굴은 햇볕에서 수련을 하도 많이 해까맣게 타서 별명이 깜순이다.

하지만 당소소쯤 되는 미녀는 다른 여자들의 미모에 크게 신경 쓰지 않는다. 어차피 미녀든 추녀든 그녀가 보는 수준에서는 다 한 등급 떨어진다. 더구나 잔뜩 호감을 가지고 있으니 눈매도 그리 거슬리지 않는다.

"어머. 백 언니 제자라서 그런지 몸매가 아주 예술이구나. 코하고 입도 이렇게 귀여울 수가 없네."

눈과 피부 색만 쏙 빼놓고 잔뜩 칭찬했다.

주진한이 수다 떠는 여자들을 놔두고 남궁서천에게 질문했다.

"그런데 여러분은 무슨 일로 우리 집을 다 방문하셨나? 여기는 그저 평범한 장원인데?"

평범하지는 않다. 주가장은 당소소가 무사들을 하도 수련시켜서 이제 용담호혈이라고 해도 부족함이 없는 곳이다. 하지만 본업은 상업이 틀림없다.

남궁서천이 조금이라도 좋은 인상을 주기 위해서 공손히 대답했다. 동생을 위해서다.

"이번에 무림맹에서 검마의 장보도를 입수, 조사 중인 소식은 들으셨을 거라고 생각합니다."

"그럼, 당연하지. 내가 명색이 하남의 십대상인 아닌가? 그런 큰일을 모른다면 십대거지가 됐겠지."

"그 일 때문에 주유성 공자의 도움을 얻으러 왔습니다."

한쪽에서 검옥월과 수다를 떨고 있던 당소소가 고개를 획 돌렸다.

"우리 유성이? 유성이가 왜?"

"주 공자는 지난번 무림 진법대회의 우승자입니다. 그것도 만점을 받았지요. 학문이 높고 진법에 능하니 이번 일에 큰 도움이 될 수 있습니다. 그래서 취걸개 장로님께서 저희를 보냈습니다. 주 공자를 데려오라고요."

"거지 아저씨가?"

"취걸개 장로님입니다."

당소소가 투덜댔다.

"거지 아저씨가 우리 유성이를 무림 일에 끌어들이겠다는 거란 말이지. 거지 아저씨가 독 맛이 그리운가 보다."

주진한이 옆에서 조금 거들었다.

"소소, 무사로서의 일이 아니라 진법가가 필요한 거라잖아. 진법을 펼친다면 은이라면 모를까 무슨 원을 쌓겠어? 더구나 저 녀석. 요새 꽤나 돌아다녔거든. 이 기회를 놓치지 말고 자꾸 나돌아다니게 해야지."

당소소도 듣고 보니 나쁘지 않은 생각이다. 장보도 조사라면 진법가는 진을 펼치는 것이 아니라 해체하는 일을 한다. 보통은 다른 사람에게 도움을 주면 줬지 원한을 쌓을 일은 없다.

그리고 새로운 의문이 들었다.

"그런데 저 두 사람은 여기 와본 적이 있으니 그렇다 치고 옥월이 너는 왜 따라온 거니?"

어느새 친해져서 이름을 스스럼없이 불렀다.

검옥월이 얼굴을 살짝 붉히며 말했다.

"무림맹에서 주 공자와 같이 용봉각에 있었거든요. 그때 도움을 많이 받았어요. 취걸개 장로님은 그걸 아시고 주 공자를 데려오는 일행에 저를 끼워 넣으셨어요. 친분이 조금이라도 있는 사람이 가야 데려오기 수월할 거라고 하면서요."

당소소는 연애 눈치가 백만 단이다. 그녀 자신은 주진한 한 명만 바라보고 살았지만 그녀를 바라보고 쫓아다닌 남자는 얼마나 많았는지 다 기억도 못한다. 전문가의 입장에서 검옥월의 태도를 보니 대충 감이 잡혔다.

'우리 유성이가 제법이네. 어디 보자. 용봉각에 있었다면 검각에서 올해의 대표 주자로 내세웠다는 뜻이니 무공은 물어볼 것도 없군. 백 언니 제자면 심성이 나쁠 리도 없지. 나와 대화할 때 보인 모습이 내숭이 아니라면 틀림없어.'

당소소는 주유성이 용봉각에 거주했던 것은 안다. 왜 그 방에서 지내는 것이 가능한지는 주유성 본인도 모르는 일이다. 당소소는 그저 무림맹의 최고위층 중 하나인 취걸개가 손을 써서 예비 방에 거주가 가능했다고 지레짐작할 뿐이다.

'같이 용봉각에 있어서 친해졌다는 거지? 이 아이 사람 볼 줄 아네. 좋았어. 너를 내 며느리 후보 명단에 올려주마. 요

옆의 버르장머리없는 계집보다는 백배는 낫네.'

그녀의 며느리 후보 명단은 아직 텅 비어 있다. 욕심 같아서는 백 명쯤 채우고 싶다. 그 첫 번째에 검옥월이 올라갔다.

당소소가 외모를 따지는 사람이었으면 주진한과 결혼하지도 않았다. 잘생긴 수많은 후기지수 중 하나를 고르지 않은 것은 외모가 중요하다고 생각하지 않기 때문이다. 그녀 자신이 최고의 외모를 가졌기 때문에 오히려 외모에 무관심하다. 그래서 검옥월의 날카로운 눈매 같은 문제는 신경도 쓰지 않았다.

"그래. 젊은 사람들끼리 친해져야지. 사실 우리 유성이가 공부는 잘하는데 워낙 나돌아다니지를 않아서 친구가 별로 없어. 옥월이가 이번 일에 같이 다니면서 친하게 지내."

당소소의 말에 검옥월의 얼굴이 더 붉어졌다.

"이, 이모님의 말씀 명심할게요."

당소소의 허락까지 떨어졌으니 이제 거칠 것이 없다. 남은 것은 주유성을 꼬시는 작업뿐이다.

주유성이 크게 놀라며 소리쳤다.

"에엑? 나보고 그걸 하라고요?"

얼토당토않다는 반응에 남궁서천이 더 당황했다.

"주 공자, 이건 중요한 일이오. 조금만 잘못 처리해서 빈틈을 보이면 수많은 무림인들이 검마의 비급을 노리고 달려들

거란 말이오. 그렇게 되면 엄청난 피를 보게 되오.”

다른 때라면 몰라도 이번 일에 관해서는 그런 것으로 주유성을 설득할 수 없다.

“무림맹의 사람들이 삼천 명이나 갔다면서요? 누가 감히 거기에 손을 대겠어요? 사황성이나 마교가 작정하고 쳐들어오기 전에는 안전해요.”

“어허. 세상일이란 모르는 것 아니오? 주 공자가 예비가 돼주는 것이 좋지.”

“나는 예비 인생이 아니거든요?”

남궁서천이 이번에는 먹을 것을 들고 나왔다.

“주 공자, 거기까지 갔다 오는 동안 여러 맛집들을 찾아다니는 건 어떻소? 비용은 걱정 마시오. 최고로 먹고 옵시다.”

남궁서천이 가진 돈도 충분히 많지만 주진한은 별도로 자금 지원을 약속했다.

주유성은 그 말에 구미가 조금 당겼다. 요새 좀 싸돌아다녔더니 세월아 네월아 풍월을 읊으면서 돌아다니는 일에 제법 익숙해졌다.

주유성이 갈등하자 사람들이 침을 꿀꺽 삼켰다.

‘넘어와라.’

‘주 공자님, 오라버니 말에 넘어오세요.’

‘주 공자, 같이 갔으면 좋겠네요.’

주유성이 갑자기 벌렁 드러누웠다.

“에이. 싫어요. 군자는 먹을 것을 탐하지 않는 법이에요.”

남궁서천은 욕이 목구멍까지 올라왔다.

‘네가 군자냐? 게으름뱅이지?’

하지만 지금은 달랠 필요가 있다. 취걸개가 이번 일에 꽤 큰 기대를 걸고 있다는 것을 안다. 그 이유는 모른다.

“주 공자, 그러지 말고 갑시다.”

“돈 많다니 그냥 여기서 먹어요. 내가 서현 맛집 일람을 시켜줄게요.”

남궁서천은 먹을 거로는 안 된다는 것을 깨달았다.

그 모습을 보던 검옥월도 초조해졌다. 그녀는 주유성과 같이 놀러 다니고 싶다. 평생 무공만 수련한 그녀는 살아오면서 즐거운 일이 별로 없었다. 그런데 무림맹에서 주유성과 놀 때는 모든 일이 너무 즐거웠다. 이번 일에도 주유성과 함께 하고 싶다.

검옥월은 마침내 큰 결심을 했다.

“주 공자님.”

그녀의 목소리는 긴장으로 조금 떨렸다.

주유성이 그 목소리가 심상치 않음을 깨닫고 더 이상 누워 있지 못했다. 억지로 몸을 일으켰다.

“검 소저, 왜요?”

“주 공자님, 사실 저는 이번에 무림맹에 잠시 있으라는 명령을 듣고 왔어요.”

　사실은 마교 문제가 해결될 때까지 뿌리를 박으라고 보내졌다. 검각 각주는 아예 안 돌아왔으면 하고 기대하고 있다.

"잠시? 무림맹에서 지내는 거 좋아했잖아요?"

"그래요. 하지만 각의 명령은 지엄해요. 오래지 않아 돌아가야 해요."

거짓말도 일단 시작해 보니 술술 잘 나왔다.

주유성이 그 말을 듣고 조금 안쓰러운 얼굴을 했다.

"하지만 이번 일에 공을 조금 세우면 당분간 돌아가지 않아도 돼요. 제가 무림맹에 도움이 됐다는 것을 알게 되면 각에서도 시간을 더 줄 거예요."

"하지만 싸움이 일어날 것 같지 않은데……."

주유성 생각에 이번에 검옥월이 공을 세울 기회는 전혀 없다.

"그래서 공자가 조금만 도와줬으면 해요. 같이 가서 진을 해체하는 데 도움을 주면, 저랑 같이 그걸 해주면 각에서도 저를 불러들이지 않을 거예요."

"에? 일이 그렇게 돼요?"

검옥월은 간절한 마음을 담아서 말했다.

"각에는 친구가 없어요. 거기는 저에게 삭막해요. 하지만 무림맹에서 보낸 시간은 정말 즐거웠어요. 저는 이곳의 따뜻함을 좀 더 느끼고 싶어요."

그건 진심이다. 정확히 말하면 주유성과 있어서 따뜻했다.

주유성과 함께 그것을 더 즐기고 싶다.

　주유성은 갈등했다. 마지막 말의 진실성이 주유성에게 전해졌다.

　'이거 틀림없이 진짜 같은데. 아, 이거 참 곤란하네. 검 소저처럼 착한 아가씨가 원하는 일이라니.'

　주유성은 밍밍에게 사기당한 이후로 여자의 거짓 눈물에 쉽게 속지 않았다. 그러나 다른 여자도 아니고 설마 검옥월이 거짓말을 할 거라고는 생각하지 못했다.

　속은 상태에서는 어차피 답이 나와 있다. 주유성은 그리 모질지 못하다.

　"휴우. 알았어요. 가요. 대신에 맛있는 음식 보장. 지켜야 해요."

　주유성이 항복했다.

　검옥월이 안도의 한숨을 쉬었다. 그녀의 서투른 거짓말이 정통으로 먹혔다.

　일행의 마음은 급하지만 주유성은 여유만만이다. 바쁘다는 말이 무슨 뜻인지 잘 모르는 인간이라 여행 준비를 핑계로 시장에 들러서 놀고먹었다.

　검옥월은 불만없다. 검각의 제자인 그녀는 검마의 무공에는 관심도 없다. 검각의 것도 완전히 다 못 익혔는데 마공을 가지고 있어봐야 도움도 되지 않는다.

하지만 남궁서천은 다르다. 그는 무림맹의 행사에서 해야 할 일이 많이 있다. 더구나 취걸개로부터 주유성을 얼른 데려오라고 신신당부를 받았다.

"주 소협, 지금 검마의 유적에서 사람들이 기다리고 있소. 우리가 여기서 이렇게 시간을 끌다가 그곳의 일이 해결되어 버리면 어찌 낭패가 아니겠소?"

주유성에게는 씨도 안 먹히는 소리다.

"그럼 더 좋잖아요. 갔더니 다 끝났다면 할 일이 없으니 얼마나 좋아요?"

"그, 그야 그렇지만."

할 말 없던 남궁서천의 눈에 검옥월이 보였다.

"그렇지. 우리야 그렇지만 검 소저는 거기 가서 공을 세워야 하잖소? 이 여행, 검 소저를 위해서 움직이지 않소?"

주유성의 생각에도 확실히 그렇다. 검각이나 무림맹에 대한 정보에 어두워 검옥월의 거짓말을 믿고 있는 그는 이제 그만 출발해야 할 때임을 알았다.

"알았어요. 그럼 꼬치 하나만 먹고요. 저거 정말 맛있어요."

순순히 가지는 않는다. 주유성이 앞장서서 꼬치 가게로 찾아갔다.

주유성이 반갑게 말했다.

"밍밍아, 오빠 왔다!"

작은 가게에서 꼬치 굽느라 정신없던 밍밍이 환히 웃으며 반겼다.

"우와아! 오빠. 오늘은 장날도 아닌데 웬일이래?'

'혹시 나 보러 왔어?

"하하. 꼬치 먹으러 왔지."

주유성이 꼬치 몇 개를 덥석 집어서 일행에게 나눠줬다.

"자, 하나씩 먹어봐요. 밍밍이 굽는 꼬치는 양념부터가 차원이 달라요. 육질은 말할 것도 없고요."

남궁서천은 길거리에서 이런 것을 사 먹지 않게 된 지 십 년은 넘었다. 남궁서린도 크게 다르지 않다. 그들은 모두 이것을 어렸을 때 졸업했다.

검옥월은 상황이 반대다. 검각 내에 꼬치 가판이 있을 리가 없다. 검각에서 자라온 그녀는 이런 것을 먹어볼 기회 자체가 없었다.

남궁서천이 조금 머쓱한 웃음을 지으며 꼬치를 한입 물었다. 그의 눈이 커졌다.

"이건, 우물우물, 장난이 아닌데? 육즙이 넘쳐. 우물우물."

"쩝쩝. 오빠. 정말 맛있어요. 양념의 매콤한 맛이 짜릿해요."

두 사람은 정신없이 꼬치를 먹으며 말했다.

검옥월은 두 사람을 곁눈질로 보며 꼬치 먹는 법을 배웠다. 그리고 한 조각을 살짝 깨물었다.

검옥월의 째진 눈도 커졌다.

그녀가 평생 먹은 음식은 검각의 거친 밥이다. 검각에서 그 치열한 경쟁을 뚫고 더 고급의 검법을 배우려면 남들보다 무공이 높아지는 수밖에 없다. 죽도록 수련을 하는 사람들이라 몸에 좋은 것에만 관심이 있지 맛에 큰 신경을 쓰지 않는다. 그래서 그녀가 평생 먹은 음식은 무조건 영양 위주다. 맛은 형편없다.

무림맹에 와서야 그녀는 세상에는 다른 차원의 음식이 있다는 사실을 깨달았다. 그녀는 무림맹의 밥이 정말 좋았다. 하지만 무림맹의 밥도 어차피 대량 급식을 위해서 만들어지는 것이다. 그녀가 요릿집에 가본 적이 없으니 그저 그것이 최고인 줄로만 알고 지냈다.

그리고 이제 서현에서 진짜 맛이란 무엇인지를 느꼈다. 요리급의 음식을 먹으니 맛에 관한 개념이 재정립되었다. 그녀의 눈에 눈물이 살짝 맺혔다.

'이런 세상이 있었구나.'

어느새 꼬치를 하나 다 먹어버린 남궁서천이 갑자기 생각난 듯 말했다.

"아하, 이것이 바로 그 꼬치로군. 하나에 철전 열 닢이나 한 적이 있다는 그 꼬치."

남궁서천과 남궁서린이 오 년 전에 주유성과 처음 만났을 때, 그때 그들은 열 닢짜리 꼬치구이 이야기를 들었다.

주유성이 꼬치를 아껴 먹으며 고개를 끄덕였다.

"응. 십 년 전 일이에요. 그때 내가 열 닢으로 가격을 정했어요."

이야기를 듣던 밍밍이 조금 행복한 미소를 지었다. 그때 꼬맹이던 밍밍은 어느새 소녀를 살짝 넘어 처녀 분위기마저 조금 풍기고 있었다.

남궁서천이 감탄했다.

"그렇군. 이 정도면 능히 철전 열 닢이라고 할 만하지."

"에이. 이게 무슨 열 닢이에요? 이건 철전 하나에 꼬치 두 개예요. 돈이나 내요."

사는 것은 주유성이 했지만 돈 지불은 남궁서천 몫이다. 주유성은 돈이 없고 남궁서천은 식사를 책임지기로 했다.

검옥월이 어느새 꼬치를 다 먹고 빈 막대를 보며 아쉬운 듯 말했다.

"주 공자, 정말 맛있어요."

"그래요? 그럼 하나씩 더 먹을래요?"

주유성이 반색을 하는 모습을 본 밍밍의 눈이 조금 날카로워졌다.

"오빠, 이분들은 누구셔?"

"응. 나를 데리러 무림맹에서 온 사람들이야. 이 멀대 같은 아저씨는 남궁서천, 여기 불만 많은 아가씨는 남궁서린, 여기 칼 잘 쓰는 아가씨는 검옥월. 여기 귀염둥이는 밍밍이에요.

우리 시장에서 꼬치를 제일 잘 굽는 애예요.”

“안녕하세요? 그런데 무림맹에서 오빠를 찾는데 왜 여러분이 오셨어요?”

밍밍에게는 그게 아주 심각한 관심사다.

‘남자는 관심없으니 치워 버리고. 저 애는 미모가 장난이 아니네. 그리고 저 여자는 몸매가 쭉쭉빵빵이잖아.’

남궁서천이 별생각없이 대답했다.

“아, 우리가 주 공자와 친분이 좀 있어서 직접 데리러 왔지.”

밍밍의 눈에 불이 번쩍였다. 그녀가 두 여자를 노려보았다.

‘이 게으름뱅이를 꼬치 먹여가며 이만큼 키우느라 얼마나 힘들었는지 알아? 이제 와서 별의별 잡것들이 나타나서 날로 먹으려고 들어?

그녀가 아는 한도 내에서 주유성과 오빠라고 부를 만큼 친분을 유지하는 여자는 자기 혼자뿐이다. 다른 여자들도 수없이 시도했지만 주유성의 게으름이란 방어벽을 뚫는 데 실패했다. 님을 봐야 뽕을 따고 하늘을 봐야 별을 보는 법이다. 보통의 여자들은 주유성과 이야기할 기회 자체를 잡기가 힘들었다.

하지만 자신은 꼬치 굽는 기술을 이용해서 주유성과 친분을 맺는 데 성공했다. 밍밍이 속으로 후회했다.

‘아주 거저먹겠다고 나타난 것들이네. 경쟁자가 없다고 내가 너무 방심했다.’

남궁서린은 밍밍을 마주 노려보았다.

‘주 공자를 노리는 것들이 왜 이리 많아? 서현은 무주공산일 줄 알았는데. 아이, 짜증나.’

부끄러움을 많이 타는 그녀는 내색도 못하고 속으로만 툴툴댔다.

반면에 검옥월은 연애가 뭔지 모른다. 그런 것 해본 적도 없고 이야기를 들어볼 기회도 거의 없었다. 자신의 마음조차 모른다. 그녀는 밍밍의 눈빛을 정확히 해독할 수 없었다.

‘이 꼬마 아가씨가 왜 나한테 적의를 보이지?

그녀가 판단하기에 밍밍은 무공을 모른다. 그런데도 자신에게 도전적인 눈빛을 보내는 이유를 알 수 없다.

‘내가 꼬치 먹은 방법이 틀렸나?’

第十一章

거대한 운무를 보며 청허자가 고개를 갸웃거렸다.

"진법이 보통 규모가 아니군."

무림맹 소속 진법가들이 그의 곁에서 조언을 했다.

"혼자서는 설치가 불가능한 진법입니다."

"설사 검마가 진법에 해박한 지식이 있어서 설치했다고 하더라도 다 만드는 데 꽤 오랜 시간이 걸렸을 작업입니다."

옆에서 듣고 있던 취걸개의 안색도 나빠졌다.

"검법 수련에 뜻을 둔 검마가 그런 짓을 했다는 건 좀 믿어지지 않잖아. 역시 이번 일은 좀 수상한데?"

적명자가 그 의견에 반대했다.

"취걸개 장로는 검마가 그 혼자 돌아다녔다고 생각하는 건 아니겠지요? 그리 알려지지는 않았지만 그도 자기 세력이 꽤 있었다고 하더이다. 다만 직접적으로 활동한 것이 검마 혼자이지."

청허자도 동의했다.

"맞는 말이오. 혼자 작업하기는 힘들었겠지만 수하들을 썼다면 가능했겠지."

취걸개도 그 의견에 반대하는 건 아니다.

"진시황은 말 한마디로 만리장성도 만들게 했는데 뭐. 가능하기는 하지."

청허자가 진법가들에게 손짓을 해서 불러 모았다.

"좋다. 이제 슬슬 작업을 하자. 진법가의 중요성을 이번 작업에서 제대로 한번 보여주자. 해체 작업을 시작해라."

무림맹의 진법가들이 열의를 가지고 뛰어들었다. 이런 것은 엄청난 무공으로 깨부수지 못하는 한 진법가들의 해체 작업이 필수적으로 필요하다. 평소에 제대로 대우받지 못하던 사람들이 이 일에 열과 성을 가지고 달려들었다.

주유성은 느긋하게 움직였다. 네 사람은 말을 타고 움직였다. 주유성이 경공을 펼쳐 달릴 인간도 아닌 데다가 말을 타면 내공 소모가 없기 때문에 꽤 빠른 이동이 가능했다.

하지만 말 달리기는 주유성이 반대했다. 주유성의 주장은 하나였다.

"뭐 바쁜 일 있다고 그렇게 서둘러요?"

그 주유성의 의견에 찬성한 것은 검옥월이다. 그녀는 주유성과 놀고 싶은 마음에 나선 것이니 당연히 서두르지 않았다. 오히려 더 느릿느릿 갔으면 하는 마음이다.

넷 중에 둘이 속도를 늦추고 남궁서린조차 그 행동에 동참하는 기색을 보였다. 남궁서천 혼자서 독촉한다고 될 일도 아니다.

"끄응. 그럼 조금만 서두릅시다. 아주 조금만."

무림맹이 이번에 동원한 인원은 삼천 명이다. 그중에 고수가 부지기수고 무사들도 잘 단련된 정예들이다. 이 일에 참여했다는 것 자체가 나중에 이야깃거리가 될 수 있을 만큼 대규모 정예 병력 동원이다.

그러다 보니 서로 얼굴도 모르는 경우가 많았다. 자기네 소속 부대끼리야 서로 잘 안다. 하지만 바로 옆에 일이십 명으로 된 소규모 부대 하나가 새로 주둔해 왔다고 해서 그게 정확히 어디 소속인지까지는 모른다.

상당히 많은 정파들이 그런 상황을 이용해서 끼어들었다. 그 숫자가 다 합쳐 보니 무림맹이 동원한 병력의 일 할인 삼백 명이었다.

청허자 등의 수뇌부도 그 상황을 보고받아 알고 있다. 하지만 발각해 내고 보면 다들 같은 정파에다가 서로 친분이 있는 경우까지 있어 너무 매정하게 하지는 못했다.

명문정파 무당 출신인 청허자는 속 편하게 생각했다.

"어차피 구경이나 하는 건데 뭐 큰일이 있겠소? 우리가 동원한 무사들의 일 할밖에 안 되는데. 더구나 저들은 다 우리와 같은 정파. 혹시 무슨 일이 생긴다면 조그마한 도움이라도 되겠지."

속 편하기로는 취걸개 따라갈 사람도 많지 않다.

"그렇지. 설사 몇 놈이 사단을 일으킨다고 하더라도 주변에 널린 것이 정파 사람들인데. 우리 무림맹이 만들어놓은 영역 바깥에도 정파의 구경꾼들이 수천 명은 찾아왔으니까."

청성의 적명자는 그 모습이 조금 마음에 들지 않기는 하다.

"우리가 삼천이고 구경꾼이 칠천이지요. 저들이 다 들고일어난다면 막기 어려우니 지금 잡아서 쫓아내 버립시다."

청허자가 웃었다.

"허허허. 적명자 장로, 그렇게까지 할 필요가 있겠소? 칠천이라 하나 우리는 정예. 저들은 그저 그냥 모인 무인들. 걱정하지 마시오."

취걸개가 기분 좋은 듯이 말했다.

"여기에 모인 정파 무인들이 일만 명이란 말이지. 이만하면 마교나 사황성이라도 칠 수 있겠어. 하하하."

청허자가 농담 말라는 듯이 말했다.

"이 정도로 가능할 리가 없지요. 계란으로 바위를 치는 것도 아니고. 하지만 이만하면 타격은 줄 수 있겠지. 그 말을 뒤집으면 마교나 사황성 놈들이 검마의 비급을 노리고 우리를 습격할 수 없다는 뜻이기도 하지요. 여기에는 우리 정파의 힘이 상당히 많이 모여 있으니까."

그들의 안심과는 다르게 마교는 약간의 조사대를 침투시켰다.

마교가 여기에 직접 보낸 무사의 숫자는 겨우 열 명이다. 이 일을 방해하려는 것까지는 아니다.

원래 무림맹에 마교의 첩자가 없는 것은 아니다. 굳이 이들이 아니더라도 무슨 일이 일어났는지 전해 들을 수는 있다.

하지만 그럼에도 이들이 필요했던 것은 혹시 기회가 닿으면 비급을 빼돌릴 수 있지 않을까 하는 일말의 희망 때문이다. 그 가능성은 없다시피 하지만 마교에는 임무가 없어서 놀고 있는 병력이 많다. 마뇌는 교주의 농담을 심각하게 받아들이고 빼돌리려는 시도 정도는 하는 중이다. 성공 확률은 마뇌도 기대하지 않았다.

그 열 명이 무림맹 무사 삼천 명 사이로 스며들었다. 드물게 그들을 보고 어디 소속이냐고 묻는 사람도 있었다. 그럴 때면 조장은 소맷자락 속에서 패를 하나 슬쩍 보여주고 말았다. 손동작이 빨라 패는 보이지 않았지만 거기 한마디를 덧붙였다.

"미안하오. 비밀이라."

그것으로 충분했다. 정파의 무사 만 명이 모인 곳에서는 분위기도 완전히 풀어져 자세한 신분 조사 따위는 없었다.

진법가들이 청허자에게 모여들었다.

"장로님, 진의 상당 부분을 풀었습니다. 일단 조사해 보니 진의 중심에 지하로 통하는 구조물이 발견되었습니다. 간단한 조사 결과 꽤 거대한 구조물 같습니다. 하지만 그 내부에 기관이 좀 설치되어 있습니다. 설마 이런 것이 있을 줄 몰라 대부분 진법가들만 왔기 때문에 해체하기가 어렵습니다. 아무래도 힘으로 부숴야 할 듯합니다."

청허자가 반색을 했다.

"수고들 했군. 수고했어. 좋아. 그럼 들어가 볼까? 우리가 데려온 전 병력을 움직여 구조물 주변을 철저히 경계하게 하고, 고수들만 모아서 지하로 내려가 보자. 우리 무림맹 고수들의 무공이라면 어떠한 기관이라도 다 부술 수 있지. 두 분도 동의하시지요?"

취걸개나 적명자가 반대할 리 없다.

"늙은 도사 말대로 하지 뭐."

"그게 낫겠습니다."

잘 훈련된 병력은 일사불란하게 움직였다. 삼천여 명이 입구 근처를 철통같이 지켰다. 설사 어떠한 보물이 튀어나오더라도 아무도 훔쳐 가지 못하도록 하기 위함이다.

세 장로는 무림맹의 고수 백 명을 이끌고 지하로 내려갔다.

무림맹 무사들이 한곳에 집중해서 배치되자 그들이 차지하는 공간이 무척 좁아졌다. 외곽에서 구경만 하던 칠천 명이 그만큼 가깝게 다가섰다. 구조물 주변의 인구 밀도가 엄청나게 높아졌다.

아주 먼 곳에서 그 모습을 보던 혈마가 음산하게 웃었다.

"크흐흐. 총관, 일이 정말 잘됐지?"

입가에 웃음을 지우지 못하고 있던 총관이 공손히 대답했다.

"그렇습니다, 성주님. 예상보다 더 많은 먹이가 걸려들었습니다."

"바보 같은 놈들이로군. 아무도 눈치 채지 못했어."

"성주님, 저 덫을 준비하느라 몇 년이 걸렸습니다. 기밀 유지와 마교의 진을 재현하는 데, 그리고 지하 기관 설치를 몰래 하는 데 쓴 돈이 천문학적입니다. 알아챘다면 그게 이상한 일입니다. 더구나 놈들은 의심을 하면 할수록 위험을 방지하기 위해서 더 많은 병력을 동원해야 합니다. 놈들은 처음부터 피할 수 없었습니다."

혈마가 총관의 어깨를 두드려 주며 말했다.

"좋아. 좋아. 역시 총관이야. 수고했어. 이제 발동해."

이미 해체된 진 주변에서 새로운 움직임이 발생했다. 정파임을 가장하며 구경하러 들어왔던 사람들 중 일부가 움직였다. 그들은 미리 지정된 땅을 파헤치고 돌을 움직였으며 나무를 잘라 버렸다. 그리고 재빨리 바깥쪽으로 달아났다.

완전히 해체됐던 진이 잠깐 사이에 복구되었다. 짙은 안개가 뭉클뭉클 솟아오르며 진 내부를 완전히 뒤덮었다.

구경하러 왔던 대부분의 무림인도 지금은 진의 영역 안쪽으로 들어와 있었다. 그들은 갑자기 시야가 차단되자 당황했다. 급히 바깥쪽으로 움직이려는 사람들이 부지기수였지만 성공하는 자는 없었다.

아직 진의 영역으로 들어가지 않고 있던 얼마 안 되는 숫자의 무림인은 그 모습을 보고 경악했다. 누군가가 소리쳤다.

"덫이다!"

멀리서 그 모습을 보던 사황성주 혈마가 크게 웃었다.

"크하하하! 만 명을 덫 하나로 잡았다. 발광하고 발광하고 또 발광해라. 그리고 그 안에서 말라죽어라. 마교의 전설이라는 아수라환상대진을 한 달 내에 해체할 수 있는 놈이 있다면 내 손에 장을 지져 주마. 크하하하!"

원래 설치되어 있던 진법은 규모만 컸지 어렵지 않은 것이었다. 무림맹의 진법가들이 대부분 달라붙자 하루도 걸리지 않아서 그것을 해체해 내었다. 그러나 그것은 미끼였다.

이번에 나온 것이 진짜였다. 숨겨져 있던 진법이었다.

총관이 자신있게 말했다.

"저 진을 재현하고 함정을 설치하는 데 쓴 황금이면 집이라도 지을 수 있습니다. 사람들의 접근을 차단해 기밀을 유지하기 위해 쓴 돈이 그중 절반입니다. 몰래 조금씩 작업한 시간만 해도 여러 해입니다. 무림맹 놈들 실력으로는 한 달이 아니라 일 년이 지나도 절대로 해체하지 못합니다. 더구나 그 놈들이 보유한 진법가 대부분은 진 안에 갇혔습니다. 안에서는 빠져나오기가 몇 배 더 어렵습니다."

혈마도 만족했다.

"그래. 역시 총관이야. 내 안력으로도 진 안쪽이 안 보이는군. 저 정도면 중원의 진법가들을 모아서 해체해도 걸린 놈들은 다들 말라죽을 만큼 날짜가 흐르겠지. 크하하하! 돈 쓴 보람이 있어. 역시 돈이란 좋은 거야."

"당연히 아시겠지만 이건 시작이지요. 현재 세력 구도에서는 먼저 움직이는 쪽이 패배합니다. 아수라환상대진은 마교의 절진. 거기서 말라죽을 정파의 인간은 거의 만여 명. 이제 무림맹과 마교는 싸움을 피할 수 없습니다."

정파무림이 진짜 위기에 빠졌다.

　그 시간에 주유성 일행은 인생을 즐기며 아수라환상대진
이 설치된 곳으로 천천히 가고 있었다.
　사정 모르는 남궁서천이 답답한 표정으로 투덜댔다.
　"다들 너무 여유있는 거 아니오? 이래서야 우리가 도착하
면 모든 일이 다 끝나 있겠군."
　그의 말은 완전히 소 귀에 경 읽기다. 주유성은 천천히 유
람 중이고 검옥월은 그 곁에만 있어도 좋다. 남궁서린은 주유
성의 관심을 얻는 것만이 목적이다.

　게으름뱅이 주유성은 천하태평이다.

3권 끝

무한 상상 · 공상 세계, 청어람 신무협&판타지

최강의 다모와 신선풍의 사신, 최악의 악동을 한꺼번에 만나게 될 것이다!

그곳에 그놈이 있다!
악몽(惡夢)의 시작이다!

『불선다루』 (不善茶樓)

불선다루(不善茶樓) / 송진용 지음

〈선량하지 않은 찻집〉이란 뜻의 괴이한 다루는 지독한 흙바람 속에서 삐거덕거리며 용케 버티고 서 있다. 세상 사람들이 〈누런 구렁이 고개〉라고 부르는 높은 언덕 위에 외롭고 쓸쓸히 서서 바람이 잠잠해지기를 기다리는 것이다.

"내, 내, 내가 요괴의 소굴에 들어왔나 보다."

악몽(惡夢)은 이제부터다! 무법자들의 지옥!
불선다루를 침범한 자 진정한 악몽이 무엇인지 알게 되리라!

무한 상상 · 공상 세계, 청어람 신무협&판타지

살수를 잡기 위해서는,
살수가 되어야 한다!

검향도살(劍香刀殺) / 태사검 지음

부모의 원한을 갚기 위해 뛰어든
살수행이 무림의 운명을 뒤바꾼다!

『검향도살』
(劍香刀殺)

단호한 결의와 굳건한 의지로
무장한 소년의 위대한 도전의 시작!

"오늘날 자객이 단지 잔악한 살인 흉기로 비하된 것은 슬픈 일이다. 살인을 청부한 사람의 입장에서 본다면 살인명부에 오른 자는 죽어야 할 이유가 있는 자다. 자객은 선악을 판단하지 않으며 또한 정사(正邪)를 구분 하지 않는다. 어떠한 사적인 감정을 가져서도 아니 되며 감정 때문에 책무를 그르쳐서도 아니 된다."

"그것이 자객이다."

무한 상상·공상 세계, 청어람 신무협&판타지

『한백무림서』11가지 중『무당마검』,『화산질풍검』을
잇는 세 번째 이야기『천잠비룡포』의 등장!!

천잠비룡포(天蠶飛龍袍) / 한백림 지음

천상천하 유아독존!!
새로운 무림 최강 전설의 탄생!!

『천잠비룡포』
(天蠶飛龍袍)

천잠비룡황, 달리 비룡제라 불리는 남자.

그는 누군가의 명령을 받고 움직이는 남자가 아니다.
그는 자신의 적을 앞에 두고 물러나는 남자가 아니다.
그는 자신의 이름 안에 있는 자들의 원한을 결코 잊는 남자가 아니다.

그 누구보다도 결정적이고 파괴력있는 면모를 지닌 남자.
황(皇)이며, 제(帝). 그것은 아무나 지닐 수 있는 칭호가 아니다.
그는 제천의 이름으로도 제어할 수가 없는 남자였다.

무적의 갑주를 몸에 두르고
가로막은 자에게 광극의 진가를 보여준다.

무한 상상 · 공상 세계, 청어람 신무협&판타지

설봉 新무협 판타지 소설!
절대로 놓칠 수 없는 2006년 최고의 걸작!!

마야(魔爺) / 설봉 지음

강렬하다……!
절대적 무협 지존!
『마야』
(魔爺)

소사(小事)로 시작되어 천하대란(天下大亂)으로 이어지는 끝없는 피의 역사…

북검문(北劍門)과 남도문(南刀門)의 탄생이었다.

두 세력은 장강을 경계 삼아 전쟁을 방불케 하는 싸움을 벌이고 있다.
삼십 년…… 삼십 년 동안이나…….

그리고 절대 죽을 것 같지 않던 그가 죽었다.

**"나를 죽인 건…… 큰 실수야.
나보다 훨씬 무서운… 곧… 곧 너희를…….”**

초등학생이 반드시 읽어야 할 좋은 책 49권

각 학년별로 초등학생이 반드시 읽어야할 좋은 책을 선정하여 통합논술의 기본이 되는 '올바른 독서법'을 일깨워 줍니다.

교과서와 함께하는 초등학교 통합논술

초등1학년 | 값 12,000원 | 초등2학년 | 값 9,500원 | 초등3학년 | 값 11,000원 | 초등4학년 | 값 9,500원 | 초등5학년 | 값 9,500원 | 초등6학년 | 값 11,000원

♣ 혼자 할 수 있어요.

엄마가 책 읽는 방법을 가르쳐 주어도 좋아요.
독서지도하는 선생님이 가르쳐 주어도 좋답니다.
"초등 교과서와 함께하는 **통합논술 시리즈**"는
아이 스스로 독서할 수 있도록 꾸며진 책이에요.
엄마와 선생님은 요령만 가르쳐 주시면 된답니다.

♣ 교과서의 중요한 내용이 총정리되어 있어요.

각 학년별로 중요한 교과 내용이 함께 수록되어 있어요.
초등학생은 교과서 내용을 충실하게 공부해야 합니다.
아울러 그와 병행한 독서가 대단히 중요하지요.
"초등 교과서와 함께하는 **통합논술 시리즈**"는
두 가지 방법 모두 알려준답니다.

♣ 이 책은 훌륭하신 선생님들이 함께 쓰신 책이랍니다.

동화작가 선생님들이 쓰셨어요. 소설가 선생님도 쓰셨답니다.
국어 논술독서지도 선생님들도 함께 쓰셨지요.
"초등 교과서와 함께하는 **통합논술 시리즈**"는
엄마의 마음으로 모든 선생님들이 함께 꾸민 책이랍니다.

입소문을 통해 아는 분은 다 알고 계십니다!
올 한해 공인중개사 최고의 화제작!

1~2권 합본 | 이용훈 지음
3~4권 합본 | 이용훈 지음
5-6권 합본 | 이용훈 지음
용어해설 | 이용훈 지음

수험생 기본 필독서
만화 공인중개사